在生命盡頭、找到你

I Will Always Find You

蕭昱宜 著

可不可以，也讓我成為你活下去的理由？

一個渴望離開世界的重鬱症患者，一個想活下去，卻離死亡如此近的心臟病患者，兩人是彼此的救贖，是彼此的唯一。曾幾何時，要選擇活著還是走向死亡，變成了兩人必須面對的課題。或許時光不能確信誰會永遠陪著誰，我們終將走向世界盡頭，走向生命彼端。

但是此刻，我在。

真愛就是這樣的吧，無論對方再怎麼慘烈不堪，你依舊想對他溫柔如初，即使他說過「可不可以，不要再對我那麼好，不值得的。」你也覺得，他就是值得。

因為相遇了，因為愛上了。這樣一個對白，如此頻繁地出現在他的生命中，都不曾預料到這樣普通的一句話，竟在生命裡深深地烙印了好久。

他曾聽過一句話：「永遠不要輕易妄自菲薄，你值得所有人愛。」

因為你值得。

在生命盡頭
找到你

推薦序

繽紛魔幻的雨中世界

衛生福利部臺中醫院身心精神科主任醫師　章秉純

從來沒有想過，自己有一天能為一本書寫序。回想幾年前，在嘉義巷弄裡的破舊診間，眼前的少女——還只是個國中生呢——睜著慧黠靈動的雙眼，堅定地說著「我有一天會寫一本書」時，我怎麼都無法想到，這個「有一天」會如此意外驚喜地飛到眼前。

因為是精神科醫師，我才能幸運地遇見作者旻宜，而旻宜在這部小說之前，也有一個饒富詩意的筆名「惟雨」。也因如此，我才能很早站在「雨景第一排」陪伴著她成長。

儘管這些年旻宜過得辛苦，青春期的少女也承受著心理、生理的劇烈變化。由於很久才能在診間見到一次旻宜，我常常是一面為她的這些辛苦覺得心疼；一面由她一如既往堅強、執拗與溫柔的眼神，拼湊著她兩次回診之間，發生種種驚濤駭浪的點滴脈絡。當回憶一幀幀地從腦中飛過時，我想起之前閱讀旻宜小說時，我有次也老氣橫秋地評論著「可以不要每次都死這麼多人嗎？」，旻宜也妙趣橫生地回應我：「希望這次不要寫成金田一事件簿了。」

回想起這些對話、想起自己在身邊看著的，旻宜這幾年的成長、挫折、艱難與蛻變；也如旻宜的小說一般，峰迴路轉、跌宕起伏；旻宜文字的飛快進步、淬鍊，也早已不是「死亡無數的金田一事件簿」所能夠侷限的了。

身為精神科醫師，總是有把什麼東西都拿進來找尋象徵意義的職業病，我也一直推敲著旻宜為什麼會把筆名取為「惟雨」？雨一般是象徵著來自上天的眼淚，是宿命的悲傷。或許對一般人是如此，但旻宜心中的「惟雨」，也是如此嗎？「惟」說的是別無選擇，但我總覺得，即使是在最困難的絕境，旻宜的創意與生命力，也還是能在別無選擇的生命盡頭，打出一條生路；就如同旻宜的文字與人生一般，仍在創造無法預料奇蹟的進行式中。

讀到這裡，或許你也跟我一樣，不耐於這不知所云的序言、老先生為生命驚喜而感動的喃喃自語，迫不及待地想翻開書頁，看看旻宜要帶我們去哪兒。

推薦序

一顆微亮的星

心理師、作家　周牛

在高鐵上閱讀旻宜寫的《在生命盡頭找到你》，雖然寫的是年少情懷的故事，但在書寫透露出的人生困境，讓我不禁思考，是怎樣的人生閱歷才能寫得出這些哲理。我仔細地翻閱書稿，有關作者的資訊，在短短的相關文字中，我得知旻宜的筆名是惟雨，現在還在念書，她在國中時得到憂鬱症。還有寫小說是旻宜想要做的事情，而且是很有毅力地寫，用手寫寫完了六萬字的小說，於是我生起一個畫面——孤燈下，昏黃的燈光，映照著厚厚的稿紙。一位作家在書桌一字一句寫出吳易然、林語忻的故事。在《在生命盡頭找到你》這本書中，我印象最深的是「誰是天使？誰是惡魔？」——

每個人都有天使般純真善良的心，而同時惡魔也被封印在靈魂深處。傳說，天使與惡魔喜歡上了同一個女孩，他們發誓要保護這個女孩一生一世。

突然有一天，世人指著女孩說她是災星，不應該活在這世上。如果她活著，就會帶給許多的人死去。那天，天使掙扎糾結了很久，而惡魔毫不猶豫轉身離開了天庭。

天使將那女孩約了出來，在女孩認為天使是來安慰她的時候，天使卻為了世人把女孩無情地殺了。後來才知道，惡魔為了女孩，離開天庭後，就下凡將天下人都殺了。對於天下人，天使確實是天使，惡魔也確實是惡魔。但對於女孩來說，天使是掛著微笑的惡魔，惡魔是心裡流淚的天使。

天使：「為天下人，我願負你。」
惡魔：「為你，我願負天下人。」

每個人的心中都有「天使」與「惡魔」；每個人的心中都會處在這樣的兩難之中；面對生命的議題時，我們的內在也會時時刻刻面對著這樣的掙扎。心理諮商存在主義治療的代表人物 Irvin Yalom 提出生命的四大終極關懷，「無可避免的死亡（Inevitable death）」、孤獨（Isolation）」、「無意義（Meaninglessness）」、「自由與責任（Freedom & responsibility）」。在旻宜的這本《在生命盡頭找到你》更是處處可見這四大議題的情節，尤其是在面對生命失落時的糾結與掙扎。在閱讀的過程中，當我讀到主角們陷入在人生的困境時，我的眼眶微濕，不得不闔上書本，調整呼吸，緩和情緒，好奇旻宜的人生經驗是如何觸碰到她的心，寫出如許的文字。

我相信書寫的力量，在書寫的過程中，我們重新凝視自我，在我們的敘事中，會試著找出新的意義。在這個過程，我們得面對過往，於是痛苦、悲傷、怨恨……會全然湧現，之後沉澱、思考，慢慢地我們會發現生命的另一條出路。

這本書是旻宜的親身體驗，書裡面提到的憂鬱症、解離、恐慌等等症狀發作時的情形，可以讓讀者一窺這些痛苦吞噬一個人意志的歷程，這是超乎常人的想像了。所以旻宜在書裡疾呼「憂鬱症並不是說『別想太多』、『加油』就能好起來的疾病。」

好書是值得閱讀的，閱讀這本書時，因為故事情節會吸引著目光，你可能會一股作氣閱讀完畢，這樣的閱讀很好。此外，我更會建議你在閱讀的過程中，也要觀察自我的內心，若是生起了情緒，請你停一停，思考一下那個感覺是什麼？是惋惜？是悲傷？是憤怒？還是無奈呢？……讓這本書裡面的主角陪著我們一起探索我們的內在。

這本《在生命盡頭找到你》的書稿，讀著，讀著，不知不覺中，我已經到了高鐵左營站，接著我轉搭南迴線的普悠瑪號，在夜裡直奔台東。火車搖搖晃晃地抵達台東站時，終於我讀到最後一頁。下了火車，出了站，氣溫下降，我深深地呼吸，細細感受清清涼涼的空氣進到我的身體，抬頭看著天上微星，我不禁想到書裡最後說的——

「勇敢求助，只要還有一絲活著的念頭，就值得活下去。」

冷風拂來，真的冷了，我再次看著天上的星星，點點的，微微的，閃閃的。不管如何，你就是一顆微亮的星。

「因為你值得。」

Content / 目錄

01

「妳……不要喜歡我，不值得的。」

像溺水一樣。

先是氧氣被剝奪，後來臆想而生的泡影生成一面面清澈的鏡，看著自己奮力的掙扎，然後任由潮汐淹沒自己，任憑陰影蒙上瓦解他的知覺，耳裡是海底深沉的悲鳴，而自己在巨大而張狂的寧靜海域墜落。

很難受，但連自己也無能為力。

他是溺死又喪失記憶的魚。

「吳易然……」

墜落，墮落。

「吳易然！吳易然！」

「吳易然，站起來！」

眼前的一切由渾沌轉清晰，像剛起床的朦朧，隨著眼睫的睜閉，畫面慢慢明亮，耳裡終於能聽見講台上國文老師氣急敗壞的叫喊。

「站起來，下星期要段考了，你成績好也不可以那麼傲慢！」

吳易然緩緩站起，視線空洞的看向前方，彷彿眼裡沒有一絲景物能容納。

「上課恍神啊，可以再那麼傲慢沒關係！」

國文老師恐怕今天心情不佳，出口句句聽來都是刺痛，像把書本上的詞彙一堆堆的砸在吳易然的臉上。傲慢，高冷，目中無人，這是旁人給吳易然的代名詞。

「敢在國文老師的課恍神，是不要命了吧？」

「哈哈哈，活該啦，這是報應！」

台下的同學自認為小聲的譏笑清楚傳入吳易然的耳裡，像流星般滑近耳蝸中，他幾乎無力阻擋。

「憂鬱又怎樣，還不是抗壓性太低。」

顯然是故意的言語，戳到了吳易然的痛處，就像在痛點反覆踩踏，椎心刺骨的痛。

吳易然右手緊握拳頭，隱隱發抖，忍耐就要出口的穢語。

「好了不要講話了，吳易然你罰站到下課。」老師趕緊控制稍微失控的場面，上課的紀律還是要有的。

吳易然自動拿起課本走到教室後面，避免擋到同學的視線。

「其他同學繼續上課，第一百七十五頁，國學常識……」

下課鐘響，國文老師把吳易然叫到辦公室問話。

「吳易然，你最近怎麼上課常恍神？下星期要段考了，再不到一年也要學測了，不可以再這樣了。」

大家都知道國文老師是出了名的兇，若是觸到底線輕則罰寫訓話，重則警告記過，連班導都拿國文老師沒輒。

「老師知道你成績好，平時也可以多多幫忙同學，多和同學接觸交流……」

老師滔滔不絕的開始長篇大論，看吳易然沒有半點不耐煩，只是面無表情的站著，可能連聽都沒有，便接著提醒。

「不要想太多，知道嗎？」

聽到這句話，吳易然已經飄走的魂魄驀地竄了回來，他有些惱怒又無奈的望著老師，明知只是老師的一番關懷，但聽在耳裡就是刺痛。

不要想太多。

不只幾十個人這樣跟他說，自從生病起，身邊每個長輩都這樣提醒，都認為一切源自給自己的壓力過大，只要吳易然一露出一點負面傾向，長輩們便拼了命的說這句話，甚至帶他到各個宮廟拜拜，聽著師父念經，喝下一杯杯怪異味道的符水，忍受滿身香煙的臭味。

好像這世界不容許一點負面情緒。

「加油！」國文老師問話完畢，拍了拍吳易然的肩膀，他才發現剛才自己的身體有多麼緊繃，鬆開緊握的拳頭，掌心上印了好幾道指甲痕，與方才上課時的指甲痕重疊。

他如行屍走肉般的離開辦公室，離開那個讓他憎恨厭惡的地方，身高一百八的他駝著背，顯得更頹喪。

「兄弟，又被國文老師訓話了啊？」聲音由左後方冒出，在走廊上宏亮又清晰，整條走廊上都注目著發聲的來人，而他卻沒有絲毫的尷尬及不自在。

「嗯。」吳易然簡短的回答。

來人是吳易然唯一的好友，張庭愷，唯一能與如此冷漠的他交談的好友。

「沒關係啦，不重要。」吳易然制止了張庭愷綿延不斷的抱怨，反正只是被念而已。

兩人邊走邊聊，到了福利社前，張庭愷掏出幾枚硬幣。

「一樣牛奶對吧？」「是。」

他二話不說走進擁擠的合作社，迅速拿了吳易然的牛奶和自己的果汁。

「你已經請我好幾次飲料了。」吳易然皺著眉，他不喜歡欠人家東西。

「沒事啦，下次你回請我就好了！」張庭愷綻開帥氣的笑容。

「謝謝。」吳易然用只有兩人能聽到的聲音道謝。

「不用謝。」張庭愷搭上易然的肩，並肩走回教室，而一向不喜歡別人接觸的吳易然這次也沒有拒絕。

九點晚自習下課，吳易然收拾書包準備騎車回家，天色已完全暗了下來，夜晚帶點微涼的風，路旁年久失修的路燈閃閃爍爍。

「吳易然，我走了喔，掰掰！」張庭愷坐上汽車，向剛好牽車出來的吳易然揮手，隨後揚長而去。

十五分鐘後，吳易然回到自己家，客廳的燈暗著，爸爸的機車不在原位，不知又去哪裡廝混。

自從爸爸被公司裁員後失業，每天都跑去喝酒，賭博，搞的自己渾身酒氣，甚至欠了別人好幾萬，害得全家落入這淌渾水，卻依然到處吃喝玩樂，絲毫不顧慮家人的感受。

洗完澡後已經九點半，吳易然打開課本開始溫習功課，他戴起全罩式耳機播放白噪音，算起困難的微積分。

「哥！哥！」弟弟吳宥然突然衝入吳易然的房間，手上拿著一本國三的數學課本。

此時的吳易然正專心的算著題目，耳裡自動隔絕外界干擾的聲音。

「哥！吳易然！」吳宥然個性急躁，看吳易然沒有回答他的樣子，便走上前粗暴摘下吳易然的耳機。力道之大，耳機差點斷成兩截。

「你幹嘛？」吳易然帶著些許惱怒問道。

「誰叫你都不回應我！」吳宥然放大音量，空中冒出濃濃的火藥味。

「耳機還來。」吳易然不想吵架，覺得吵架是浪費時間的作為，伸手向吳宥然拿回自己的耳機。

撲了個空，吳宥然將耳機藏至身後。

「不要，你還沒教我數學！」吳宥然晃了晃手上的數學課本。

兩人僵持了幾秒後，吳易然冷漠轉頭。

「不要。」

「教我啦，我就不會算啊！」吳宥然乞求著吳易然。

吳易然最後還是不忍心，「拿來！」吳宥然遞出課本，指著留有反覆擦拭痕跡的題目。

「這題就帶入這個公式，然後證明相似形性質……」

吳易然語速飛快的講解題目，吳宥然仍一臉茫然，沒有跟上速度。

「懂了嗎？」吳宥然回過神，吳易然已經講完題目。

「嗯……不懂……你講太快了……」吳宥然搖搖頭，數學就不是他的強項嘛！

「唉……我再講一次。」

沒想到這無心的嘆氣，竟成為兩人爭吵的引爆點。

「啊我就不會所以才問你啊，你是在嘆什麼氣！」吳宥然有些衝動的說。

吳易然挑了挑眉：「我不能嘆氣？」

「你不要以為你憂鬱，全世界就要讓著你！」

清脆又響亮的巴掌聲，吳易然打了吳宥然的頭，吳宥然不可置信的瞪大眼睛。

「你打我……」吳宥然聲音顫抖的說，撫著後腦似乎很疼。

「嗯。」吳易然目中無人的態度澈底讓吳宥然火大，一把抓起耳機朝地上摔，零件噴飛了出來。

原本還冷淡的吳易然看見壞掉的耳機驀地火氣衝了上來。

「你在幹嘛？你憑什麼摔我耳機？憑什麼說我憂鬱，你根本不懂我有多痛苦！」

吳宥然也知道自己踩到吳易然的底線，但也不甘示弱的嗆回去。

「你就是這樣才沒有人敢靠近你！」

「你再說一次，再說一次啊！」吳易然把吳宥然逼退到牆角。

「怎樣？你以為我不敢？」吳宥然一拳往吳易然的肚子打去，吳易然吃痛的後退了幾步。

「不要拿生病當藉口！」

此話一出的同時，吳易然將吳宥然推到在地，一手掐住吳宥然的脖子，一手用力打著他頭旁邊的地板。

吳易然比吳宥然高快三十公分，力氣也比他大一倍，吳宥然漲紅著臉不斷掙扎，才掙脫吳易然的束縛，卻發現原來吳易然掐住他的手根本沒用力，一切出力都在右手搥著地板。

吳宥然瞬間有些不知所措，看著吳易然發狂的搥打地板，自己又沒臉阻止他。

「不要打了，易然、宥然。」媽媽的聲音從房門前傳來，兩人同時回頭，看見媽媽提著東西都還沒放下，便匆匆制止打架的兩人。

媽媽的眼神有些哀淒，像看到喝酒的爸爸又無能為力的樣子。

「抱歉……」吳易然終於回過神，匆匆拋下一句道歉便離開房間。

房間一片狼藉，課本散落一地，吳宥然緩緩站起身將課本拿起走回房間，用力關上門。

吳易然來到自家頂樓，喝著剛才買的可樂，吹著涼風，腳懸在外頭晃啊晃。

想到方才吳宥然衝動的話語，恰巧擊中吳易然內心最柔弱的傷口，眼底不禁泛起一抹淚光。

這是他第一次動手打吳宥然，從前和吳宥然相處就不太好，冷漠的他無法和開朗的弟弟溝通，從前能一天對話超過五句就是奇蹟，但今天吳宥然卻一腳踩中吳易然的底線，使他忍不住暴怒發狂。

其實他也不想這樣的。

至十五歲生日那天起，忐忑不安的踏入診間，忘了怎麼開頭，也不記得怎麼結束，只記得醫生說了句「憂鬱症」，那時的他每晚失眠，天光熹微前總不成眠，厭食的他一度瘦到僅剩五十公斤，整整三天滴水不進，整個人像個外星人，瘦弱的只剩骨架，還有毫無原因的情緒低落，每天一早見陽光灑落床前，便生起一股厭惡，恨不得明天不要來臨。

憂鬱症的汙名化太過嚴重，起初父母及弟弟吳宥然也是覺得他想太多，給自己的壓力過大，甚至以為吳易然在裝病，那段日子，吳易然一面與疾病對抗，一面忍受父母的質疑及不諒解，過得苦不堪言。

一陣強風吹來，坐在牆頭上易然的身子晃了一下。

若是就這樣被吹下去就不用忍受這些痛苦了。吳易然想著，身子朝牆邊挪移了一下。

他抬手看了看手錶，經過一番爭吵時間竟來到了十點，又浪費半小時的讀書時間，吳易然嘆了口氣，拿起身旁空鋁罐跳下牆頭，回到家中。

深夜兩點，媽媽起床上廁所，經過吳易然房間看見門縫透出光亮，抿著嘴唇注視房門，像是在思考什麼，數秒後轉身離去。

國中時期吳易然成績並沒有到很好，平均約莫八十幾，中上成績而已，在他每個失眠的夜裡，不是看看小說消磨時間，就聽聽流行音樂。

偶然聽聞同學之間的笑鬧，說如果晚上睡不著，就看數學課本，那時還天真的吳易然便回家嘗試，雖然沒成功睡著，但興起了吳易然對數學的興趣，他開始徹夜刷題，玩困難艱深的數字遊戲，把數學題算的滾瓜爛熟，成績也突飛猛進。

至少他對數學是保有熱忱的。於是埋頭計算，直至暖陽冉冉升起。

「下一節體育課！」「打球！打球！」一群男生在教室吆喝著，班上圍成一團的男生瞬間鳥獸散，女生也緩緩往操場方向走去。

吳易然一如既往的最後離開教室，不忘鎖好門窗，順便拿了一本課外小說。

走到籃球場旁的涼亭，一群女生圍聚聊天，吳易然坐的遠一點，開始看起小說。

「回線！不要走步！」張庭愷宏亮的聲音響徹球場，運動細胞極好的他，總是能成為眾人間的焦點。

「你看張庭愷，好帥喔！」女生指著球場尖叫著，張庭愷果不其然吸引了女生的注意。

「對啊，動作超快的！」她們興奮討論。

「欸大家，我們來玩真心話大冒險吧！」

體育老師基本上課都不太出現，也不管同學，都是讓男生借球自由活動，而女生就坐在一旁聊天。

「好啊！好啊！」七、八個女生附和，自動圍坐成一個圓圈，女生拿起寶特瓶放置中間。

「那麼我先開始吧。」寶特瓶高速旋轉，然後緩緩停在九點鐘方向。

「喔～陳子霏！」眾人起鬨著。

陳子霏是個活潑外向的女孩，大膽愛笑，卻又同時心思細膩，是班上的開心果。

「真心話大冒險？」

「我都可以啊，那就……真心話吧！」

她率先提出問題：「有沒有喜歡的人？」這可是遊戲萬年不變的經典問題。

「有啊！」陳子霏毫不掩飾的回答。

「那是班上的人嗎？」她進一步提問。

「不如我直接說吧！我喜歡的人是……宋如曦！」所有人聽聞都愣了一下，陳子霏則嘻笑著跑到宋如曦身後一把抱住她。

宋如曦和陳子霏兩人是非常要好的朋友，據說她們是從小生活在一起的青梅竹馬，國小、國中、高中都同班，熟識的不得了，而女生之間本就會嘻笑玩鬧，大家聽陳子霏這樣說也沒有覺得不妥。

「不要鬧啦！」她笑著打了一下陳子霏的肩頭要她認真回答。

「真的啦！我最喜歡如曦了！」宋如曦捏了一下陳子霏白嫩的臉頰。

只有女生含蓄的笑著。

她是知道的。關於陳子霏喜歡宋如曦的事。

她從高一下學期就看出來了，陳子霏對於宋如曦不僅擁有朋友的情感，從她的眼神裡看出，朋友的情感摻雜著愛慕的情誼，陳子霏看宋如曦的眼神比任何人都要溫柔，總是貼心的關心她的一舉一動，細心的替她遞水、擦汗，隨著時間越長越是明顯。她終究敵不過好奇心，趁著陳子霏單獨一人時拐彎抹角的問她，剛開始陳子霏打死不承認，不停否決她的想法，看她激動的迴避問題，心裡就有個底了，加上第六感如此敏感，她知道她想的沒有錯。

所有人都對兩人的互動已成自然，還說：「好了啦，別再放閃了！」

陳子霏嘻嘻笑著跑回自己的座位，準備下一輪遊戲。

「下一個是……黃璇禎！」

「我要大冒險！」黃璇禎其實是個害羞的女孩，大家見她選擇「恥」度可能爆表的大冒險也一驚。

「妳確定嗎？」女生還再三確認。

「嗯！」她點了點頭。

「那妳去跟吳易然說你好帥吧！」陳子霏說了個讓她震驚的指令。

「喔～加油啊！」女生向坐在角落的吳易然瞥了一眼，意味深長的對著黃璇禎說。

黃璇禎一聽臉瞬間紅了起來。她真的認為吳易然是個帥氣的男孩，面容英挺整張臉無死角的完美，她甚至曾經喜歡過他，只不過一直因為吳易然冷淡的態度而不敢告白。

黃璇禎緩緩起身，往吳易然的方向走去。

「那個……吳易然……你好帥。」黃璇禎聲音小到吳易然幾乎聽不清。

她隨後補了句：「我們只是在玩遊戲，你不要介意，抱歉打擾了……。」說完她轉身就要跑，卻被吳易然叫住。

「妳……不要喜歡我，不值得的。」

聽著吳易然莫名的發言，黃璇禎一陣疑惑，不值得？哪裡不值得？她滿臉問號的跑回女生群，將這句話轉述給大家，大家聽了也不知道他究竟想表達什麼意思。

「算了，別管他，怪里怪氣的。」女生們小聲的說。

「我們繼續吧！」

「啊！在傳什麼啦！」遠處傳來男生的怒吼，一顆球滾出界外，滾到吳易然的身邊。

「喂！吳易然，幫忙撿一下！」男生高聲喚著，吳易然卻專注於小說緊張刺激的情節裡。不是故意不理，他真的沒聽到。

「幹！叫都不回應的！」正在氣頭上的男生火氣沖沖的跑來，往吳易然的膝蓋一腳踢下去。

吳易然沒有吭聲，抬起頭瞄了一眼。

「憑什麼？」原本要一腳踢下去的男生聽見吳易然的聲音頓了一下。

「憑什麼是我撿？」

「啊你離球比較近啊，不是你撿誰要撿？」另一個男生看不慣吳易然冷淡的態度也跟著辱罵。

他一雙大眼望著兩個男生，卻更是激起兩人的怒氣。

「欸不是，你這個人真的很……」男生已經掄起拳頭要打向吳易然的頭。

「不要理他啦！回來打球！」張庭愷的聲音從球場傳來。

「你……你給我記著！」男生臨走前又對吳易然咆哮了一句。

「好啊。」不料吳易然卻在他們轉身後淡淡回了一句。

下課鐘聲響起，吳易然闔起書往班上走去。

又來了。又是那種窒息的感覺，每次都得仰賴自戕緩解這種不適。

吳易然坐在浴缸裡，右手拿著劃到鈍的美工刀，左手腕汩汩流出鮮血，浴室裡瀰漫一股血腥味，他任由鮮血直流，滴的地板一片血紅，然後將手放入熱水的浴缸，血流出的更快速。

他明白這種出血量不能致死，只是在那個瞬間，痛感能讓他抽離難受的窒息，而看著鮮血流出，彷彿自身的苦痛也隨之流逝。

他沒有在浴室待太久，穿好衣服，拿衛生紙止住出血點後就走出。

「易然，吃飯了！」媽媽在客廳叫喚。

「嗯。」吳易然拿了ＯＫ繃貼住傷口，再拿手錶遮擋避免被看見。

其實無論怎麼藏都會被敏銳的媽媽發現。

「又自傷了？」媽媽語氣帶著微微責備及不捨，而這類對話已經重複三年多，每次吳易然都是默默不語。

「記得吃藥。」媽媽提醒著，隨後再次陷入沉默。

「好。」

好好吃藥，是現在唯一能做的事。

他像隻被馴服的小羊，乖順的裝了溫水，到房間吞下五顏六色的藥丸，吃藥丸最痛苦的是，沒將藥丸吞好，而在嘴裡化開，苦澀的味道每次都讓吳易然皺緊眉頭，苦不堪言的猛地灌水。

他想起醫生說：「那……我們再加一顆藥看看會不會好一些。」

三年了，每次回診的藥量只增不減，從半顆，一顆到兩顆、三顆、五顆，吳易然只覺得他好像踏上了怎麼也走不到終點的莫比烏斯環，好久好久，他看不見盡頭。

在房門口遇見剛補習回來的吳宥然，吳宥然只是淡淡瞥了他一眼，還有手上的傷，什麼話也不說的走進房間。

吳易然眼眶泛紅，莫名的委屈，他站在房門看吳宥然房間緊閉的門，眼淚止不住的又要掉落。

他抱著被子摀著頭，先是試著讓自己平靜下來。

用手背抹開滿臉的淚水，他不知道為何自己可以為了吳宥然那一瞥哭得淚流滿面，只是在那一瞬間覺得十分委屈。

「為什麼都這樣對我……我到底做錯什麼啊……？」受不了了，他在被子裡絕望又歇斯底里的大吼。

而門外恰巧聽見的吳宥然也泣不成聲，坐在吳易然房門外捂著臉無聲的痛哭。

「對不起……哥……」

他在厚重的被褥裡大口大口的喘氣，卻一個念頭的想讓自己悶死在被子裡。

「沒事，沒事……」他安慰著自己。

漸漸的，哭累了，只剩身體微微抽搐著，而房門外的吳宥然早已哭累了蹲坐靠牆睡著了。

「宥然？你怎麼蹲在易然房門口……？」媽媽上樓恰巧碰見瑟縮的吳宥然。

「啊？沒事沒事……」吳宥然迅速站起身，抹去眼角的淚，低著頭漲紅著一張臉。

「累了就先睡吧！」媽媽嘴上這麼說，吳宥然卻覺得她應該更要休息。

「媽，妳也是。」吳宥然帶著重重的鼻音說。

「我等你爸回來。」爸爸又不知道去哪裡喝酒廝混。

媽媽關了客廳的燈，坐在黑暗的客廳下，瘦弱的身子陷在柔軟的沙發裡，看起來異常的憔悴。

半夜，淺眠的吳易然被門外的騷動聲驚醒，男人和女人的爭執聲越來越大。

「我就心情不好喝個酒又怎麼了？礙到妳了？」粗曠低沉的聲音是吳易然爸爸。

「我每天兩份工作辛苦養家，你只不過被公司裁員就一蹶不振，到底誰比較累！」媽媽激動的回了一句。

吳易然悄悄打開門，站在陰暗處偷看，他抬頭看了看時鐘，半夜三點半。

過沒多久，弟弟吳宥然也被吵醒，他揉了揉紅腫的眼睛。

「哥……爸媽又吵架了啊？」

「對啊……」吳宥然聽出吳易然的語氣帶著些許擔憂。

「每天就只會喝酒賭博，你還會什麼？」

「我是哪裡對不起妳？我都四十歲了，工作也很難找啊，誰會用我這個四十幾歲的男人！」

媽媽愣住了，看著滿臉鬍渣，臉色蒼老的爸爸。

原來他已經那麼老了……

「只會叫我找工作，偶爾喝酒就一直唸！」

爸爸的臉泛著潮紅，眼睛佈滿血絲，爭執的聲音讓吳易然和吳宥然震懾住。

「砯！」他拿起桌上的玻璃杯往地上一摔，玻璃瞬間支離破碎。

「啊！」爸爸發狂的抓起媽媽的長髮，雙手不停捶打媽媽的身體。

吳易然見狀衝上前擋在爸媽之間「不要打媽媽！」宥然也試圖拉開爸爸。

「閃開啦！」爸爸抓起地上的玻璃碎片要往媽媽撲去。

「你才閃啦！」吳易然推開爸爸的手臂，反而自己被劃傷，右手劃出了一道十公分長的血痕。

「你也是，手上那麼多傷，那麼喜歡拿美工刀劃自己。」

吳易然抿嘴不語，心裡卻是一陣怒火，他大字型站在媽媽面前擋住爸爸，試圖以一百八的身高壓制，不讓他靠近。

「你要打就打我好了！」吳易然一氣之下朝爸爸大叫。

「哥！不要衝動！」吳宥然著急大喊。

「易然，不可以！」媽媽撫著頭說。

拳頭如雨點般落在吳易然的肩膀上，他彷彿聽到骨骼互相撞擊的聲音。

「爸！不要打了！」吳宥然使勁叫喚，要把爸爸的理智拉回。

吳易然吃痛的閉起眼睛，死命護住媽媽，他寧可自己受傷，也不願媽媽受到一點波及。

「叮咚！」門鈴聲響起，阻止了爸爸衝動的行為。

似乎所有人都忘了，現在是凌晨三點半。

「不好意思，你們真的太吵了，大家都無法好好睡覺。」鄰居陳先生站在門外有些惱怒的說。

媽媽立刻站起上前：「不好意思，很抱歉打擾到你了……」

陳先生看見媽媽披頭散髮，臉頰嘴角都是血，驚訝的說：「妳……被家暴嗎？需要我報警嗎？」

媽媽搶先一步拒絕，將陳先生阻隔在門外不讓他靠近

「不用了，這是我們家的私事，不好意思打擾你。」

「好……」陳先生一臉懷疑，覺得事態嚴重應該要報警。

「借過。」爸爸低沉的聲音在背後響起，眾人讓開後，他便閃身消失在樓梯間。

陳先生與媽媽尷尬的對視後，陳先生說：「那就不打擾各位了。」媽媽則持續在身後道歉。

直到陳先生離開視線範圍，媽媽才癱坐在地。

「媽……沒事吧？我幫妳冰敷……。」吳宥然小聲的關心，從冰箱拿出醫療用冰塊，小心的敷在瘀青的臉頰上。

此時吳易然也是慘不忍睹，衣服被撕毀，頭髮也亂七八糟。

「易然，會不會痛？」媽媽掀起吳易然的衣服，露出結實的後背，那裡被打的青一塊、紫一塊的。還有被玻璃劃傷的手臂，依然止不住的不停出血，媽媽心疼的望著滿身傷的吳易然，突然掉下眼淚。

「易然……媽媽對不起你……。」吳易然面無表情的看著媽媽，動作僵硬的拍了拍她的背。

「我沒事，別哭了。」他自己熟練的拿起止血棉按住傷口。
「玻璃媽媽來掃就好，你們快去休息吧。」
「媽妳去休息。」兩兄弟異口同聲的阻止媽媽起身，吳宥然更是直接主動拿起掃把。
「吳宥然你也去睡覺。」吳易然命令著。「哥……對不起。」吳宥然沒頭沒尾的說出道歉。
「沒事。」吳易然知道他在為前幾天的事情道歉，語氣溫柔了一些。
整理完客廳的整潔，吳易然早已沒了睡意，天邊微微亮起，他索性抓起水壺到公園散步，六點再到早餐店買早餐。

02

「我覺得活著是種奢侈，人間不該有我的。」

今天是段考日，考完三科考試後就可以自行回家唸書，吳易然緩慢收拾東西，斜背書包，步上學校頂樓。
他先是拿出手機和耳機，播了首最近愛聽的音樂，隨後趴在牆頭向外看著風景。
這裡有五層樓高，吳易然不停抑制著跳下去的衝動，說服自己真正目的是來散心吹風。
這麼一站，時間悄悄走過，夕陽斜灑，映在天邊一圈暈黃。

突然，有人點了點吳易然的肩頭，他猛然回身，只見笑的燦爛的張庭愷。

「你怎麼上來了？」

「我從對面大樓看到你在頂樓。」他指著對面實驗大樓。

「嚇我一跳，我以為是教官……。」吳易然面無表情，內心卻在剎那間幾乎要蹦出，嚇得他一身冷汗。

張庭愷只是笑著：「哈哈嚇到你了吧！」

「幼稚。」吳易然無奈的翻了他一個白眼後，轉頭持續凝望著遠方。

「你覺得……活著有什麼意義？」

一陣風吹來，將字句切成碎片，一段一段的，張庭愷還是捕捉到了關鍵字。

「活著可以打籃球啊，可以交女朋友，去好多好多不同地方，最重要的是，活著，可以思考活著的意義。」

吳易然聽了只是輕輕一笑，「但我覺得我不值得活著啊。」

「我覺得活著是種奢侈，人間不該有我的。」

張庭愷也被吳易然這一番話愣住了，他從沒想過自己的存在不具意義，就只是每天過著充實的生活。

「別聊這個了，我知道你很想讓我轉念，但目前好像做不太到。」吳易然撫摸手上凸起的疤痕說著。

其實張庭愷也是錯愕，他漸漸無法和吳易然對談，覺得每句話都會被吳易然一口反駁，只是被牽引著越來越負面。

「就……加油吧……。」

張庭愷補了一句「我知道對正在努力，卻等不到好轉的人來說，鼓勵是最多餘的，可能會讓你更不舒服，但還是想和你說，希望我的加油不會造成你的壓力。」

聽著愛玩愛笑的他說出這番肺腑之言，吳易然有些熱淚盈眶。

「謝謝你，面對那麼負面的我，你一直在。」

「還有你的手……不是自己用的吧？」張庭愷看了看傷口，周圍還有些瘀青和紅腫，便猜到應該是他人所為。

「嗯……昨天我爸……。」他想起爸爸酒後衝動的模樣，便一陣厭惡。

「那也只能靠他自己努力了，不然誰也幫不了他。」

放學鐘聲響起，沒有回家而在教室自習的人魚貫走出，準備到補習班另一場奮鬥。

「我也該走了，書還沒讀完。」一整個下午都在頂樓度過，煩悶的心情也清除了一些。

明天還有三科考試，兩人分別走出校門，反方向告別。

段考三天後，公布欄上貼上了成績，一群學生圍在前方竊竊私語。

「第一名果然是學霸徐少勤！」「差一點就滿分了！」「那個高冷的吳易然也不錯啊，只差兩分而已。」

徐少勤和吳易然分別從兩旁走來，身邊各自圍了些仰慕者。

「吳易然考的不錯啊！」徐少勤率先開口，聲音溫潤低沉，聽起來是真心的在祝福對方。

「你也是啊。」吳易然嘴裡這麼說著，心裡卻暗暗痛罵自己，怎麼又輸給了他。

眾人紛紛散開將最前頭的位置讓給一、二名的高材生，公布欄上果然寫著吳易然以兩分之差小輸徐少勤，而那兩分恐怕是輸在吳易然的弱科英文。

吳易然從小沒有補習，全靠自己在家鑽研，國小國中還時常滿分，算是能更上進度，可到了高中，英文難度升高，反而成為一項負擔，相比幼稚園就開始訓練英文的少勤，程度遜色了一些。

而這一點，就成為他三年都第二名的原因。

「吳易然你看看我！」不遠處傳來張庭愷興奮的狂吼。

「我進校排百名啦！」吳易然往右看去，張庭愷站在公布欄右方，正好排上了第一百名。

「恭喜！」吳易然欣然一笑。

其實張庭愷成績也是不錯的，考前只翻了幾頁的書，就能考到七、八十分，吳易然有時還羨慕起他來，運動好，人緣佳，連考試時幸運之神都那麼眷顧著他，幾乎是享有含著金湯匙般出生的待遇。

這次竟然讓他考到第一百名！

「不錯啊，看來玩耍之餘還是有認真唸書啊！」

眾人後方傳來稱讚的語氣，所有人猛然回神，只見學務主任站在後方，一群人馬上鳥獸散，留下錯愕的徐少勤、吳易然和還沉浸在興奮裡的張庭愷。

「愷哥，有進步啊！」

學務主任其實很親民，基本上沒有犯下大錯，和大家關係都很好，甚至某些與主任親近的學生還直接被他叫綽號，和大家往昔嚴肅主任的印象大不相同。

「謝謝主任！」張庭愷開玩笑的學士兵立正，行三指禮，連吳易然看了都露出淺笑。

「少勤、易然，等等朝會時照慣例會頒發前三名獎學金，這你們應該都很清楚了。」

「好的主任。」徐少勤微笑回答，吳易然也點了點頭。

朝會結束，吳易然將獎狀保存放進資料夾。

「吳易然，外找！」吳易然走到教室門口，只見學校資優班的數學老師正揮手找他。

「易然，這次數學段考那麼難你都考了滿分，真的不考慮來資優班？」其實這個問題，老師從高一唸到高三，卻遲遲得不到吳易然的答應，每次都被吳易然婉拒。

「不用了老師。」他低下頭，看著老師手中的奧林匹亞數學競賽報名表，知道了老師找他的真正目的。

「啊對了，數學競賽，今年還是派你參加喔！」

「好。」吳易然接過報名表。

「那今天開始留校練習至九點，你們正好也快學測了！」

「知道了。」吳易然想著待會打電話和媽媽提醒會晚點回家。

「喂？媽，我今天開始準備數學競賽，會九點才回家。」

「好，記得吃飯，別太累。」媽媽慈祥的聲音在電話一頭叮嚀著。

「媽妳也是。」

九點練習完數學競賽的題目回家，家裡燈火通明，吳易然拿出鑰匙打開大門。

「媽？」以往媽媽都會坐在客廳看著電視迎接他們，今天卻不見人影。

吳易然先到房間將書包放好，然後到廚房喝水。

一雙腳倒在廚房冰箱前，地板殷紅血液蔓延，媽媽像沒了氣息般倒在地上。

「媽！」吳易然驚慌失措的跪地，拍了拍沒了血色的臉龐，不停大聲呼喚。

滿是濕濡的血液，媽媽的頸子劃開了一道長長的傷口，廚房用的菜刀落在頭旁邊。

血流出的速度比想像的快，由媽媽的頸子延伸擴散。

吳易然慌亂的從口袋翻出手機，手掌卻沾滿黏膩的血液，想報警打一一九，卻不斷手滑。

「喂？請問有什麼緊急事件嗎？」電話那頭的人員機械化的說出台詞，對來電者總是慌亂的態度已習慣。

「那個……我媽被……」吳易然講沒兩句便開始哽咽，想說什麼卻無法出口。

「你聽我說，你先讓自己冷靜，深呼吸，然後告訴我你家地址，還有發生了什麼事？」電話那頭聲音變得溫和，像試圖給吳易然鎮定劑。

「好……呼……我剛回家，發現媽媽倒在地上，脖子上有很深的傷口，目前還有氣息，但很微弱……我家是和平路一百號……。」吳易然聲音微顫。

「你做的很好，醫護人員馬上就會到你家，現在先聯絡看看有沒有其他大人。」

大人……，能造成這種狀況的，除了喝酒醉的爸爸還有誰？吳易然緊緊握拳，一股怒氣上升。

他決定打給在學校晚自習準備考試的弟弟吳宥然。

「喂？吳宥然，你現在馬上跟學校請假，媽媽受傷了，你趕快過來市立醫院！」還沒等吳宥然開口，吳易然便快速的說明事件後掛斷。

他跪在媽媽的身體旁邊，想著這種情況應該做些什麼，學校有教要按住止血點，但一片混亂根本什麼也做不到，也不敢貿然行動，深怕情況惡化。

他想了想，抱著一絲希望打電話給爸爸，卻一通通進語音信箱，無人接聽。其實他早料到這種結果，於是打消了念頭。

救護車的聲音由遠而近，停在吳易然家門口，醫護人員動作迅速的拿出擔架，將血流不止的媽媽抬上救護車。

「有患者的身分證或健保卡嗎？」醫護人員問著，吳易然馬上從媽媽平時背的包包拿出證件。

救護車尖銳鳴笛的聲音，像是在預告著誰的死亡，吳易然不停的往負面想著。

意外的是途中一路暢通無阻，沒有紅燈阻擾，很快的就到了市立醫院急診室。

「患者李筠，四十歲，左頸部刺傷，頸動脈出血，緊急急救！」吵雜的急診室裡，醫護人員推著擔架大喊，馬上有人過來接應。

「生命徵象不穩定，大量出血！」看著媽媽被醫生護士急救，他一時傻在原地，不知所措。

「嗡──嗡──」耳鳴大響，四周的聲音像音量播放鍵轉大轉小聲，眼前的一切快速到跟不上世界運轉速度。

「心跳停止，CPR！」一名年輕醫生跳上病床對媽媽實施心肺復甦術。

「一、二、三、四……」一下一下的喊著數字，護士緊盯著儀器，盼著有一點生命徵象。

吳易然看著眼前不停奔走的醫生，覺得一切好不真實。

而這時，吳宥然騎著腳踏車衝往醫院，只聽吳易然匆匆提起媽媽受傷，不知詳細情況，搞得他也慌張。

「哥！媽怎麼了！」吳宥然抓著吳易然的肩膀搖晃。

吳易然怔怔盯著前方，眼裡黯淡，一句話也說不出。

「室顫，電擊器！」護士推著機器到床邊，將貼片貼在應對的位置。

「所有人離開，兩百焦耳，電擊！」媽媽的身體猛然一顫，隨後恢復平躺，儀器上的心率依舊在不正常的顫動。

吳宥然和吳易然站在離床五公尺處，望著慌亂的場景，兩人同時眼角滑下眼淚。

床單已經殷紅了一半，止血用的紗布也不斷替換，但是刺到了頸動脈，鮮血沒有要停歇的樣子。

「電擊！」

「媽快醒來！」

吳宥然忍不住大吼，他從沒預料到只是晚點回家而已，再次見到母親便是這般血腥場景。

吳易然更是自責，如果能早一點發現失血過多的媽媽，如果今天沒有數學競賽練習，就不會讓媽媽遭遇這種事。

「持續CPR！」三名醫生輪流交替的按摩心臟，儀器卻持續著刺耳的心率暫停聲。

所有急診室的病人們都圍觀著場景，鮮血蔓延到地上，濃重的血腥味傳開，流了一地仍然止不住。

「逼——」直線無盡的延長，盡頭不再有任何起伏，而所有器官皆停擺。

「不要放棄……」一名醫生喃喃念著，接手持續心肺復甦，對患者依然保有一絲寄望。會活下來的。

吳宥然瞥了一眼牆上的時鐘，指針緩慢走著，從事發至現在竟只經過了半小時。

醫生們努力了那麼長時間，整個急診室的患者也在默默禱告。

急診醫生的手冰冷，在觸及患者肌膚的剎那暖和了一些，卻終究沒能讓患者繼續留存餘溫。

他拿出手電筒測試瞳孔生理反應，手指也在脈搏停留了一會，仍等不到任何跳動。

「死亡時間……晚間十點零七分……。」醫生低聲宣告死亡，搶救失敗。

醫生們各個面容哀戚，其實已遇過無數死亡案例，急診搶救卻仍然死亡也不是第一次，卻依舊敬業的為患者哀悼。

「怎麼會……」吳宥然不可置信的腳軟跪地。

沒想到今日還帶著盈盈笑臉送他們出門的媽媽，卻在一場意外後天人永隔。

「不可能啊……一定還有救的，拜託你們救救她。」吳宥然拖著急診室醫師的衣襬，低聲下氣的求救。

「很抱歉，患者已經死亡了……」

此時又迎來一波急診病患，頓時急診室人滿為患，哀嚎遍野。

吳易然依舊佇立原地，像失了魂魄，像靈魂被抽取。

「哥……騙人的吧……」吳宥然不停捏著自己的大腿，覺得一切只是夢境，只是場惴慄可怖的惡夢。

「媽……」吳易然嘴裡終於吐出隻字片語。

他顫抖的踏出一步，想看清媽媽的臉龐，卻一陣天旋地轉，眼前一片黑暗，昏厥倒地。

再次醒來已經是晚間十二點，睜眼先看到的是潔白的天花板與牆壁，吳易然癱坐在醫院急診的綠色椅子上，旁邊是來來去去的病患及醫生。

依然恍惚。

吳宥然不知去哪了，吳易然以為剛才的一切是夢境，但手上沾滿媽媽的血液，他才知道都是真實。他在急診室昏厥，然後數小時後醒來。

看著手掌乾裂的血液，凝結成塊，吳易然忽然感到一陣噁心湧上心頭，幾乎要嘔出胃酸。他痛苦的彎下身子，雙手摀住嘴巴，嘴裡傳出陣陣酸味，卻吐不出一點東西。

他想起自己還沒有吃抗焦慮的藥物。

頭昏腦脹，吳易然眼前一片模糊，像是貧血的暈眩，但延續了幾分鐘沒有減緩的現象，他努力克制又要引起的耳鳴。

「哥，你醒了。」身後傳來吳宥然沙啞的聲音。

「媽呢？」吳易然猛地站起，卻反而一個踉蹌。

「你小心一點……」他扶著不穩的吳易然。

「媽送去太平間了……」此時的吳宥然滿臉憔悴，眼角滿佈明顯的淚痕，眼睛紅腫如核桃，看來也是大哭過一番。

吳易然聽聞就要往電梯走去，卻被吳宥然一把拉住。

「哥……等等。」

「怎麼了？」

「真的是爸做的嗎？」吳宥然疑問的說，其實也可能是外人闖入造成的，但他的直覺告訴他，又是爸爸酒後衝動造成。

「是……你看這個。」吳易然從口袋拿出浸染一片血液的手機。

吳宥然馬上認出那是媽媽的手機。

他找到手機錄影，點開檔案，映入眼簾的是混亂的視角，手機卻傳來清晰的爸爸與媽媽的爭吵聲，視角一開始只拍到男人的腳，幾次晃動後總算捕捉到臉部。那是滿眼戾氣的爸爸憤怒拿起菜刀的模樣，下一瞬鮮血四濺，畫面倒地自動切斷。

後來就是悲劇的發生。

吳宥然看著又默默留下淚水，右手緊握手機，切掉血腥的錄影畫面。

「先去看……媽吧……」兩人站起身，往電梯走去，準備到地下一樓。

地下一樓的空氣異常的冰冷，迴廊上冷冷清清的沒有半個人，頭上的電燈異常的閃爍，一股壓迫感迎面而來。一個轉彎後終於看到有人，穿著正式襯衫帶領兩人往太平間走去。

到了擺放媽媽遺體的位置，吳宥然先向覆蓋的白布行了個禮，吳易然看了也跟著稍微彎腰行禮，然後吳宥然掀起白布，媽媽面容完好的平躺，衣著完整的像是在沉睡，除了頸子上醒目的刀口。

吳易然看著眼眶又溢出眼淚，腳一軟差點跪下去。

「媽，妳好好走……我會幫妳討回公道的。」吳易然泣不成聲。

「請節哀……」襯衫男子一旁看了吐出一句安慰。

「哥……那個影片，應該要拿去給警方……」吳宥然指了指手機。

「可是爸……」隨後又因為是爸爸所為而猶豫。

「不管是誰，殺了人就是有罪。」吳易然擤了擤鼻涕後說。

「那我們現在……該怎麼做？」吳宥然唯唯諾諾的說

「先把媽這邊處理好，然後去警方那邊報案，看能不能先幫忙找到爸。」吳易然條理分明的將事情分配。

「不趕快找到爸，怕他又做出什麼事。」吳宥然也說。

凌晨一點，急診室依規定報案，警察直接到醫院找他們做筆錄。然後將證物拿給警方，並說明事實。

「這是死者的手機嗎？」警方問。

「是的。」吳易然點頭回答。

他不太喜歡警方直接稱呼「死者」，或許是因為目擊了媽媽死亡的瞬間，在他心裡有著很大的陰影。

「那我這邊先聯絡吳先生，你們在這裡填一下資料。」約莫二十五歲的年輕蘇姓警官起身到外頭聯絡，

隨後進來一位女性警官。

「我詢問幾個問題……」簡女警官拿著筆不停紀錄。

因為吳易然是發現者，警官詳細的多問了幾個問題，吳易然也如實回答，雖然過程回想到慘烈的場面，

心頭總是一陣痛楚，但他還是盡量配合警官。

「聯絡到吳先生了！」蘇警官探頭朝吳易然他們說。

「對方怎麼說？」簡警官問。

「對方……情緒非常激動……」蘇警官困擾的抓了抓頭。

「可以讓我跟他說說話嗎？」吳易然盯著蘇警官手上的電話，想知道爸爸究竟在哪裡。

「嗯……好吧。」蘇警官將電話遞給吳易然，吳宥然則繼續回答簡警官的問題。

「喂，爸。」吳易然才剛講兩個字，就聽見電話那頭高分貝的辱罵。

「啊你是在供啥小，我哪有什麼過失殺人！」聲音刺耳到吳易然將電話稍微遠離耳邊。

「爸，是我，易然。」吳易然首先表明身分，阻斷了爸爸連珠炮的言語。

「啊怎麼是你，你現在在警局？」爸爸的語氣突然慌張了起來。

「我沒事，你在哪裡？」吳易然一步步追問。

「喔……我勒找工作啦！」爸爸豪邁的國台語夾雜說話。

「在喝酒嗎？」

「欸……嘿啦……。」爸爸突然心虛了起來。

「爸，你知道你昨晚做了什麼嗎？」吳宥然在旁邊聽到吳易然說著，眼眶又紅了起來。

「沒有啊，我哪有做什麼！」很明顯的聽出爸爸知道，卻在掩蓋自己犯下的罪行。

「媽走了，你還說沒做什麼！」吳易然忍住即將升起的怒火。

「啊你現在是要告我嗎！蛤！你這個不孝子，竟然要把爸爸抓起來！」

爸爸語無倫次的，卻又想展示自己身為父親的權威，以為吳易然聽見他說不孝，就會不敢告發爸爸。

「爸，你不要鬧了，做錯事就應該被懲罰。」吳易然語重心長的說。

「警方已經掌握你的位置了，爸……」原本還一陣怒火，突然想起往昔還沒步入歧途的爸爸，對兄弟倆和媽媽都非常和善，甚至自稱是最幸福的家庭，吳易然深怕注入過多情感，反而又想挽回這番做法，急忙將電話遞給蘇警官。

「吳先生，麻煩你親自到警局，否則警方這邊會派人去拘捕你。」

「來啊！我不怕你！」爸爸語氣又突然兇狠起來，恐怕是飲酒導致的錯亂。

蘇警官向一旁待命的王警官使了使眼色，要警官依照電話位置拘捕嫌犯。

「那你們兩個要在這邊等他來嗎？」警官詢問。

吳宥然微微點了點頭，吳易然看了也跟著說：「那就在這裡等吧。」

約莫二十分鐘後，警車緩緩駛到警局面前，車上下來的正是幾天不見的爸爸，此時的他渾身酒氣，神魂顛倒，滿臉鬍渣，狼狽不堪。

「放開我！」爸爸被手銬束縛，不斷扭動想掙脫。

「嫌犯驗出有輕微毒品反應。」王警官按住爸爸的肩膀向蘇警官報告。

吳宥然一聽倒吸了一口氣，他沒想到爸爸已經開始學會吸毒了。

「先關押於警局，等待判決。」

王警官將爸爸帶到一個房間內，拿了張椅子讓他坐下後，將手銬與牆壁緊銬。

「如果真的要入獄，需要關多久？」吳宥然擔心的問，如今媽媽已經過世，爸爸又隨時可能入獄，家裡的經濟支柱垮下，現在最要緊的是兄弟倆的經濟來源。

「最短也要三年以上。」

「那我們……？」吳宥然話未說完，蘇警官馬上插話。

「會請社工介入你們的生活，或看有沒有其他監護人能夠照顧。」

「不用，我們可以自己生活，我可以去打工，我成年了。」吳易然沉穩的說，他的個性使然，並不想麻煩別人。

「這件事還是等時間到了再說。」

「吳先生判決出來後會再電話通知。」蘇警官提醒

「好的。」

幾個小時後，爸爸確定入獄，判處三年有期徒刑，吳易然回家收拾爸爸的衣物及個人物品送去監獄。

「爸……」吳易然此時的心情是矛盾的，為爸爸入獄感到不捨，卻又為爸爸的罪行感到氣憤。

「易然、宥然，對不起你們，也對不起媽媽……」爸爸經過一天，神志清醒了一些，也不再大喊胡鬧。

「我們會照顧好自己。」吳易然已經開始為未來打工做打算。

「好、好……」爸爸泣不成聲。

談話結束，易然走到外頭，蘇警官馬上湊近。

「這個社工會處理你們監護人的事情。」

吳易然看見皺了皺眉頭，卻還是上前。

「這邊監護人修改成伯父。」社工說。

「好，但我成年了，不需大人照顧。」吳易然執著於這點。

「照理來說，你們這種情況，還是需要有監護人照顧，不可能讓你們自己獨住。」社工扶了一下圓框眼鏡。

「那這邊填一下資料。」社工拿出了一疊關於監護權益的資料請吳易然簽名。

全部處理完事情後已經是下午了，一回到家吳易然馬上癱軟在床上，盯著天花板，腦內卻一片混亂。

「學校請假……修改資料……」他嘴裡喃喃念著。

「好煩……」吳易然把被子甩到頭上蓋住眼睛。

他煩躁的抓了抓頭髮，起身吃了顆抗焦慮的藥物後倒在床上昏昏欲睡。今天吳宥然也和學校請假，幾天處理了媽媽與爸爸的事，讓兩人疲於奔波，現在處理完了終於可以好好休息。

隔天一早起床，弟弟已經出門上學，因為弟弟的學校離家裡比較遠，總是需要比較早起床。看似平凡無奇的早晨，其實負面能量正排山倒海的朝吳易然襲來，他開始無來由的想大哭，卻又一滴眼淚也擠不出，連續幾日沒有好好休息，意識也跟著開始迷茫，他不斷抵抗鋪天蓋地而來的負面念頭，反反覆覆的拿起桌上的美工刀，耳裡不斷傳來幻聽。

「**都是你害的……沒有人會愛你……**」幻滅的低語總是能擊中吳易然的要害。

「走開！」他將桌上的物品全部甩到地上，發狂的到處亂砸東西。

吳易然撿起被他甩落桌下的藥盒子，顫抖的打開，一把抓起藥丸，灌了一大口水吞下。

他的身體不停劇烈顫抖，張著嘴用力的呼吸，每一口空氣卻灼燒著肺部，他只能兩手緊握，指甲陷入皮膚中，把雙手手臂都抓出了一條條血痕，卻依然止不住痛苦。毫無預兆的發作，留下的是力氣被抽離的軀體。

他拋棄桌上的美工刀，走到自家頂樓，爬向牆頭往下望去……

03

「一生只夠愛一個人，那麼專情的浪漫。」

「林語忻！放學有誰要留下做教室佈置？」班導對著身為學藝股長的林語忻問。

「嗯……總共五個人。」林語忻掰著手指數算著。

「等等放學請你們五個人喝飲料！」班導偷偷對林語忻說，林語忻一聽立刻心花怒放。

教室佈置這種東西對於高中生並不是非常重要，只是學校舉辦的一項活動，但林語忻的班導卻對這種活動有著另類的執著，甚至願意犧牲自己的金錢、時間，只為讓班上同學體認到高中並不是只有課業重要。

林語忻拿出一張A4紙和鉛筆要將待會討論的內容寫下。

「這次教室佈置的主題是什麼呢？」林語忻提出問題。

眾人不約而同的低頭苦思，腦內不停搜索可用的資源。

「不然畫寶可夢吧！裡面好多角色都好可愛。」女孩想到的是人人喜愛的皮卡丘。

「還是角落生物？簡單好畫又可愛。」好友奕璿也提出建議。

林語忻看沒人再發表意見，便決定表決。

「那就寶可夢和角落生物投票吧！」

「選擇寶可夢的舉手。」

「選擇角落生物的舉手。」其餘三人舉起手，奕璿看是她提出的建議獲選，高興的搖頭晃腦。

心思細膩的女孩馬上拿起手機搜尋角落生物的圖案，林語忻則持續與其他人討論。

「底色應該要用什麼……？」

「需要用到什麼材料？」

「用彩色麥克筆畫妳們覺得可以嗎？」

一步一步，教室佈置有了一些進展。

班導提著飲料躲在後門後面，看著五個女孩專注的討論，欣慰的點了點頭。

「女孩們，飲料來嘍！」班導俏皮的跳出來，嚇得正專心的她們驚聲尖叫。

「老師，嚇到我們了啦！」其中奕璿被嚇得最嚴重，整個人幾乎要跳起來。

「哈哈哈，就是要嚇妳們啊！」

「老師妳童心未泯喔！」林語忻笑著說。

「嘿嘿嘿，好啦大家辛苦了，休息一下，喝點東西吧。」老師將飲料一杯杯發給同學。

「珍珠奶茶～」大家看著甜甜的奶茶搭配黑珍珠眼睛都亮了起來。

「林語忻，這杯無糖的是妳的。」老師特別將寫有無糖標籤的飲料遞給語忻。

「哇，老師妳竟然知道我不能喝太甜的，謝謝老師！」林語忻又驚又喜，這種小細節，班導竟然注意到了。

「不會啦！老師記憶力還是很好的！」

班導是個很細心的人，細心的程度異常到同學之間都非常驚訝，她會記住閒聊之中別人不注重的小細節，就比如她會知道林語忻不能喝太甜，因為每次全班一起點飲料時，她總是點無糖，班導就自然而然的默默記起。

一行人坐在教室後方的地板，面對廣大的佈告欄分配工作。底色選用鮮明的黃色，帶給人無限希望的感覺。繪圖技巧最好的女生用鉛筆在紙上打草稿，兩個女孩則負責測量長度並裁切，林語忻和奕璿畫些小插圖。

好一陣子，教室維持靜默，所有人安靜的在自己的工作崗位上，班導在一旁看了忍不住拿起手機紀錄下這時刻。

晚間七點，天已暗了下來，眾人的肚子也餓了起來，班導提議去附近餐廳吃飯。

「我們去學校附近餐廳吃飯吧。」班導打破沉默的五人。
「好啊，剛好肚子餓了！」奕璿喊著。
「那收拾東西走吧！」她們將東西整理疊放至教室角落，準備去吃晚餐。
「那個……我就不跟妳們去了，我還有別的事……」林語忻抿著嘴，有些吞吞吐吐的說著。
「啊……好可惜……」雖然不知道什麼原因，但有一人缺席就構不成完美。
「沒關係，下次再約就好了！」班導安慰著，並對林語忻眨了眨眼。
「大家掰掰！」
「明天見！」林語忻和眾人往反方向，要到學校門口牽腳踏車。
林語忻回到家自己煮了碗泡麵，看了一下時間，七點媽媽銀行的工作已經下班，現在應該是到大賣場去行銷了，她想著。
鮮少有人知道，林語忻是單親家庭，原本也是個幸福美滿和樂融融的家庭，卻在林語忻五歲時，爸爸和年僅三歲的弟弟出了車禍，從此天人永隔。
知道媽媽為了維持生計在外打拼非常辛苦，她開始勤儉持家，極少花費零用錢，從不要求買任何東西，把自己打理好，不讓媽媽多費心。
就連自己的手機，也是她存夠錢才因為聯絡方便而買的。
晚上讀完書後，她拿起從學校帶回來的教室佈置美勞用具，開始做些小裝飾。一邊聽著音樂，語忻嘴裡跟著輕快的哼著歌。
「從前的日色變得慢，車馬郵件都慢，一生只夠愛一個人……」手機鈴聲響起歌曲《從前慢》。
像是來到慢慢的時代，一個沒什麼人會耗費心思將情誼慢慢寫在紙上的時代，一生只夠愛一個人，那麼專情的浪漫。

朝暾暖陽斜照，在這慢慢的時光裡悠遊，一步一履的踏著，聽著街衢中馬車的噠噠聲，綠衣踩著踏板穿梭，一家一戶的送著滿是情意的信件。

第一次聽聞這首歌覺得詞曲觸動她柔軟的內心，歌手的聲線更是令她聽的如癡如醉，她便將這首歌設定為手機來電鈴聲。

「喂?媽?」手機上顯示媽媽的來電。

「語忻啊，吃飽了沒?」開頭總是媽媽的噓寒問暖。

「吃飽了，媽媽呢?不要因為省錢而不吃飯喔!」林語忻叮嚀著，她不只一次發現媽媽為了節儉，三餐併一餐吃。

「有，媽媽有吃飯。」電話那頭的媽媽輕笑。

「今天在學校還好嗎?」

「還不錯啊，老師有請飲料給我們喝，還知道我不能喝太甜的幫我叫無糖的!」現在想起，林語忻還是覺得班導很貼心。

「老師那麼細心啊，真不錯。」媽媽聽了也驚呼。

「雅熙!」電話隱隱傳來呼喚媽媽的聲音。

「媽媽趕快去工作吧，記得休息別太累了。」林語忻聽見有人叫喚媽媽，便匆匆結束對話，避免影響到媽媽工作。

「好，掰掰。」語氣聽起來媽媽有些不捨，惋惜和林語忻講沒幾句就掛斷。

林語忻掛斷電話，點開爸爸的通訊錄。

「爸爸，我是語忻，我今天過得不錯……」

這是自從語忻有了手機後，第一件想做的事。

那時五歲的她對爸爸沒有什麼印象，只記得爸爸的聲音溫柔低沉有磁性，她很喜歡聽爸爸說話，睡前都是爸爸負責說故事。

有了手機之後，她就決定每天傳一則語音訊息給爸爸，即使已逝的爸爸不會已讀訊息，林語忻依然以這種方式表達對爸爸的思念。

隔天一如往常的到了學校，林語忻習慣先去吉他社團教室練習準備比賽的吉他曲目，卻發現教室裡傳來餘音繚繞的吉他聲。

她悄悄的走入，看見熟悉的學姐，正背對著門口彈奏吉他。

「想見你只想見你，未來過去我只想見你……」學姐高亢美妙的聲音哼唱著，林語忻在門旁聽著也跟著小聲合唱。

學姐似乎聽到身後傳來隱隱的歌聲，彈奏吉他遲鈍了一下，但沒有停下，一直到最後尾聲。

「會不會你也和我一樣，在等待一句我願意。」完美合唱結束，林語忻不知不覺的越唱越大聲，歌曲結束，學姐馬上盈滿笑臉的轉過身。

「林語忻，我就知道是妳。」雖然已經猜出身後唱歌的人的身分，學姐還是一臉驚訝。

「軒芸學姐，怎麼那麼早來吉他社？」林語忻已經趕在晨曦微亮時來到學校，沒想到學姐竟然比她更早。

「最近考試比較多，沒辦法常過來吉他社，我想利用早上這段時間多多練習。」鄭軒芸已經是準高三學測生，每日都有繁重的考試和測驗。

「可以和學姐一起練琴嗎？」林語忻抱起吉他問著。

「當然可以啊！」鄭軒芸拍拍身旁的塑膠椅要語忻坐下。

「學姐這次表演的曲目是《想見你想見你想見你》嗎？」林語忻聽見剛才軒芸的彈唱便問。

「是啊，學妹妳呢？」

「我是盧廣仲的《魚仔》。」

「哇！語忻妳會台語喔！」鄭軒芸驚訝的問。

「會啊，因為小時候有段時間和外婆一起住，自然而然就會講台語了。」林語忻解釋。

「我不太會講台語欸，講起來都不標準。」鄭軒芸有些尷尬的笑著。

「但是學姐唱歌好聽啊！」林語忻十分羨慕鄭軒芸擁有這樣動聽的歌喉。

說著，林語忻馬上唱了一句，鄭軒芸反應靈敏的跟上，將副歌唱完後，博得林語忻激烈的掌聲。

「學妹別一直誇我啦，我會害羞欸。」鄭軒芸臉紅了起來，嘴角卻始終掛著一抹笑意。

「我們來練習吧，我聽妳彈。」鄭軒芸洗耳恭聽。

「看魚仔在那游來游去……」或許是因為有學姐在旁邊聽著，林語忻有點緊張，聲音有些顫抖。

「學妹不錯啊，妳太緊張了，上台的時候要放鬆，聲音才不會抖，我知道有點難，但慢慢磨練會成功的！」鄭軒芸鼓勵著。

「嗯！我知道了！」林語忻點頭說。

「欸，妳們兩個都在啊？」教室門口傳來社長的聲音。

「對啊，社長早安！」社長也是高三生，從高一就是吉他社的主力社員，學長姐畢業後順其自然的當上了社長的職位。

「今天吉他社很熱鬧喔！」社長開玩笑的說。

「社長一起來聽軒芸學姐唱歌啊？」

「鄭軒芸的歌聲我早就聽過無數次了啦！」社長雖然是男生，卻和鄭軒芸是非常要好的青梅竹馬。

「我早上有考試，先走了，掰掰！」社長像一陣風般來了又消失無蹤。

「學姐光是練習就這麼厲害，會不會表演時讓大家都聽哭啊？」林語忻聽著也有些熱淚盈眶。

「我要保留一點實力，一定要讓你們聽現場時感動掉淚！」鄭軒芸立志的說。

「學姐一定可以的！」

不過，剛才太專注於聽歌，兩人似乎遺漏了弦外之音……

林語忻抬起手錶，瞄了一眼時間，大驚失色。

「啊！剛才已經打鐘了！我竟然沒有聽見鐘聲！」一想到延遲了考試，林語忻急的手腳亂成一團。

鄭軒芸更是焦急，一邊收拾吉他，一邊唸著：「完了完了，遲到肯定會被班導唸的……」雖匆忙著，卻還是動作細心的將吉他放置好才離去。

「真的來不及了，學姐對不起，先走了！」林語忻也急忙離去。

剛才真的彈的太過癮了，鄭軒芸想著，無奈的搖了搖頭，為自己一番作為感到有些可笑，然後關上教室的門後離去。

林語忻匆匆忙忙的小跑步進教室，此時班導已經在前方開始發考卷了。

「老師不好意思，剛才在吉他社練習，不小心耽誤時間了，很抱歉。」林語忻走到班導旁邊小聲說明且道歉。

「沒關係，趕快回座位考試吧。」幸好班導能體諒，也慶幸林語忻是初次犯錯，才不至於被班導唸。

這節考的是世界歷史，社會科一直是林語忻的強項，上課認真聽講，基本考試就有八九十分。

教室裡非常安靜，只聽見翻閱試卷及書寫考卷的沙沙聲。

林語忻認真謹慎的填答考卷，大約三十分鐘就寫完，她花了五分鐘檢查，確定無誤後，折起考卷趴下閉起眼睛休息，班導則不時下來巡視學生。

林語忻此時已經迷迷糊糊的陷入夢境中，卻突然聽見一聲巨響。

「誰作弊！」班導拍桌大吼。

全班懵然抬頭，只見老師一臉氣忿，蹲下身從地上撿起，手上拿了張寫滿字跡的小紙條。

不顧這是考試時間，全班左顧右盼，想從身旁同學的表情看出端倪。

「是誰？」班導氣的眼珠子都瞪了出來。

「欸，作弊就作弊，到底是誰趕快承認好不好。」許齊郡不耐煩的說著。

林語忻微微瞥見坐在左方的同學賴詡辰，僵直身子，不停焦慮的抖動雙腿，右手扳著椅子的邊緣，看似非常緊張。

她原以為她只是一般考試的緊張焦慮，但她始終不敢抬頭與班導對視，班導語氣一加重，她就閃躲迴避。觀察細微的林語忻知道了些什麼。

「你們都是高中生了，這種基本品德應該不需要我再教導吧。」班導難得講話如此犀利，甚至帶著一些尖酸刻薄。

許齊郡從頭到尾都很有意見。不耐煩的他一方面覺得老師小題大作，認為作弊是求學生涯必定會歷經的事，每個人多少都會有作弊的經驗，班導卻為了區區小作弊氣得火冒三丈，一方面覺得作弊的人敢做不敢當，明明只要承認，全班就不用承受班導的碎碎念，那人卻始終跨不出這一步。

班導說出這番話之時，賴詡辰更是身子微微顫抖，林語忻瞄著，雖不確定此事是否真的是她所為，但林語忻已經猜出了一些。

「如果作弊的人再不承認，全班放學留下，直到找出那個人！」班導使出最後通牒，採連坐法，逼那人承認。

「到底是誰啦！」全班一聽，哀怨連連，那人卻始終沒承認。

林語忻心一橫，僅僅思考一秒，便站起身。

「老師，是我做的！」林語忻果斷的說。

「怎麼可能，乖乖牌也會作弊？」

「難怪剛剛不敢站起來。」

「真的是她嗎？」

全班議論紛紛，似乎對林語忻的承認保有懷疑的態度。

班導面無表情，其實眼裡閃爍，心裡不敢置信，她判斷林語忻一定是為了全班，替作弊之人背下了這負擔。

「各位同學非常抱歉，是我做的。」

林語忻瞄見左方的賴詡辰驚訝的張大嘴巴，想說什麼又無從出口，只能看著明明沒做什麼，卻替她背下黑鍋的林語忻。

這時下課鐘聲響了，既然真相已水落石出，同學也按耐不住心情，忍不住想到外頭聊天吹風。

老師這才說：「其他同學下課，林語忻留下，跟我到導師辦公室！」

突然男孩說話：「老師，不可能是她，我可以保證！」

此話一出，得到全班的噓聲：「喔～許齊郡你喜歡林語忻喔！」都高中了，大家還是喜歡這樣亂湊合班對。

許齊郡瞬間臉紅：「不是啦，林語忻社會科那麼強，考試幾乎都逼近滿分，她根本沒有理由作弊啊！」

林語忻愣了一下，剛才太過衝動，沒有思考她本身的條件跟本不適合，就匆匆站起。

「對欸……難道是為了追求滿分？」

「完美主義者嗎？」

講台下又一片吵鬧，大家各自提出不同的看法。

「好了，既然林語忻已經承認，剩下的我來處理就好了！」班導穩重的說。

一半的的人離開教室，林語忻則跟著班導到導師的辦公室，臨走前看了一下一直低頭的賴詡辰，卻正好與她對上眼。

她的眼神充滿驚訝歉意及忐忑不安，林語忻對她搖了搖頭，表示沒關係。

林語忻跟在班導後方，想著剛才才因為遲到進教室犯了錯誤，現在又替作弊之人背黑鍋，不知老師對她的印象是否會大打折扣。

她很少見到班導如此嚴肅不苟言笑，板著一張撲克臉，似乎隨時都可能暴怒生氣。

「老師知道，不是妳做的，跟老師說是誰？」班導坐在椅子上，凝視著林語忻的眼睛說。

「老師，對不起，我欺騙師長，但我不確定是誰做的。」林語忻低頭致歉。

班導攤開手上的紙條，指著上面渺小的字跡說。

「這個人的字跡有著明顯的特徵，轉折處偏圓潤，而妳的字跡則是方正，老師看了你們兩年的字跡，怎麼可能認不出來。」

的確，林語忻寫字一般偏大，又方方正正，和那人圓潤渺小的字體有著很大的差異。

「是妳旁邊的賴詡辰吧。」林語忻一驚，沒想到班導那麼快就找出那人。

「其實我早就看到她作弊了。」班導長嘆一口氣。

「剛才同學說的沒錯，妳的社會科成績那麼優異，的確沒有理由作弊。」班導自顧自的說。

「我不當面指出賴詡辰作弊，就是為了給她警惕，讓她對自己犯的錯誤負責，沒想到卻是妳站起來了。」

班導無奈的輕笑。

「妳怎麼會那麼傻，自願幫別人背黑鍋？」

林語忻尷尬的笑著說：「其實只是聽見男生的抱怨，覺得若是詡辰堅持不肯承認，那全班就勢必得放學留下，這對趕著放學到補習班的同學很不利，所以才……」

班導震驚林語忻竟然能為班上少數同學做到如此地步，竟然能為那少數人著想。

「可是啊，語忻……」

「妳這樣做反而是在讓詡辰一再逃避，我的用意就是要讓詡辰對自己負責，妳這樣幫忙她掩蓋自己的錯誤，不就喪失了我原先的用意了嗎？」班導抓住林語忻的肩膀說。

「是……老師我知道了……」林語忻點點頭。

「那妳先回教室吧！」

「好的，謝謝老師。」

林語忻轉身走出導師辦公室，才走沒幾步，便遇見剛好走下樓，看似準備去找班導的賴詡辰。

賴詡辰心虛的望了林語忻一眼，然後猛然伸出手抓住語忻的袖子。

「林語忻，對不起是我做的，妳應該……知道了吧？謝謝妳剛才幫我……對不起。」賴詡辰吞吞吐吐的道歉。

「沒事，班導不會罵妳的，快去找班導吧！」林語忻鼓勵著，她是真的知道班導並不會責罵，而是僅給予警惕。

「好，謝謝妳……」賴詡辰對林語忻露出一抹微笑。

林語忻一回到教室，奕璿馬上上前。

「語忻，妳還好嗎？真的是妳嗎？」

「妳覺得呢？」林語忻眨著眼笑著說。

「所以到底是誰？」奕璿壓低聲音問著。

「賴詡辰。」

「真的假的？那個文靜的賴詡辰？」奕璿不敢置信，瞪大眼說。

林語忻點點頭，然後給了她一個我也不知道為什麼的眼神。

「妳為什麼要幫她？」賴詡辰是個安靜的女孩，和林語忻交情並沒有很好，只是普通同學。

「我是為了全班著想，況且老師其實已經知道是她了。」林語忻聳聳肩。

這時教室外有別班同學找奕璿，奕璿一見好久不見的朋友，開心的蹦了出去。

上課鐘聲響起，賴詡辰壓秒進到教室。

她低著頭快速走進教室，臉泛著潮紅，似乎才剛哭過。

林語忻看著賴詡辰，抿著嘴唇，心裡暗算著什麼。

中午午休時間，林語忻把賴詡辰拉了出去：「妳跟我來。」

賴詡辰一臉茫然的被林語忻拉著手走向學校二樓圖書館外，那裡的風景甚好，靠著欄杆往外看藍天白雲，微涼舒爽。

「林語忻……妳帶我來這裡做什麼？」賴詡辰語速極慢的說著。

「剛才老師沒罵妳吧？」

「沒有……是我自己覺得羞愧才哭的……。」說著，耳朵也跟著泛紅了起來。

「那就好……妳……」林語忻盯著賴詡辰的眼睛，賴詡辰反而不敢直視她。

「妳作弊是有原因的吧？真的只是想考高分嗎？」林語忻猜想。

「我……」賴詡辰吞吞吐吐的說不出完整字句。

「沒關係妳慢慢講。」林語忻給了她一個微笑，要她不要太緊張。

「我哥哥成績很好，每次考試都能逼近滿分，我爸媽常拿他來和我比較，總是指責我不夠用功，卻不知道我為了考試耗費了多大的心力……，前幾天我哥又被我爸稱讚，他一看到我七十幾分的考卷，說了讓我非常傷心的話，他說，我生妳下來幹嘛……」賴詡辰說著說著開始哽咽，林語忻更是聽的心裡也陣陣疼痛。

「我也只是想告訴爸媽，我有在認真讀書，但成績就是上不來啊……」賴詡辰崩潰的大吼，眼淚不停掉落，她用手背抹去，卻讓臉頰滿是水痕。

「我雖然沒有妳這樣的經歷，但我能試著理解妳的感受。」林語忻眼神溫柔的說。

此時賴詡辰已經哭的泣不成聲，林語忻看著，輕輕的將掩面哭泣的賴詡辰攬入懷中，拍著她的背部。

「沒事的，哭出來吧。」

賴詡辰有些難堪，像是不習慣在人面前那麼失態，卻真的忍不住淚水。

林語忻拿出口袋的衛生紙，替賴詡辰擦去眼角流下的淚。

「很辛苦吧。」她同情的說，賴詡辰在林語忻懷中發出模糊的嗚咽。

語畢，林語忻瞥見許齊郡從走廊經過，先是滿臉問號，然後轉為恍然大悟。

「詡……」許齊郡一出口，立刻被林語忻制止，她拼命的對他使眼色，他才錯愕的止住要出口的話。

許齊郡忍不住悄悄躲在柱子後方偷聽。

「一定大家都知道是我做的了……。」賴詡辰懊悔的說，她不純熟的技術，恐怕已被許多人看穿。

「沒事的，沒有人會怪妳。」

林語忻回頭看了看許齊郡，他一臉莫名奇妙的指了指自己，口型說著，是說我嗎？然後勉為其難的點了點頭。

「成績上不去，我可以教妳啊！」林語忻對自己的社會科非常有信心。

「謝謝妳。」賴詡辰淚光閃閃的抬眸，剛好對上林語忻的微笑。

「那我們回教室吧。」後方的男孩不知什麼時候已經離去，林語忻和賴詡辰兩人並肩走回教室。

接下來的幾天，果真沒有人在談論作弊的事情，許齊郡也在知道實情後，將祕密保存好，沒有大肆宣揚，避免了不必要的紛爭。

04

「我的身邊也有像你這樣正受著憂鬱之苦的人，我能理解。」

某節下課，林語忻安安靜靜的坐在位置上看著小說，林語忻的好閨蜜奕璿突然神祕兮兮的走到她的身邊。

「語忻……」她正沉溺於書中精彩的情節，起初並沒有聽見，奕璿又叫了一次。

「林語忻……」

「啊！幹嘛這樣的聲音叫我，妳幽魂喔！」林語忻身體一震，明顯被嚇到。

「明明就知道我很容易被嚇到……」林語忻嚇得狂打奕璿的手臂。

「好啦……妳有沒有空？」

「有啊，怎麼了？」林語忻發現奕璿眼睛一直瞟向教室外頭。

「那個……幫我一個忙，把這封信拿給趙閎帷好不好……」邊說還瞟著窗外的趙閎帷。

「幹嘛突然寫信給他？」林語忻疑惑，思考了一下後恍然大悟。

「妳喜歡他喔，我怎麼都不知道！」身為奕璿的好閨蜜，她竟然不知道閨蜜有了心上人。

「妳小聲一點啦！」奕璿咒罵林語忻，嘴角卻止不住笑意。

「真的喔？什麼時候開始的？」林語忻突然開始好奇。

「這個說來話長，妳先幫我拿給他啦！」

「為什麼妳不自己拿給他？」對於奕璿突然的喜歡趙閎帷，林語忻滿是疑問。

「因為……我之前曾跟他有誤會。」奕璿尷尬的說。

「什麼誤會？說清楚一點。」林語忻專注的要聆聽。

「就是，之前有一次他忘記帶課本跟我借，過了好幾天課本都沒有還回來，我著急著跟他拿，他卻跟我說課本已經還回來了，我心想怎麼可能，明明就沒看到，聲音就大了點問他是不是把我課本弄丟了不敢說，他一臉莫名奇妙的看著我，我一氣之下罵了他好幾句不雅的話，結果，回到座位翻了翻書包，才發現課本在我書包裡……。」奕璿滔滔不絕的說。

「這是小事啊，跟他道個歉就好啦。」林語忻語氣輕鬆的提出。

「不是啦，你不懂。」奕璿聽聞急了起來。

「哪裡不懂，我說的不對嗎？」林語忻反而覺得奇怪。

「你知道我罵他什麼嗎？我罵了好幾句髒話，還罵他神經病、豬頭、王八蛋，還說他沒人愛……」奕璿越說越心虛。

林語忻聽了反而捧腹大笑：「他不會介意啦，妳可以借著寫信藉機跟他道歉啊。」

奕璿臉已經紅了起來，「很羞恥欸……」

「趙闓帷個性那麼好，一定不會喜歡我這種人的……」奕璿垂頭喪氣的說。

「別灰心啦，試試看就知道啦！」林語忻拍拍奕璿的肩鼓勵。

「哪有那麼簡單。」奕璿哀怨的說。

「啊我就沒談過戀愛啊！」林語忻含笑著說。

「好啦我陪妳去。」回歸正題，其實一開始是要林語忻幫忙送信的，但經過她一番嘲笑和建議，奕璿決定勇敢一次。

此時趙闓帷正在教室外頭，倚靠欄杆與其他男生聊天，看起來心情很好。

「欸旁邊有其他人欸，等一下再送啦！」奕璿拉了拉林語忻的袖子。

「喔。」兩人止步，等待趙闓帷一人空閒時。

卻遲遲等不到趙闓帷孤身一人的時間，他恐怕是人緣太好，身旁總是圍繞著人群。

「怎麼身旁時時刻刻都有人……？」奕璿等到不耐煩。

林語忻便說：「不然等放學好了。」

接下來的半天，奕璿一直坐立難安，眼神看著坐在窗邊的趙闔帷，面露愛慕之情，卻又想起之前的誤會一臉尷尬，簡直是期待又怕受傷害。

好不容易等到放學，趙闔帷正獨自收著書包，奕璿趕緊拉著林語忻前去送信。

「那個……趙闔帷？」奕璿緊張的聲音有些顫抖。

「幹嘛？」他應了一聲，沒有抬頭持續收拾東西。

「這個給你……」奕璿遞出信件，一隻手還緊抓著語忻。

趙闔帷回頭，看見奕璿拿著信件，上頭還很老套的畫了顆紅色愛心，很明顯就是情書。

他沒有回應，也沒有拿過信件，奕璿看的一頭霧水，不知道他到底想幹嘛。

「不好意思，我有女朋友了。」趙闔帷冷冷的說。

奕璿一聽，心裡晴天霹靂，眼神受傷的收回信件，沒想到還沒開始就已經失敗。

林語忻也無奈的搖了搖頭，既然人家拒絕了，她也不好再繼續追求。

「好啦，騙妳的！」正要轉身離開，趙闔帷的聲音在背後響起。

奕璿彷彿被燃起了一線希望，眼光發亮的看向趙闔帷。

趙闔帷拿過她手上的信件，小心翼翼的打開，而奕璿則一臉期待的看著他。

林語忻看事情順利，悄悄離開奕璿的身旁，留給兩人獨處的空間。

趙闔帷看完內容後皺起眉頭，對奕璿說：「之前不是罵我神經病，罵我王八蛋還罵我沒人愛？」

奕璿扭扭捏捏的回答：「那是之前我誤會你了嘛，對不起……」

趙闔帷嘆了口氣，非常無奈，不過看似接受了奕璿的道歉。

「那你……的回覆是什麼？」除了道歉，奕瑋真正用意還是告白。

「其實啊……」趙闓帷折起信件，白皙的臉頰霎時紅了起來。

「其實我也喜歡妳。」趙闓帷附在奕瑋的耳朵旁用氣音說。

奕瑋一開始還沒反應過來，整個人愣在原地，過了十幾秒才回過神。

「真的假的，你是不是在騙我？」奕瑋驚訝的問。

「不信就算了。」趙闓帷調皮的說。

兩人對視，甜蜜又幸福的笑著。

趙闓帷從高一就發現自己隱隱約約喜歡上奕瑋，雖然奕瑋直白的個性，常說出一些刺耳的話語，但趙闓帷見過奕瑋溫柔的模樣，是真的讓他心底小鹿亂撞。

林語忻站在窗外默默看著，心裡由衷替奕瑋感到祝福，自己的閨蜜竟然有朝一日也能找到幸福。

星期五的社團時間是吉他社表演的最後一次練習，社團指導老師也到了教室替表演做了最後排練，這次音樂性表演有合唱團、管樂團、打擊樂團等與吉他社一起表演，是每年一次的成果展。

「上台不要緊張啊，一個一個照順序練習。」

全團大約四十個社員，有單人彈奏、多人演奏，大家都全神貫注的練習。

林語忻已經是高二的學生，從高一就進吉他社也經過了一次的成果表演。

「誰，能夠找到我，在人海中流浪等待愛。」

一個一年級學妹從合唱團被挖腳到吉他社，學妹聲音圓潤嘹亮，許多老師都看好她彈奏的表演。

林語忻是序號第十個表演，許多一年級新生學弟妹沒有上場經驗，老師先讓他們上台熟悉場面。

「語忻，妳覺得這屆學弟妹程度怎麼樣？」鄭軒芸問著。

「嗯……我覺得比我們這屆好多了啦。」林語忻思考後笑著說。

會這樣說，是因為與林語忻同屆的吉他社社員大都沒有基礎，都是拿著一把吉他就莽莽撞撞的入了社團，很多都是要學長姐從頭教起。

「我也覺得不錯。」鄭軒芸點頭附和。

社長坐在前頭轉身對著兩人說：「看表演時安靜聆聽是基本素質好嗎？」

林語忻一聽收斂了一點，鄭軒芸卻還笑嘻嘻的說：「練習而已啦，別太認真。」

社長無奈的嘆了口氣，也拿她們沒辦法。

鄭軒芸第八個上台，彈唱歌曲時，林語忻閉起眼睛陶醉的聆聽，即使是練習，學姐的聲音依然一如往常的好聽。

唱到一半時，林語忻突然感到胸口一陣悶痛，她捂著胸口彎下身子，想等待這不適過去，沒想到卻越變劇烈，她悄悄站起身想離席。

「不好意思，借過一下。」林語忻對坐在旁邊的副社長說。

副社長側過身子好讓語忻通過，卻看見林語忻一臉痛苦，想起身關心。

「還好嗎？」

沒想到此話一出的同時，林語忻心臟先是灼熱炙燒的熱痛，然後從胸口擴散蔓延至全身，心如刀割的疼痛，林語忻臉色蒼白，直冒冷汗，她俯下身體緊抓一旁的副社長，副社長見她不對勁，指尖已緊抓到泛白，看起來非常難受。

「語忻，妳還好嗎？要不要送妳去醫護室……？」副社長擔心的問著。

林語忻搖了搖頭，又一股劇痛排山倒海的襲來，她承受不住，腳一軟，昏厥倒地。

副社長在旁邊恰好接住語忻癱軟的身子，他輕輕將她放在地上，慌亂的看著社長。

「語忻！」在台上彈唱的鄭軒芸一回過神看見學妹倒地，不顧進行到一半，甚至不惜丟下昂貴的吉他，立刻跳下台往林語忻衝去。

「學姐昏倒了！」一年級學弟惶恐大叫，現場一片混亂。

「直接叫救護車比較快啦！」連社長也手足無措。

「要不要做什麼急救？」

「快叫醫護組！」

「不要亂動！」鄭軒芸緊張的大喊，伸指探了探頸子，試圖找到脈動。

頸部脈動有些微弱，鄭軒芸臉色慌張的將手貼上語忻的心臟，總算感覺到怦怦心跳聲。

「還有心跳。」鄭軒芸鬆了一口氣。

此時醫護組也趕來現場，教室太多閒雜人等，社長首先將學弟妹疏散至走廊外，好讓教室內有急救的空間。

救護車風塵僕僕的駛入教學樓，鄭軒芸自願跟著林語忻一起到醫院。

「患者當時的情況是如何？」

「當時學妹突然捂著心臟，好像很痛苦，下一秒就突然昏厥過去了。」

「患者有相關心臟病史嗎？」醫護人員問。

鄭軒芸思考著，有些印象模模糊糊的在腦中。

「她好像說過，她有心臟疾病。」鄭軒芸記得她曾看過林語忻拿出藥丸，也在和林語忻閒聊時提到過。

「好。」

林語忻昏厥後，耳裡仍然能隱隱約約聽見四周吵鬧的聲音，但心臟持續的劇痛，她無力回話，也沒有力氣移動手指，她也感覺到鄭軒芸的手輕輕貼在她的胸膛。

當時林語忻即刻想到自己的心臟病發作，隨身藥物卻剛好沒有攜帶在身邊，還來不及求救，就倒地了。到了醫院，先在急診室排隊，鄭軒芸看林語忻一直沒有醒過來，眼神透露擔憂，握起林語忻的手將她加油打氣。

過了十分鐘，醫護人員終於來處理林語忻的狀況，先做完基本生命徵象檢查，測量完血壓，吊起點滴，安排了床位。

「患者的心臟狀況好了很多，應該待會就會醒來了。」急診醫生說完後轉身繼續忙。

又過了半小時，林語忻終於幽幽轉醒。

「嗯……學姐……？」林語忻微弱的呼喚引起了鄭軒芸的注意。

「語忻妳終於醒了！」鄭軒芸驚喜的說。

林語忻臉色還有些蒼白，她點了點頭，鄭軒芸立即眼眶泛淚。

「妳快嚇死我了啦……」鄭軒芸掉出眼淚，卻又抿著嘴裝作堅強。

「學姐對不起啦……」林語忻有些心疼，她這樣突然的昏厥的確嚇到了許多人。

「沒事就好……」鄭軒芸拍著自己的胸口安慰自己也安慰語忻。

陪伴了林語忻將近兩小時，醫生說林語忻還需留院觀察，安排了病房給她後，鄭軒芸便對語忻說。

「語忻，我先回去了，我順便幫妳請一天假，妳好好休息。」

「知道了，謝謝學姐。」林語忻乖馴的點頭。

「那我走嘍！」

「掰掰！」

鄭軒芸走後，房間恢復靜默，林語忻無聊的躺在病床上瞪著潔白的天花板，過沒多久便蹦下床到外頭四處亂晃。

「語忻？」林語忻聽見身後有人在叫她，回頭一看是護理師。

「要做檢查嗎？」她看見護理師直覺的問著。

「沒有，又來住院來嗎？」護理師搖搖頭。

「對啊。」林語忻無奈的笑了笑。

「護理師姐姐竟然還記得我！」

上一次住院是一年前十六歲的時候了，雖然途中不少急診，但護理師竟然在這麼多病患中還記得她，特別跟她打招呼。

「那麼可愛的小妹妹，怎麼可以不記得呢？」護理師剛畢業非常年輕，還記得之前林語忻都之前喊她姐姐。

「要趕快好起來啊！」這是每位護理師對病患的祝福。

「好的。」林語忻點點頭，還想再跟護理師多聊一些，但護理師要忙著去其他病房做檢查，就不耽誤她了。

人滿為患的急診室裡，吳易然蜷縮在急診室綠色塑膠椅上不斷顫抖，眼前滿是鮮血四濺的景象，不斷重複當時媽媽倒地不起的畫面，耳裡也全是不切實際卻又如此真實的低語。

反正沒人愛你，那就去死好了。

媽媽是你害死的。

你就是這樣才沒人敢靠近你。

他忍耐了一個上午，在頂樓徘徊猶豫了幾小時，決定再給自己一次生存的機會，忍著不適的身心獨自騎著腳踏車到市立醫院急診。

一個女孩推著點滴架到他身邊坐下，起初吳易然覺得怪異，為何身旁空位如此多，卻獨獨坐在他身邊，但靈魂實在太痛苦，他並沒注意太多。

那女孩只是坐著，吳易然卻感到一股視線定格在他身上。

女孩緩緩伸出手，拉住吳易然不斷抓手臂的手，緊緊將吳易然的指甲包裹在手掌中，不讓吳易然傷害自己。

「沒事，沒事……不要再抓了……」吳易然只聽女孩在耳邊安慰。

在急診室待了約半小時，幻聽幻覺終於稍稍減緩，眼前不再是血腥的畫面，他緊綳的肩膀微微放鬆下來。

吳易然長長吁嘆一口氣，壓抑發作的發狂，讓他筋疲力盡，他終於能好好抬頭看看這女孩。

長髮披散於肩，微微遮掩住女孩的側臉，她有雙大眼，眼眸透著對男孩的擔心，握著吳易然的手柔軟細嫩，渾身散發溫暖的氣息。

吳易然被這番溫情震懾住。

「我是不是見過妳……」吳易然帶著不確定的語氣。

「我見過你。」女孩篤定的說。

「去年四月，你也是孤身一人來到急診，那時我也剛好在這裡遇見你。」

吳易然聽著，記憶鮮明了起來，往回推算了一下時間，同時心裡驚訝，佩服女孩的記憶力。

「那是我的第二次急診。」

吳易然默默聽著，沒有說話，也尷尬的不知該說些什麼。

這時，醫護人員終於拿鎮定劑替吳易然打針，此時的他狀況其實已經好了很多，護士就替他注射輕量的鎮定劑。

注射過後，吳易然確實穩定許多，呼吸也變得平穩，眼球不再失焦的亂轉。

「好多了吧？」女孩問著，吳易然點了點頭。

「我叫林語忻，今年十七歲，你呢？」女孩自我介紹。

「吳易然，十八歲。」吳易然簡潔的說。

「妳……哪裡生病？」吳易然看著林語忻穿著病人服，手上還吊著點滴。

林語忻指了指自己的心臟部位，「心臟病。」

「讓我猜猜……你是，憂鬱症嗎？」林語忻猜測著。

吳易然聽聞眼睛微微瞪大又縮小，他沒料到她那麼快就能猜出來。

「妳怎麼知道的？」吳易然低沉的嗓音有些沙啞。

「你的臉上看不出一點笑容，還有些憔悴，不停望著身心科看。」

「這樣就能看出來？」吳易然不可置信。

「怎麼可能。」林語忻噗哧笑了出來。

吳易然挑著眉，等待林語忻回答，林語忻瞄了瞄吳易然的左手腕，僅僅一眼，吳易然便恍然大悟。

他低頭看著沒有遮掩滿是傷痕的左手腕。

「說吧，妳想說什麼？」吳易然遇過了無數看過他自戕行為的人們，莫不是一臉疼惜的要他別做傻事，卻不知那樣的眼神，反而帶給他極大的負擔。

「我的身邊也有像你這樣正受著憂鬱之苦的人，我能理解。」

「辛苦了。」

吳易然一抬眸望進林語忻的眼底，彷彿看見了浩瀚星河，在他灰濛的世界裡迸發出鋥亮光彩，在他絕望的生命裡找到了一絲希望。

四目相交約十秒，吳易然感到臉頰一陣溫熱，羞赧的別開眼神，吞吞吐吐的說。

「從來……沒有人這樣對我說，妳是第一個。」

「我們，交個朋友吧？」林語忻熱絡的問。

吳易然原先想拒絕，不擅表達的他通常不會主動去找朋友聊天，他甚至花了一段時間和林語忻講他所有的缺點，為的就是讓林語忻做好心理準備，可能被冷落的準備。

「我……這個人很負面，常常說一些想離開的話，妳能承受住嗎？」

「可以的，我想當第一個讓你感到安心的朋友。」林語忻這麼說讓吳易然想到了好友張庭愷。

「好吧。」

「我是去年十六歲突然心臟驟停休克送急診，是那時候第一次急診，之後就開始漫漫長途的治療……。」

林語忻開始和易然聊起了自己的病情。

林語忻伸出自己因打針抽血滿是瘀青腫脹的左手臂，似笑非笑的說：「我也有傷呢。」

其中手肘處的靜脈血管因重複抽血形成了一個醜陋的坑疤。

「那不一樣好不好。」吳易然聲音虛弱的說，鎮定劑讓他昏昏欲睡，但他想聽林語忻說話，於是一直硬撐。原來和朋友聊天是件如此愉快的事。

原本閉著眼休息的吳易然等不到林語忻的回應，睜開了眼，才發現林語忻跑到醫院外頭的販賣機投幣飲料。

「吶，要喝嗎？」林語忻遞出一罐麥香紅茶。

吳易然搖手擺頭拒絕：「不要，我喝紅茶晚上會睡不著，會失眠。」

「其實……還挺羨慕你們這種沾床就睡，不會被咖啡因影響的人……」吳易然喃喃著。

「啊，抱歉我忘了，那這罐飲料怎麼辦……？」

「自己喝掉啊！」此時吳易然已經昏沉的要睡著。

「喔，沒關係我很喜歡喝紅茶，但是無糖的會更好……」林語忻一轉頭，發現手垂在椅子旁，躺的歪斜的易然，微微發出鼾聲。

林語忻莞爾一笑，收起兩罐紅茶推著點滴架走病房。

下午時分，林語忻無聊拿了本數學在寫，複雜繁瑣的算式讓她有些困擾，她苦惱的抓了抓頭髮，卻落了

一大把，掌心全是烏黑的頭髮，她有些詫異，卻覺得只是青少年必經的過程，很快會長出新髮，於是把頭髮丟棄後坐回床上寫數學。

「語忻啊！」身後突然響起媽媽的聲音。

「媽。」林語忻應了一聲。

「老師說妳在學校昏倒喔，啊現在怎麼樣了？」媽媽焦急詢問。

「現在沒事啦，要等檢查報告出來。」林語忻邊說邊替媽媽擦去額角的汗。

「媽媽有回家燉了雞湯，趕快喝吧。」媽媽從袋中拿出餐盒。

「還有這個 B 群，記得要吃，補身體的。」她疼惜的看著吃的津津有味的林語忻。

其實林語忻一直告訴媽媽，生病只要乖乖吃藥就會慢慢復原，不必加油添醋其他的保健食品，她也知道媽媽是為了她好，可能這就是媽媽的觀念，認為吃藥容易傷身。

「媽媽還要去賣場上班，自己照顧好自己，藥要按時吃。」媽媽又叮嚀著。

「好啦，又不是第一次住院了，有事我會跟醫生說。」仔細算起來也第三次急診了。

「老師說等等會來看妳。」媽媽臨走前補了一句。

林語忻一聽急忙下床將環境整理好，好讓老師有舒適的空間和她談話。

媽媽走到電梯門前，恰巧遇到剛好搭電梯上來的老師及同學。

「老師、同學謝謝你們來看語忻。」身後一群同學與媽媽問好。

「需要我帶你們去語忻的病房嗎？」

「不用沒關係，剛才上來有先問過護理師，語忻媽媽您先去忙。」老師客氣的婉拒。

「謝謝啦！」媽媽看了一眼時間後，匆忙道謝轉身離去。

病房內，林語忻正坐立難安的等待，不停焦慮的來回踱步，思考著待會應該怎麼問候老師。

霎時，響起了敲門聲。

「請進！」

班導的頭率先探出來，後面跟著林語忻的朋友們奕璿、趙闓帷、賴詡辰、許齊郡還有鄭軒芸學姐。

林語忻看到一臉驚喜：「哇！你們都來了！」

奕璿更是誇張的撲向林語忻，差點把滴架弄倒。

「唉呦，我好想妳欸，妳突然昏倒我好擔心欸。」奕璿淚眼汪汪的望著林語忻。

「我沒事了啦，看我現在生龍活虎！」林語忻朝氣蓬勃的跳下床。

「老師，趕快坐下啊，不要都站著。」一行人各自找了角落或坐或站。

「語忻我幫妳帶了功課，怕妳住院期間太無聊。」

「老師我都住院了，妳還要我受苦！」林語忻無奈的抱怨。

「哈哈認命吧！這就是高中生的宿命！」班導笑了開懷，又問：「醫生有說什麼時候出院嗎？」

「沒有欸，不過這次好像要住蠻久的……」

「真的喔……」班導聽了有些擔心。

在班導的尾音下，病房恢復了靜默，起初班導在場，眾人聊天不敢放的太開，班導察覺氣氛異樣，於是站起身：「既然沒什麼事，那我先走了，你們聊吧！」

「謝謝老師，老師再見！」林語忻下床送老師離開。

回到病房時，許齊郡終於忍不住笑了出來：「剛才班導在，我大氣都不敢喘一下。」

「對啊，我超怕自己說錯話被班導瞪的。」趙闓帷方才緊繃的身軀也放鬆下來。

「你們太誇張了啦，正常聊天就好了啊！」

「你們兩個一定是常常做錯事，被老師針對，才會那麼怕老師。」連鄭軒芸學姐都忍不住說。

「還有……璿璿和趙闓帷！班導一走你們手就牽起來！」奕璿聽見自己被點名，尷尬的抬起頭，兩人臉立刻紅了起來。

「進展到哪裡了啊？」林語忻半起鬨半好奇的問

「這個……不好說啦嘿嘿。」趙闓帷一個平時直白開放的人，竟然也跟著害躁起來。

說著，竟然又往奕璿靠近了一點。

「太閃了啦！」許齊郡大聲的說。

「墨鏡給我！」林語忻跟著說。

「學弟學妹這樣不行啦！」聽見鄭軒芸開玩笑的告誡他們，趙闓帷才稍稍收斂了一點。

「班導知道你們在一起嗎？」林語忻好奇觀察敏銳的班導是否有發現。

「一定知道的啦，都是睜一隻眼閉一隻眼，裝做沒看到。」許齊郡搶著回答。

眾人哄堂大笑的同時，卻聽見隔壁傳來辱罵。

「你們這些死小孩，安靜一點好不好，隔壁還有人在休息欸！」粗獷的聲音大罵著。

誰知道林語忻完全忘記自己住的是雙人房，不僅吵到隔壁床的病友，連對話內容也全部被聽的一清二楚，而好巧不巧，隔壁住的是脾氣很差的大叔。

「對不起，打擾到您了，我們會小聲一點的。」林語忻連忙鞠躬道歉。

大叔煩躁的揮了揮手，要他們不要打擾他休息。

「都你啦！那麼大聲！」奕璿推了推旁邊的許齊郡。

「我哪有！」結果得到許齊郡的反駁。
「語忻，妳如果再不出院，會趕不上成果發表會，妳可是我們的主力表演者欸！」鄭軒芸小聲的說。
「對欸！我都忘了！」林語忻一經鄭軒芸提醒如夢初醒。
「我再問問看醫生好了。」林語忻心底盤算著。
「叮咚！」手機簡訊提醒音響起，所有人不約而同的拿出自己的手機察看。
「那個……我還有事先走了。」許齊郡看了看手機說。
「我要去補習，也先走了！」鄭軒芸說
於是所有人都站起身不打擾林語忻說要離開。
全程沒說話的賴詡辰向林語忻點了個頭，旋身離開，卻在病房門前頓了一下。
「詡辰？」語忻輕輕叫喚。
賴詡辰轉身過來，快步走向語忻，從背包拿出一個大玻璃罐，裡面全是五顏六色的紙鶴。
林語忻看的目瞪口呆：「這……全部都是妳做的嗎？」
賴詡辰含蓄的點了點頭，說：「送給妳……裡面有一千隻，祝妳……早日康復。」
林語忻激動的擁抱賴詡辰，賴詡辰一時沒反應過來，瞪大眼被擁抱著，過了一下才回抱林語忻。
「早日康復。」
謝謝妳。

05

「我還有機會見到他嗎？」

早上七點，陽光直直的穿透綠色窗簾射入林語忻的眼睛，下一秒，便是清澈嘹亮的啁啾聲。伴隨醫院時不時的廣播聲，整間醫院在沉睡的死寂中甦醒過來。

媽媽趴在床緣，呼吸平穩的熟睡著，林語忻看著微微一笑，把自己的小毯子披在媽媽背上，她輕巧的下床，避免驚動媽媽，然後打開了點窗戶，讓暖陽的溫度照射在皮膚上。

門外醫生護士匆匆走著，病患蹣跚步著，有護士輕柔的叫喚，也有病患者的呻吟及哀嚎，林語忻靜靜的躺在床上聆聽，直到手機鬧鈴響起。

媽媽身子抽動了一下，隨後醒了過來，迷迷糊糊的，看見林語忻笑吟吟的望著她。

「語忻，這麼早起啊，怎麼不多睡會兒？」

「我睡的很飽了，媽媽昨天又忙到半夜了吧？」林語忻看著媽媽明顯的黑眼圈，想起昨夜翻來覆去到十二點還不見她的身影。

「沒事，我中間有休息……早餐想吃什麼，我去買。」

「我跟妳去。」林語忻下床跟著媽媽走到一樓美食街。

「要吃鮪魚蛋餅配紅茶，還是要吃豆漿油條……？」她左右為難。

在櫃檯前猶豫了半晌，還是選擇吃不膩的鮪魚蛋餅配紅茶。

「那一份鮪魚蛋餅配紅茶，和一份豆漿油條。」

林語忻一聽，驚訝的望著媽媽，竟然點了剛才忍痛捨棄的豆漿油條。

「媽，謝謝妳！」林語忻用力的抱住媽媽，媽媽也欣慰的摸了摸她的頭。

吃完早餐後，媽媽回到病房匆匆收拾東西，準備到銀行上班。

「醫生來問診，有什麼事記得跟媽媽說，或打電話給我喔！」她最後叮嚀。

「嗯，會的！」林語忻點了點頭

隔壁床的大叔昨天出院了，病房內剩下語忻一人，她頓時覺得有些空虛寂寞。

她到走廊上閒晃，正想靠著牆慢慢散步，突然想起一個醫院的禁忌傳說，聽說在醫院走廊上不能靠著牆走，因為那是讓行動不便的老人家能握著扶手走路，之前有人這麼做便被老爺爺破口大罵，重點是那名老爺爺早上剛因心肌梗塞送醫急救，最後不幸死亡。

林語忻越想越毛骨悚然，背後一陣冷風吹過，她急忙鬆開扶手……

「阿妹啊！」中氣十足的聲音由背後傳來，林語忻猛地一顫，差點叫出聲音。

「哩勒衝啥毀？」轉頭一看是一名外籍看護推著坐輪椅上的阿嬤。

「挖……挖勒散步啦！」林語忻被嚇的語無倫次。

「蝦米？」阿嬤沒有牙齒，卻依舊笑的燦爛。

「散步啦！」林語忻又講了一次，才看見身後的看護對語忻比了比阿嬤的耳朵，然後擺了擺手，她才會意過來阿嬤的耳朵有問題。

於是她緩步走向阿嬤，蹲下身子，在她耳邊一字字清楚大聲的說。

「挖、勒、散、步、啦！」

「喔！」阿嬤聽到了。

身後的外籍看護拿著水杯湊到阿嬤嘴邊，用不標準的台語說：「喝水」，然後小心的讓阿嬤用吸管喝水。

「妳叫什麼名字？」阿嬤又問

「我叫語、忻。」林語忻面對阿嬤的疑問沒有絲毫不耐煩。

外籍看護叫阿雅，是阿嬤的大兒子特別請來照顧阿嬤的，由於大兒子長年在美國工作，小兒子因生病英年早逝，無法親自照護，再加上阿嬤有先天性心臟病，於是便辦理住院。

阿雅的台語有些生疏，但林語忻聽出阿嬤有阿茲海默症，會忘記剛才說的話。

「阿嬤，我叫語忻喔！」再次向阿嬤介紹自己，阿嬤果然一臉茫然。

林語忻和阿雅相視一笑。

突然，阿嬤轉身打了一下阿雅的手臂，嘴裡不知唸著什麼，阿雅一聽便對語忻說：

「阿嬤要散步啦！」語忻一愣，然後才聽懂。

「好！阿嬤散步！」於是阿雅推著阿嬤走向走廊底端。

林語忻望著阿嬤的背影微笑，像是看到最疼愛自己的外婆。

她回過身正準備走回病房，卻見一個身影從她的病房閃身而出。

是隔壁新病患嗎？她疑問。

然而，房間並沒有新病患，也沒有其他人，只有憑空出現在桌上的一瓶無糖紅茶。

語忻走近一看，紅茶上貼著一張便利貼。她怔怔的望著遠方，望著吳易

早安，
妳愛喝的無糖紅茶
吳易然

然消失的方向。

「我不願讓你一個人，一個人在人海浮沉，我不願你獨自走過，風雨的時分……」林語忻抱著吉他彈唱著，偌大的房間只有她一人，她空靈的歌聲在病房內迴盪。

「語忻妳好！」余醫師敲了敲門走進來。

「嗨，余醫師！」林語忻朝氣蓬勃的打招呼。

「有身體不舒服嗎？」

「嗯……就有時心臟會一陣陣的刺痛……。」她想了想近幾小時，已經有三四次類似的情形。

余醫師在板子上記錄著，然後對林語忻說：「檢查報告出來了。」

「要……住院嗎？」林語忻不安的問著。

「妳自己評估妳的狀況，妳覺得需要嗎？」

林語忻抿了抿嘴唇，沉默半晌，然後啟唇。

「是要吧……。」

余醫師嚴肅的說：「檢查報告指出，妳的心率不整，嚴重可能導致心臟衰竭。」前幾次急診住院都還是因為心絞痛，但是輕微的悶痛，這次如此的劇烈，還有惡化的風險，連林語忻都不禁繃緊神經。

「住院的同意書會再請監護人簽名，當然不強迫住院，但醫院這邊是建議住院的。」

「妳就在住院期間好好休養，什麼都不要想。」余醫師囑咐。

「好的。」

「啊對了，余醫師我想問妳個問題。」林語忻突然說。

「怎麼了嗎？」余醫師抬頭。

「就是，我們學校有成果發表會，我是吉他社的，必須去表演，如果真的要住院，可以外出嗎？」林語忻詳細的說。

余醫師皺了下眉頭：「不行啊，萬一妳外出又昏倒怎麼辦？」

「不會，我保證不會！」林語忻信誓旦旦：「我自己的身體我最清楚！」

卻換來余醫師一陣輕笑：「難道妳還能預測什麼時候心臟突然劇痛？」

「也不是……。」

「但就那短短兩個小時而已，真的不行嗎？」林語忻持續乞求。

「不行！」余醫師堅持。

「蛤……可是那場發表會對我真的很重要，可能高三就沒機會表演了……。」她垂下眼睫。

「真的不行，但是我允許妳在房間內彈吉他，只要不吵到隔壁病患就好。」

「好吧……我再想想看有什麼方法……。」林語忻滿是失落。

「好好養病，很快就能出院的！」余醫師鼓勵。

此時，護士突然走了進來：「語忻，要有新病患和妳同房了喔！」

「真的嗎？好好奇是誰？」林語忻伸長頸子看向門外。

門外步履蹣跚的走進一位阿嬤，正被人攙扶著。

「阿嬤！」林語忻驚喜的叫喚。

阿嬤一聽到，露出憨厚的笑容。

「阿雅，原來是妳們！」阿雅也笑著點頭。

護士詫異著：「妳們見過面啊？」

「對啊，在走廊上遇見有聊過天。」林語忻笑吟吟。

「那阿嬤無聊時，就麻煩妳多跟他聊天嘍！」

「沒有問題！」

確定住院後，林語忻就不斷思考，到底該怎樣參加一年一度的音樂成果發表會，醫生不允許她暫時出院，卻又允許他在房內彈吉他，只要不吵到隔壁床病患就好，此時隔壁病床已不是上回脾氣很差的大叔，是上次在走廊遇到的阿嬤。

林語忻思來想去，終於想到一個方法，她想以視訊鏡頭的方式參與演出，再讓視訊投到大螢幕，讓大家看到。

「可是如果收訊不好，彈奏過程斷斷續續也會影響觀看品質。」鄭軒芸的意見讓語忻陷入苦思。

「不然可以事先錄好影片直接播放給大家看。」鄭軒芸又說。

「但我真的好想和大家互動，和你們一起參與活動⋯⋯。」林語忻語氣裡滿是期待與失望，一年就這麼一次的活動真的要讓它這麼過去嗎？

「不然我們先試試看視訊的方法，找個時間測試網路訊號的問題，好嗎？」鄭軒芸看林語忻那麼期待心底暗自決定，一定要讓林語忻參與到活動。

「好，謝謝學姐！」林語忻感激道謝。

「不會，大家都很期待妳的表演喔！」鄭軒芸欣然微笑。

五天後的早上九點，是成果發表會的開幕，全校師生聚集在禮堂裡聆聽這場音樂盛宴。

「音響準備！」

「麥克風測試！」音樂性質社長們忙進忙出的準備。

「大家集合一下！」社長叫喚吉他社社員，「等等上場，平常心就好，記得大家看的不是你的樣貌，最重要的是你的彈奏及演唱。」

「大家加油一下！」全部人圍聚成一圈：「吉他社加油！」

鄭軒芸操縱著電腦，正撥打電話給林語忻。

「語忻，準備好了嗎？」林語忻身穿連身洋裝，特別在臉上畫了點淡妝，裝點自己。

她緊張的點點頭：「好了！」然後坐在塑膠椅上，身後是病房內的白牆。

病房內的阿嬤微笑的坐在病床上，對林語忻說：「阿妹啊，麥緊張啦！」

「好！」林語忻緊繃的表情稍微放鬆。

林語忻事先徵求了主治醫師的同意，也先告知了同病房的阿嬤和阿雅，告訴她們等會會有表演，她們能安靜聆聽。

而阿嬤一聽見林語忻要彈吉他，就異常的興奮，笑臉吟吟的望著林語忻。

「阿嬤妳待會不要講話，要注意聽喔！」為了音樂品質，林語忻特意提醒，阿嬤乖乖應好。

現場人群蜂擁而至，校長主任們都已就座，主持人也已站定位，準備開場。

表演者們向主持人點點頭，主持人打開麥克風。

「各位來賓各位同學大家好，今天是我們一年一度的音樂成果發表會……」主持人俏皮開場，現場掌聲四起。

「在這之前，我們先請吉他社社長上台，社長有話要和我們說。」主持人做出手勢邀請上台。

社長拿了麥克風，大方上台：「感謝今天大家的蒞臨，吉他社這邊有個小小的要求……前幾天，我們的社員林語忻因心臟病發被緊急送往醫院並住院，現在還在醫院進行觀察。」一聽見因心臟病住院，全場驚聲四起。

「真的假的，難怪有聽見救護車聲音。」

「該不會是那個謠傳的二年級學姐吧？」

「那這樣怎麼表演？」

台下竊竊私語，社長頓了頓後繼續說：

「林語忻非常想要參與這次的表演，但礙於醫生的建議無法出院，於是我們決定以現場視訊的方式，讓林語忻能參與這次的表演。」社長打開投影幕，林語忻出現在大螢幕上。

林語忻從狹小的視窗看見人山人海，向鏡頭另一方的人們揮手。

「大家好，我是林語忻，今天將以視訊的方式演出。」訊號流暢，鄭軒芸慶幸言語沒有斷斷續續。

「請大家給林語忻一個掌聲鼓勵，讓她能早日康復！」社長說。

全場掌聲，角落還有人爆出祝福：「早日康復！」

鄭軒芸看狀態良好，也不再緊張擔心。

「好的，那我們的表演正式開始！」

先是管樂社、打擊社、國樂社、直笛社、合唱團的表演，最後壓軸才是吉他社。

可是因為前面歌曲實在太過冗長，無法帶動氣氛，台下滿是濃濃睡意。

社長不僅為吉他社是最後表演有些擔憂：「會不會輪到我們，台下全都睡著了啊？」

「不會的啦，別忘了我們可是演奏流行曲，再加上雙人合奏，一定能打消大家的睡意的！」副社長泰然自若的說。

「真的嗎……？」細心的社長反而在這時候多慮了。

「沒事啦，社長你就放心表演吧！」學弟說

「你看連學弟都不緊張了！」副社長調侃。

「我哪有啊，我很緊張欸，沒看到手都在抖。」結果立刻被學弟反駁，惹得後場哄堂大笑。

「接下來是吉他社的表演，有請吉他社長。」主持人唸出介紹。

社長深吸一口氣後，溫柔唱起。如果下雨之後，眼淚卻還不停流，悲傷過後，眼神更加執著，而那一雙不能牽起的手，疼愛已無人能收下，像片雲朵，輕輕地飄在天空，收納傷痛……

社長真的是暖男類型，唱起抒情歌也是那麼的揪心。

現場果然甦醒了過來，也有人在台下跟著默默合唱。

接下來就是鄭軒芸、林語忻等其他社員分別獨奏演出，阿嬤在一旁靜靜的聽著，在結束時跟著拍手，激動的差點要衝上抱住林語忻。

而最後一個節目，則是林語忻演唱結束後，全場大喊「安可！」於是吉他社社員討論，決定全體合奏。

「接下來的安可曲，是吉他社獻給大家的，希望大家不要忘記高中的青春，高中的那些年！」林語忻透過鏡頭說著。

又回到最初的起點，記憶中妳青澀的臉……

歌聲拖得很長很長，因此能聽得很遠很遠。人還沒看見，已經先聽見歌聲了；或者人已經轉過山頭望不見了，歌聲還餘音裊裊，不絕如縷。歌聲在繼續，副歌部分感情陡然上揚，大肆渲染，具有穿透力的嗓音如泣如訴，血濃於水，情重於山。

台下的同學揮著手，一起大合唱，林語忻想起自己這高中這兩年，想起自己和同學一起瘋、一起狂，一起做了許多傻事，一起度過許多難關，眼角泛起了閃閃淚光。

最後的最後，所有社團加入了音樂，現場氣氛達到最高點。

「謝謝大家！」大家用力鞠躬，今天的發表會圓滿落幕。

林語忻心滿意足的切掉視訊，阿嬤立刻說：「阿妹啊，唱歌很好聽欸！」

「阿嬤謝謝啦！妳想聽什麼歌我唱給妳聽！」林語忻心血來潮。

「〈甜蜜蜜〉好嗎？」阿嬤猶豫了半晌後選擇鄧麗君的歌。

「好，沒問題！」林語忻胸有成竹，找了一下和弦後清了清喉嚨。

「甜蜜蜜，你笑的甜蜜蜜，好像花兒開在風中裡……」林語忻清新的嗓音唱著老歌，意外的並不衝突。過程還有別的病房的年長者聽見熟悉的老歌，湊到病房門前，連醫生護士都停下腳步觀望，像在開小型演唱會。

印尼來的阿雅竟然在林語忻唱出旋律後驚訝的說：「我聽過！」林語忻在一番鼓勵下，唱的越加起勁。

「喔！很棒欸！」外頭路過的外科醫生拍手。

「語忻啊，抱歉打擾妳啊，要抽血了。」護士走了進來，先是站在一旁聆聽，林語忻與護士對上眼，護士才開口。

「好，阿嬤，那就唱到這裡，有空再唱歌給妳聽。」林語忻要離開，阿嬤也是一臉惋惜。

林語忻放下吉他，伸出右手讓護士抽血，護士閒聊問她：「不知道妳那麼會唱歌欸，有學過嗎？」

「沒有，都是自己聽歌練成的。」林語忻謙虛道。

「那麼厲害。」護士快速抽完一管血液然後離開。

阿嬤離開病房散步，護士也離開，林語忻一人坐在病床上，又想起吳易然送來的無糖紅茶，心底雖然一暖，卻滿是疑問。

他對剛認識的朋友都那麼好嗎……？

僅僅點頭之交，卻在第二天早晨特地送來紅茶，代表他將林語忻說過的話牢記在心，而且實際履行。

我還有機會見到他嗎？

這天假日，吳易然總算有了空閒時間出門尋找打工地點，他在城市內亂晃，遠遠望見人潮擁擠，全擠在一家店面不算大的咖啡廳，這間咖啡廳並不是耳熟能詳的名字，卻吸引了眾多人前來品嚐，也好奇的走近。

突然想喝咖啡呢……

看見買二送一的優惠，吳易然頓時明白了大排長龍的理由。

雖然優惠是吸引人潮的原因，但他相信這不是主因，一定還有更引人注意的主因，畢竟隔壁飲料店的優惠是買一送一，卻門可羅雀，毫無生意上門。

「叮咚！」「歡迎光臨！」眾店員齊聲喊著。

幾隻貓咪穿梭在人群中，絲毫不怕生，時而蹭蹭客人的小腿，時而主動跳上客人的懷中，尋求溫暖的體溫，咖啡店四處傳來顧客驚喜帶著柔和輕哄的聲音。

大排長龍果然不可小覷，吳易然等待了十分鐘才等到一個空位，他迅速點餐且坐下。

視線落在桌邊，一張廣告單吸引他的注意，上頭寫道：「誠徵店員，條件：十八歲以上，班排可調整，有相關經驗，態度認真熱忱，對貓咪有熱愛，沒有貓毛過敏史。」

吳易然眼睛為之一亮，在約莫國中時期，鄰居阿姨很喜歡手作咖啡，吳易然看著咖啡的製作過程很有興趣，於是便在鄰居阿姨製作時請她教導方法。所以相關經驗這點易然是非常有自信的。

「你好我想應徵店員……。」吳易然拿著一張廣告單詢問店員，「喔好！我問一下店長，稍等。」

吳易然坐回位置繼續品嚐濃醇香的咖啡，液面有著完美的拉花，優雅端起杯盤，絲絲滑潤，口口留香，飲咖啡就如同人生，總是苦盡甘來。

那麼此刻甘甜來了嗎？

等待是痛苦的，他總以為自己磨出了無限的耐心，總以為早已習慣了等待，但事實他連一分鐘的等待都覺得煎熬，一顆心懸著放不下，時刻注意著自己的儀容，腦裡不斷思考待會見面的說詞。

一小時，兩小時，人潮漸漸散去，正午十二時，店長終於出現。

「是來應徵的嗎？」「是的！」

吳易然原以為店長可能是個三、四十歲，看起來經驗老道，成熟穩重的男人，走出來卻是一位約莫二十五歲的年輕店長。

「我們到裡面談吧！」店長帶領著吳易然到暗門後。

「我叫做吳易然，今年十八歲，高中生，有製作咖啡的相關經驗，未來班表會盡量配合，若是無法配合也能找其他時間替代，主要有時間是在晚上五點以後，請多指教。」吳易然詳細緩慢的說著，努力給店長好印象。

店長是個剛畢業的年輕社會人，創業兩年多，咖啡廳生意興隆，深受大家愛戴。聽其他店員說，店長工作時不苟言笑，態度嚴謹認真，但私底下隨和，是個努力的店長。

後續兩人談了一些工作班表，工作熱忱及意願等，店長便直接宣布：「你如果有空，明天就來工作吧！先試試從最基層做起，會慢慢往上升的。」

所謂基層做起就是收拾杯盤，環境整潔，他畢竟是新進員工，從基層做起也是合情合理。

「對了，如果你有注意到，我們這間咖啡店比較特殊一點，我們咖啡店的特點是，店內有貓咪，你如果不喜歡貓咪，或是對貓毛過敏，那可能這間店比較不適合你。」店長委婉的說。

「不會，我很喜歡貓，也沒有過敏史。」

吳易然其實很喜歡小動物，特別喜歡貓咪特有一番氣質神祕又邪魅，玲瓏大眼張望著四周，像是隨時豎起警戒天線。

而貓咪的習性正好與夜貓子的他符合，讓吳易然感覺特別親民，再加上貓咪愛乾淨，吳易然又喜歡擼貓等等因素，吳易然覺得他選對工作地點了。

「那個……我……。」吳易然想起了什麼，欲言又止，眼珠子轉動著猶豫。

「有什麼事嗎？」店長親切問。

「沒、沒事……。」

關於自己有憂鬱症這事情，吳易然躊躇良久還是打算不說，畢竟現代社會依然對精神疾病患者擁有許多偏見，萬一吳易然坦白說出，造成店長將他的工作機會駁回，吳易然好不容易找到的機會就這麼消失了，他只能盡可能的像個正常人，盡可能的保持好自己的狀態。

想了想，又拉了拉左手的袖子，掩蓋手腕的傷痕。

「那就明天晚上六點來工作吧！」店長下了結論。

「好的，謝謝你。」

吳易然決定開始打工後，把學校的晚自習推掉，還有之前的奧林匹亞數學競賽練習，也與老師協調在學校利用課間時間練習，這也勢必造成他的讀書時間縮短，必須多多利用零碎時間唸書。

但為了家中生計，他是目前家裡唯一的經濟支柱，還有弟弟要依靠他，他不能放棄頹廢。

06

「有時候努力也沒有用的，比如快樂，比如活著。」

傍晚六點，咖啡廳仍持續營業，許多大夜班上班族會選擇上班前買杯咖啡，為後續工作努力拼搏。

吳易然穿上店裡的制服開始忙碌，在外場收拾、清洗碗盤，偶爾幫忙收銀，招呼客人。

制服是短袖，吳易然為了遮住手腕的傷痕特地拿了護腕遮擋，看起來較自然，也避免客人與同事的閒言閒語。

雖是簡單的工作，但認真做起來繁瑣且重複性高，儘管如此，他依舊把每件事做到最好。

「易然，這邊幫忙收拾一下！」副店長高聲呼喊著。

「是！」吳易然勤快的整理好杯盤，用抹布擦拭桌面，將杯盤送至內場，待會清洗。

一直到晚上九點，一個小時的休息時間，店長還特別表揚吳易然。

「易然不錯啊，做事很勤快，分擔不少壓力呢！」店長慈父般的微笑。

副店長也稱讚：「對啊！做事效率很高！」

眾人不停說著新人第一天就被店長特別表揚，實在很少見。

「謝謝大家對我的肯定，未來還請多指教。」吳易然淡淡的說著。

「既然今天大家都在，就來一一介紹同事給你聽，大家互相認識。」

「你好，我是Sunny，23歲。」

「我是陳子言，請多指教。」

「副店長雅芳，年紀最大29歲。」

大家熱情的自我介紹，一群人或坐或站的隨意聊天，令易然感到久違的溫馨感。

「你是子霏的同學吧？」陳子言默默走到易然身旁說。

吳易然聽到熟悉的名字，驚訝轉頭，「你是……陳子霏的哥哥嗎……？」

陳子言輕輕點頭，然後和吳易然握了握手：「加油！」

陳子言和吳易然都是屬於沉默寡言、埋頭苦幹的類型，他擅長為咖啡做各式造型的拉花，液面總能出其不意的出現令人驚喜的畫作。

「好了好了，休息夠了就動起來吧！」店長拍手呼喚著大家。「是的，店長！」

一隻白貓跳躍到吳易然的手臂旁，像是熟稔已久的知心，牠舔了舔吳易然的手背，卻恰巧舔在他抓撓而成的傷痕，陣陣刺痛。

這隻貓咪叫牛奶，從吳易然初次進到咖啡店，就像是有靈性般，不停的跟在他身後，牛奶先是舔了舔手背的傷，然後蹭了蹭吳易然遮掩的手腕，抬頭用苛責的眼神望著他，盯的易然一陣毛骨悚然，彷彿知道些什麼。

「牛奶，牛奶乖，我要工作了。」吳易然語氣極度溫和的撫著牛奶的背部。

牛奶依依不捨的跳下地面，到店面四處亂晃。

牛奶的姐姐叫做香草，是一隻耳朵有櫻花耳的白貓，個性和黏人的牛奶相差甚遠，是冷豔的大姐。香草正被客人抱起來拍照，雖然一臉想睡覺，但依然敬業的擺出姿勢。

才上班第二天，吳易然已經和店內六隻貓咪混熟，幾乎所有貓咪也習慣了新夥伴的加入。

「看來牛奶很喜歡你哦！」店長看到牛奶與吳易然的互動說。

吳易然在這邊打工，感覺所有沉悶的心情風吹雲散，僅被幾隻貓咪就能治癒，他露出前所未有的笑容，感覺貓咪就是他哀傷時的良藥。

「我很喜歡牠們。」吳易然回答店長，然後欣然一笑，拿起杯盤走到後場。

晚間十點，吳易然結束工作，換下制服收拾東西準備回家，店長走了進來。

「易然，你有Line吧，這邊加一下群組吧，方便聯絡。」店長遞出手機掃碼。

「沒問題！」

「店長我想跟你談一件事……，我每個星期三晚上可能會耽誤一點時間上工，學校有些事情。」

其實每個星期三是吳易然固定去醫院看身心科的時間，他為了不必要的提問，選擇以學校當作藉口，所幸店長相當能體諒。

「我知道你是高中生，要準備學測讀書，又要打工很忙碌，還是以自己的時間為重，有空再補班就好，如果要請假也事先告知。」店長順便提醒。

「真的謝謝店長！」吳易然感激道謝，慶幸自己找到好溝通的店家與打工地點。

星期三晚上回診日，市立醫院身心科前，吳易然拿了健保卡掛號，然後坐到椅子上等待。

此刻心情異常平靜，沒有往日的低潮，他發現自己最近看事情變的很淡，生也是，死也是，縹緲的就要成為透明。

他盯著昨日新劃的傷痕，昨日刻意劃的皮開肉綻，鮮血直滴，沿著手掌的脈絡到指尖，都是鮮紅。

腦袋是空白的，虛無的沒有一絲雜念，總是忙於思想的腦袋，今天卻是靜謐，連幻想都沒有。

其實他一直不喜歡醫院，總是瀰漫一股死亡的氣息，腐敗頹靡，明明人們是那麼的嚮往生，認為活下去才是勵志，卻偏偏避免不了走到生命盡頭。

但其實他是想死的。

吳易然深吸了一口氣，閉上眼睛——

「吳易然！」驀地睜眼，護士叫喚的聲音隱隱約約傳入耳中。

他站起身走進診間。

診間是無盡的白色，飄著淡淡的馨香，他緩步走向椅子。

「易然你好。」與醫生對上眼的剎那，醫生先行開口。

「嗨。」簡短的，就結束了問候。

「最近還好嗎？」

「還好。」所謂低潮時期都已是日常，他只能說還好來騙過自己，說服自己真的如此。

「上星期又來急診了？」

吳易然聽聞無奈的淺淺一笑：「沒辦法，拉不住自己。」
「太痛苦。」他頓了頓補了一句。
「覺得自己那麼痛苦？最讓你感到痛苦的是什麼？」
「應該是……頻繁的想輕生吧。」他猶豫了一下說。
「想死與不想活是截然不同的事情，想死是因為對世界懷有報復，覺得世界不公，不想活是覺得人間不值得活，你覺得你是哪種？」醫生把問題丟給吳易然。
「我常覺得世界不公，為什麼非得是我承受這種痛苦，卻也覺得世界值得，而我不值得，人間沒有我的容身之處。」吳易然低聲說。
「那你想想，癌症患者或是車禍意外，不也這麼覺得為什麼是他們？」醫生輕笑著說。
吳易然一聽沉默了，心裡暗自默認醫生說的似乎有道理。
「聽過終身盛行率嗎？」
吳易然抬眸，望進醫生深邃的眼睛，搖了搖頭。
「科學根據，每五個女性一生就有一次憂鬱症發作，而男性的終身盛行率為5％—12％。」
「意思是說，其實你只是比較早遇到而已，要比痛苦是絕對比不完的，痛苦無法實質的比較，對吧？」
「不過，若說痛苦最少，可能是心肌梗塞吧。」
「對欸，一瞬間的痛楚，就走向死亡。」吳易然苦笑。
「不過痛苦源自哪裡……。」他遲疑了。
從什麼時候開始，他不再信任身旁的人，包括自己也總是懷疑，或許是因為家庭，他看著爸爸失業，一步步走向憔悴，目睹了刀下人亡，他知道，他都看見了，卻總是無能為力。或許是因為個性，冷淡漠然的他沒有朋友，失去了青少年時期同儕的陪伴，他總以為自己可以，卻從沒想過敗在這裡。

「是因為你那麼努力的要愛世界，世界卻總讓你覺得失望吧。」醫生緩緩道出。

的確，他努力的想脫離憂鬱，努力的找出原因，卻總是得到旁人一句「再努力一點」、「世界很美好，你應該多看看這世界」，要他不要再像以前一樣，總是愁苦，弄得自己鬱鬱寡歡。

沒人尊重他的選擇，他要的只是結束這一切，只是讓生活變得和往常一樣，最不舒服的是不痛苦，也不快樂，在這個空虛的地帶徬徨，人們總是要他不要繼續沉淪下去，卻沒人想過如何讓他結束這糟糕的人生。

腦內一閃而過熟悉的聲音，卻是由最親密的人口中，說出最惡毒的話，那時爸爸正發酒瘋，瘋瘋癲癲之際說了許多言語，他指著吳易然大喊：「我後悔當初生你下來，生一個沒有用只會耍憂鬱的神經病。」從那刻起他不再對任何人抱有期望，太多希望只是會讓他受更多傷而已。

「不只是失望，我們都對世界擁有太多期望，太多總以為可以。」吳易然想了想說。

「只因人們覺得活下去才是最好，不准我們說要消失要死去這種消極的話，但其實慢慢的接受這一切不也是這種方法嗎？在說為什麼是我憂鬱的同時，要先允許自己掉入谷底，接受自己憂鬱，雖然悲傷，雖然看見的是自己無能為力又挫敗，但也是種解脫，承認自己真的只是生病而已。」

「其實人都想要有理由，但你不必特別去想你到底為什麼憂鬱，本來很多事就是這樣，這就是真正的憂鬱症啊，沒有理由的憂鬱。」

「你會很希望憂鬱有理由嗎？」

「不會。但是……身旁的人都會希望有個理由。」吳易然回答。

「那……你就說天氣不好吧！」醫生笑了出來。

「可是天氣不好之前就已經憂鬱了。」

「對，所以我說這是個敷衍的理由，如果不希望人家質問為什麼，那我們就說一個簡單能接受的答案。」

「哈哈哈。」診間頓時輕鬆許多。

吳易然認同醫生的話，身心科是他唯一能真實的面對不完整的自己，唯一能讓他說出真話的地方。

「好，那睡的還好嗎？」

睡眠障礙是憂鬱症最典型的症狀，卻也是對抗憂鬱最首要處理的問題，如果連最基本的睡眠都處理不好，那也沒有力氣去面對自己的狀況。

「最近能睡著了，雖然中間還是會驚醒，而且常做惡夢。」吳易然想起自己前天還因惡夢嚇出一身冷汗。

「那安眠藥還是先放著，需要時服用。」

「還有什麼問題想問我？」醫生問。

「還有就是……自殘，我沒辦法忍住。」

「我先問你個問題，你覺得快樂能取代痛苦嗎？」

「應該可以吧？」吳易然猜測。

「事實上快樂很難取代痛苦，但痛苦可以取代痛苦，自殘是容易上癮的，這是沒有成本，且能舒緩心裡那如萬千絞刑的疼痛最有效的方法。」

「這不必覺得羞愧或羞恥，因為你必須知道自己是因為生病了才會這樣，當然也是要靠自己的意志力克服，但這都慢慢來好嗎？先按時回診按時吃藥。」醫生輕聲的說。

「好。」吳易然乖馴的道好。

「那還有什麼問題想問我？」

「沒有了。」

「好，加油加油。」醫生鼓勵。

護士遞出藥單，吳易然準備到樓下領藥。

領完藥，吳易然看著走廊牆壁的病房標示，從背包裡拿出一個保溫瓶，裡面是他在咖啡店泡的無糖紅茶。

憶起上次詢問護士林語忻病房的路線，他按著記憶尋找。

其實他本來可以不用做這些事，不用特地泡無糖紅茶給她，他說服自己僅是遇到了個願意理解他的朋友，不必如此大費周章，傾聽心的聲音時，卻聽見它這麼說，應該對朋友好些，他試著努力，不要讓自己的冷漠將朋友拒之門外。

他在病房門口躊躇良久，來回踱步，最後終於踏出那一步。

「請進。」病房傳來林語忻溫柔的聲音。

「易然？」林語忻驚訝的喊著。

吳易然臉頰有些緋紅，他輕聲的說：「嗨，妳愛喝的無糖紅茶。」然後遞出手上的保溫瓶。

「為什麼？」

「嗯？」吳易然不知她的困惑。

「為什麼……對我那麼好？」林語忻遲遲不敢接過保溫瓶。

「因為……是朋友。」

其實對朋友的定義懵懂，只是她是張庭愷以外對於他的冷漠並不會反感的人，只因她曾說過喜歡喝無糖紅茶，吳易然就從此記在心裡，只因他怕又失去，所以學著繫起與人的羈絆。

「那……你喜歡什麼？」林語忻接過保溫瓶問。

「喜歡妳，和我說話。」吳易然不知是故意或無心，停頓的地方有些巧妙，讓林語忻一臉燥熱。

「就這樣？」對於這小小的、微不足道的要求，語忻似乎有些驚訝。

「嗯。」

「你剛去看醫生？」林語忻瞟著易然手上的藥袋。

「對，就順便過來。」

「上次呢？早上應該不是順便吧？」林語忻旋開保溫瓶啜飲一口。

「順路。」學校與醫院剛好同路，於是又促成了一次送飲料的機會。

「好喝嗎？」

「茶味很濃，不錯。」

「打工的時候泡的，喜歡我再帶給妳。」

吳易然說著，看了一下手錶時間。

「我該去打工了，有空再聊吧。」他起身準備離開。

「嗯，謝謝你，再見。」短短的問候即結束，因為她知道還會有下次的相遇。

從醫院走到打工地，今天咖啡店依舊人滿為患，吳易然快速放好東西到場外支援。

他收齊了盤子到內場沖洗，挽起了袖子，觸碰冰涼的水。

「易然，你來了啊！」副店長驀從身後竄出。

「啊，副店長好。」吳易然慌亂的遮掩手上顯而易見的傷痕，卻動作太大引起副店長的側目。

「不用那麼緊張啦，我又不會把你吃掉。」副店長爽朗的笑著。

吳易然面露尷尬，轉頭裝做沒事繼續洗碗。

很快的就到了咖啡店關門的時間，今天雖只有三人工作，效率依舊很高，或許是因為其他兩人配合已久，吳易然盡可能的跟上工作夥伴的步調。

「易然你還要讀書吧，趕快回去吧。」店長貼心的說。

「嗯，知道了，謝謝店長。」吳易然微微鞠躬。

回到家已是十點半，吳易然匆匆洗了澡，然後回到房間把功課做完。

「哥……？」吳宥然在門口叫喚。

「怎麼？」自從媽媽離開，爸爸入獄，他和弟弟相依為命，他試著將自己的態度放軟，試著不對弟弟那麼嚴苛，處處與他爭鋒相對。

「可以再教我數學嗎？」

吳易然想起上回與吳宥然的爭執，有些羞愧，決定不再那麼強勢。

「問吧。」

吳宥然走了進來站在吳易然書桌旁。

「這題要算三角形面積可以帶 1/2sr 這個公式……。」吳易然詳細且緩慢的解說，這次吳宥然果然吸收很快。

「知道了，謝謝。」

「哥，你……去打工了喔？」吳宥然突然問。

「嗯，咖啡店，在醫院旁邊，店內有貓咪的那間。」

「對不起，讓你還要去打工……會影響你學業吧？」

「不用對不起，該對不起的是爸，他如果一開始好好的去找工作，戒掉酒癮，也不會發生這種事。」吳易然一想到那天爸爸發著酒瘋被送進警局依舊覺得氣憤。

「好……謝謝你，你早點睡。」吳宥然想了一下，還是決定道謝，雖然他覺得彆扭，但他發現其實說出來也沒那麼困難。

「你也是。」嘴上這麼說，吳易然還是拿出功課來複習，明天考試繁多，今天不到深夜是複習不完的。

複習到了一點，吳易然突然感到一陣倦意襲來，他心裡驚訝，他立刻躺上床，期盼能入睡。

從前的他總是失眠，連做噩夢的機會都沒有，今晚好不容易偷來短暫的淺眠，卻讓他陷入無限的憂傷。

他睡前喝了杯溫水，配著五顆安眠藥吞下，難得沒有雜事困擾著他，提早入眠，也難得這天開頭的沉睡是安穩，不再躺在床上輾轉難眠。

夢裡的開頭，兒時個子矮小的他，在公園沙坑玩耍，玩的灰頭土臉卻也不亦樂乎。

頃刻間，一隻幼小的黑狗朝他走來，牠渾身髒汙沾滿塵土，狼狽不堪又可憐兮兮，吳易然滿眼不捨，他試圖呼喚黑狗，黑狗卻渾身顫抖懼怕，好似不再信任任何人類。

吳易然不氣餒，又緩緩靠近，動作輕柔的先替黑狗撥去落葉，黑狗起初還是抗拒，但吳易然的舉動，卻一點一點突破界線。

黑狗微弱的嗚咽一聲，不知是感激還是渾身無力的哀嚎，吳易然撥了塊手上吃剩的麵包放在手上，黑狗湊近嗅了嗅，然後伸出舌頭舔舐，再整塊叼走慢慢享用。

吳易然看黑狗滿足的咬著，嘴角也揚起一抹笑，他趁著黑狗專心吃著，拍了拍牠身上的塵土。

「放心，不會有人拋棄你的。」

「叫你小黑好不好啊？」

黑狗若有似無的應了一聲，像是在回應吳易然。

吳易然對弱小的生命特別疼惜，小貓小狗都是他打從心底的熱愛，他們雖瘦小，看起來不堪一擊的脆弱，但實際堅強，在這弱肉強食、適者生存的時代努力活著。

比起他的懦弱，反而覺得小生命比他勇敢堅韌。

夕曛西下，曳著吳易然長長的影子，十年來不間斷，他每天到公園找小黑，雖然無法帶回家照顧，但這堅持的態度也令小黑和吳易然越來越親密。

可是今天，天暗的特別快，公園已經一片黑暗。

他找不到小黑。

以往小黑總是在同一個時間於紙箱旁等待，從沒爽約或遲到過，吳易然走近察看，紙箱內部竟沾染著暗紅乾涸的血液，吳易然頓時慌了。

「小黑，小黑？」他神情緊張的呼喚。

找了半小時，夕陽落下地平線，天空是深色的藍，他仍找不到牠。

「汪！」中氣十足的狗吠聲從背後傳來，吳易然欣喜轉身，「小黑！」

五隻大黑狗圍堵吳易然，一雙大而黑的眼睛，靜時顯露出沉思和熱情，此刻卻閃爍著最兇惡憎恨的表情，眼神讓人不寒而慄。

形體龐大，像發狂了一樣，呲牙咧嘴，口涎亂飛，滿身的毛根根豎起，瞪著血紅的眼睛，見人就窮追猛咬。

黑狗步步逼近，吳易然悚然的後退，他貼著牆壁，想找個時機落跑，雙腳卻如釘在地面上動彈不得。

一個恍神間，五隻大黑狗猛然衝出，幾乎只差一釐米就要啃上他的小腿，吳易然嚇得拔腿狂奔。

他劇烈的喘著氣，不知跑了多久，微微偏頭看向後方，黑狗仍在追逐著，他不敢停下，只能沒命的狂奔。

途中摔了兩次，手掌膝蓋都被地面磨破皮，可後頭聲嘶力竭的狗吠聲近在咫尺。

跑著跑著，竟彎進了一條死巷子，旁邊是高聳的牆，盡頭是堅硬的牆，他無處可逃。

又是黑狗緩步逼近，吳易然卻注意到其中兩隻黑狗的嘴裡叼著血肉模糊的狗肉，他瞬間哭了出來。

是小黑。

小黑的頸子上有著吳易然特地掛上的紅色頸圈，還配著鈴鐺，此刻鈴鐺卻響的令人毛骨悚然。

吳易然手無搏雞之力，身旁沒有任何能攻擊的武器，他放棄大喊，也放棄求救，只是看著小黑悽慘的死狀，眼淚一直掉。

黑狗再次露出尖牙，尖牙上還鮮血欲滴，吳易然絕望的沿著牆角滑落在地，默默等待黑狗的撲殺。

一陣劇烈疼痛，好似身體被五馬分屍，他難熬的大叫，睜眼一見鮮血四濺，他的右臂已被撕裂，被黑狗叼在口中食用著。

然後，終於醒了。

被噩夢驚醒愣了不知多久，才稍稍從恐慌中安靜下來，眼淚豆大顆滾落不經意流入口中，即使用力抿著嘴也抵擋不住脫口而出的嗚咽。

夢裡最後一個鏡頭是他絕望到麻木，醒來的那一剎那還是分不清夢裡還是現實。

嘴角不停嚐到鹹濕的淚，他才發現自己的淚從來沒乾過。

那不是恐懼的夢，而是漫無邊際又悠長的悲傷，從喃喃自語到歇斯底里，原來真正恐懼的是憂鬱症化身的大黑狗。

憂鬱症殺死了他對所有事物的熱愛，殪滅了他對活著的渴望，放棄了他對追逐快樂的能力。

連呼吸也變得困難，像一個被扼住了喉嚨失去言語能力的啞巴。

只是他從沒想過有一天，竟然也會敗在凶神惡煞的大黑狗下。

陽光，對於怯懦的陰影而言，似乎過於耀眼了。

就像夜晚的夢永遠都不能在早上開出繁綻的花來。

爸爸的話忘了十年，在一個夢突然想了起來，就像八歲的他用歪斜的字跡寫封信，在時間的海洋漂蕩穿梭，終於寄到十八歲的他手上。

他說：「**你的快樂長大就會消失的。**」

有些事情努力也沒有用的，比如快樂，比如活著。

小時候他天真的以為快樂像遊戲點技能點一樣，一朝學會了，就永遠不會丟掉，但沒想到十年後，它消失的無影無蹤，再也找不到了。

找不到了。

在那風很大的醫院頂樓上，一個站不穩就可能摔下樓，卻也成為自殺的人的最佳藉口。不小心的。

吳易然坐在欄杆上，再高的圍牆只要拿個梯子都能爬上去，他面無表情看著從來不覺得清澈的藍空。討厭這個世界。

天空是灰色的，空氣中滿是腐臭的氣味，汽機車的聲音大的吵雜，在他耳裡，卻是來自各方的謾罵與責怪。

吳易然站在欄杆上，想著如果就這樣跳下去，可能會壓到無辜的路人，想著還得麻煩醫護人員收拾他殘破的遺體，醫生說，他會站在這裡猶豫，純粹是因為他的善解人意拯救了他。

其實他可以不管這些考慮的，他也可以對這世界毫無眷戀的離去，只要邁出一步就好了。

林語忻從走廊瞥見吳易然往頂樓的身影，悄悄尾隨，看見吳易然站在邊緣肆無忌憚的展開雙臂，像隻要翱翔的鳥兒。

她沒有慌。

這隻鳥兒始終飛不出去都是因為世人，都是因為他們不允許也不想看到一個生命的殞落，於是故作聰明的將他束縛在籠子裡，儘管他是那麼的想自由。

林語忻輕輕的開口：「易然，下來吧。」

「我知道你的痛苦，可是我不想看到和我那麼好的朋友就這樣在我面前離開。」林語忻眼底蓄滿了淚水，好像下一秒吳易然就會消失在她眼前。

吳易然淺淺一笑：「終究是不忍心……」

他從欄杆上下來，但依舊站在邊緣，林語忻從身後走近。

吳易然開口問：「你怕死嗎？」

林語忻想了一下說：「很怕一睡過去，看不到明天，看不見未來，怕下一秒儀器的聲音就是無止境的永恆，怕一放心睡了，心跳就這麼不聽話的停了，很怕……」

吳易然淺淺一笑：「終究是不忍心……」

邊說，她把空氣捏進了手心：「但也許我並不怕死，而是怕生不如死，是怕孤獨死去。」

「至少現在，不要走好嗎？我還想再多認識你一點，多學習如何陪伴憂鬱症患者，或許還能等到你康復。」林語忻仰頭望著一百八身高的吳易然。

「好，我答應妳，但不要對我有太多期待，會受傷的。」吳易然聲線平淡的回答。

「我問你，你有想要好起來嗎？」林語忻直直望著吳易然。

林語忻等了一下，見吳易然沉默不語，便開口：「如果可以，我是想好起來的。」

「我想繼續活下去，儘管是依靠各種藥物來延長生命線，我還是想好好存活在這世界上，做我想做的事。從前不珍惜生命，總是做些容易讓心臟負荷過度的事情，一直到生命垂危被送進醫院，我才知道生命的可貴。」

「活著一輩子，都是在尋找活著的意義啊。」林語忻發自內心的說。

「那你呢？」

「我……第一次發病時，會很努力的讓自己好起來，那是因為對一切都很陌生，我媽在不理解我的那段時間，曾說如果想好起來就要積極努力一點，可是她不知道我需要的不是什麼再努力一點，不是什麼要試著走出來，這些我都做過了，就是因為努力過了而沒有好起來，反而墜到更谷底。」

「現在的我，除了找不到自己存在的意義，也不知道活著的理由，已經不是想死那麼簡單而已，我覺得人間不值得有我。」

「還有就是，我的潛意識裡害怕好起來，害怕會不會好起來了，才是地獄的開始，雖然這種想法可能很多人無法理解，但我已經習慣了這種痛苦的模式，如果少了這些痛苦，我會不知道怎麼活，下次鬱期來襲，我反而會不知道怎麼面對自己。其實生病反而能顯露真正的我，反而不必刻意假裝。」吳易然從來沒有對一個人傾訴那麼多，這是第一次。

「所以，不要叫我好起來，我想這樣就好。就算是在生與死間浮載浮沉也沒關係，這是我的選擇。」

「沒事的，好不起來就算了，只要不要繼續變差就好了。」林語忻吹著微風說。

「如果可以，希望我能成為你一點光，希望能成為你活下去的理由，哪怕一瞬也好。」林語忻攤開手掌，手心上用黑筆寫著：「活著」。

「朋友，可以為了我活著嗎？」林語忻握上吳易然的手，感受兩人的體溫。
吳易然笑了，「好。」
為了你，至少現在，我活下去。

07

「活著實在太難，當活著的可怕已經遠遠超過死亡的恐懼時就會想死，想以死結束這一切。」

「吳易然！下來！」身後傳來焦急的聲音。
兩人同時轉身，只見吳易然的主治章醫生氣喘吁吁的扶著牆壁，對著站在邊緣的吳易然大吼。
吳易然錯愕，但隱隱約約知道了為什麼。
「誰準你跑上來的！」
章醫生的語氣透露些微責備，但更多的是擔心。
「呵，原來我的生死還有人在乎……」吳易然喃喃著，卻被林語忻聽的一清二楚。
「我在乎啊！誰說沒有人了？」林語忻指了指手心，說著剛才的承諾。
「我是說，除了妳以外……」

「廢話，我是你醫生欸，也要掌握病人的情況。」章醫生說。

「是是是……，我沒有要跳樓啦，林語忻在這裡我不會跳。」他的一番言語惹得女孩輕笑。

「我不管，叫你好好去領藥，你跑到頂樓跟她聊天，像話嗎？」醫生微微惱怒。

「對不起啦醫生，只是想和林語忻上來散散心而已。」吳易然偷偷對林語忻眨眼。

「最好是不要有下次。」

「好，沒問題。」吳易然明白光是爬上頂樓，擁有憂鬱症的他就可能讓身旁的人產生遐想。

「妳幫我看好他，不要讓他做傻事。」章醫生對身旁的林語忻說。

林語忻信心十足：「我絕對不會讓他離開的。」

「下樓吧。」章醫生轉身離去，而林語忻和吳易然跟在身後。

因為自己的不忍心，為了不要離開還得給別人帶來麻煩，為了不給林語忻帶來陰影及一輩子的愧疚，為了不讓留下來的人被譴責，被說為什麼沒好好留住他，於是他又一次選擇活下來。

即使明白自己是幸福的，甚至擁有某些人沒有的特質，但仍無時無刻感覺在深海沉溺，無助、絕望。

每次闔眼，惡夢的記憶如海嘯般席捲而來，時時刻刻提醒著他，他那麼脆弱的敗在這裡，多麼的失敗可悲。而每次想轉身逃離，卻是潮汐的淹沒，任憑浪潮蹂躪千百次。

每次清晨的惺忪欲眠，他多希望自己沉睡後不再醒來，如果可以，想在夢境中安詳的離去，而不是每次都向世界唯唯諾諾的低頭妥協。

他曾無數次想過，與其不快樂不痛苦的空虛，那麼的不舒服，不如抱著尊嚴死去，為什麼自殺就要被貼標籤，被責怪說自私及懦弱？

正因思慮過千百回，無論做了什麼都會造成旁人的負擔，才想就這麼與世長辭，就這麼與世界脫軌。

「語忻……」吳易然輕喚。

「怎麼了？」

「我沒辦法和妳保證我不會離開，但我會盡量，既然妳說妳想成為我活下去的理由。」

「沒關係，你有努力，那就夠了。」林語忻莞爾一笑，她這麼一抹淡笑，讓吳易然跟著感覺到了世間的美好。

這樣就夠了。

「妳還想不想喝上次的無糖紅茶？」吳易然在走下樓後問著。

「不用了啦，我又不是想每天喝，不過偶爾也是可以啦。」林語忻輕笑。

「那，如果妳想喝了，就跟我說。」

「怎麼說，我沒有妳的電話欸？」林語忻歪著頭問。

「我忘記了……一直沒有給妳。」吳易然羞赧的紅了臉頰。

「沒關係，那就現在加吧！」林語忻遞出手機。

輸入後，手機上果然顯示吳易然的 Line，林語忻看了看他的通訊錄的大頭貼說：「果然是背影殺……這抹夕陽搭上這背影，真的是絕配。」

吳易然聽了沒有回應，只是含蓄的笑著。

「那我……走了，有空再來看妳。」他還得趕著去打工。

「嗯，再見。」

吳易然走後，林語忻垂著頭看向地面發呆，卻一直感到一股視線定格在她身上。

她一抬頭，發現是阿嬤笑吟吟的望著她。

「阿妹啊，妳男朋友喔！」阿嬤露出曖昧的表情，讓林語忻手忙腳亂的否認。

「不是啦，朋友而已，阿嬤妳不要亂說。」林語忻耳朵熱了起來。

沒想到阿嬤竟然還不死心：「阿妹，那個男生很帥欸，要好好照顧人家啊。」

「唉呦，就說不是了啦！」林語忻有些難堪，卻不忍對阿嬤發脾氣，雖然阿雅聽不太懂兩人談話的內容，但也在旁邊陪笑著。

「如果他欺負我們阿妹，跟阿嬤說，阿嬤幫妳教訓他！」

「哈哈好啦好啦！阿嬤妳很可愛欸！」林語忻聽著阿嬤的言語覺得逗趣，同時覺得老人家可愛。

就像過世的外婆一樣，那麼的和藹可親。

她想起過世的外婆，在她上學前負責照顧她，所有品格教育及習慣都是從外婆那裡學來，外婆還會教她唱歌，尤其喜歡鄧麗君的歌，總是聽著廣播，一字一句的跟著唱。

卻在晚年，外公在睡夢中安詳離去，林語忻也因為要上學到市區和爸媽一起生活，爸媽不只一次提起要外婆搬到都市，不僅方便照顧也有人陪伴，但外婆始終不答應，說是要留在這充滿回憶的老房子，雖然每個月還是會固定回外婆家，但外婆到最後還是孤獨終老。

那天，林語忻哭了好久好久，潰堤了好多次，哭到乾嘔哭到頭痛，依然不敢相信曾經那麼疼愛她的外婆就這麼離開了，依然換不回外婆的生命。

「阿嬤妳很可愛哦，可愛阿嬤！」林語忻眼眶含著淚，卻仍說著阿嬤討喜可愛。

「阿妹啊，怎麼了啊，不要哭，阿嬤在這裡啊！」

聽聞這句，原本隱藏好的眼淚潸然淚下，林語忻再也無法抵擋淚水，任憑淚水衝破最後一道防線，全身激動的顫抖。

外婆，我好想妳，要是妳還在我身邊就好了。

吳易然在假日期間，於咖啡廳上早班，從七點開店開始，一直工作到五點與晚班交接。一早七點，咖啡廳開始營業，許多上班族會選擇上班前買杯咖啡，為後續工作努力拼搏。假日早晨多了些學生族到店裡讀書，咖啡廳總是坐滿客人，於是特別在假日加派人手。

「喵！」迎來的是小橘貓。

「橙子～」吳易然親暱的喚著。

橙子是最黏人的貓咪，和牛奶不同的是，牠喜歡人們拍牠的背，或撫摸牠的頭，總是在做出這些舉動時露出享受的表情。

「易然快來幫忙櫃檯！」店長在裡頭呼喊。

「喔！」吳易然快速穿著工作制服，帶好護腕遮住傷痕不讓客人看了閒言閒語。

「你好，請問需要什麼？」

其實剛開始吳易然是抗拒到外場支援收銀的，他自知自己的個性冷漠，總擺著一副不喜不悲的厭世臉，更不會專業的微笑，怕影響客人的心情，造成服務態度不佳。但店長告訴他，凡事就是需要練習琢磨才可能達到標準，若是一開始便退縮，那連成功的一小步都跨不出去。

於是吳易然便決定趁著假日上早班，相對平日晚班精神較旺盛，到支援收銀服務客人。

「我要一杯熱拿鐵。」

「請問大杯小杯呢？」客人的聲音偏中性，不禁讓吳易然好奇。

「小杯就好。」吳易然瞄了一眼客人，客人帶著黑色棒球帽，他壓低帽簷遮住臉龐，看不清是男是女。

「好的這樣總共四十元，旁邊稍等謝謝。」

只見那位顧客將零錢包裡所有零錢倒出，但全都是一塊錢，顧客慢吞吞的數了四十個一元給他後，再慢條斯理的將其他零錢收回皮包，吳易然對於客人傲慢的態度有些惱怒，但礙於後頭還有許多客人便沒說什麼。

「你好，請問需要什麼？」

「我要……」吳易然瞥見那顧客走向靠近窗邊的單人座位坐下。

一切正常無異樣，吳易然持續待在外場工作，空閒時逗逗貓咪，幫客人及貓咪拍照。

「喂！你們咖啡裡有蟑螂！」吳易然正欣喜的拍著橙子的背時，一名客人端著一杯咖啡走了過來。

吳易然皺眉站起，仔細端詳那杯咖啡。

「而且我點的是熱拿鐵，為什麼裡面會有冰塊？」顧客咄咄逼人的質問。

吳易然這才發現是剛才帶著黑色棒球帽的顧客，帽子的下方是稚氣卻又血氣方剛的臉，看起來是高中生。

打開咖啡蓋，裡頭只有一隻童玩店買的到的玩具假蟑螂，還有少許融化的冰塊。

「可是剛才給你送咖啡時，裡面並沒有任何東西，而且這蟑螂是你自己加進去的吧？」吳易然面對看起來同齡的客人毫不畏懼。

「我不管，現在拿鐵毀了，你們要賠我一杯。」客人堅持的說。

「撇開蟑螂不說，這杯拿鐵是我親自幫你沖泡的，我沒有加入任何冰塊。」吳易然也反駁道。

「煩不煩啊，我要賠償聽不懂嗎？」客人已經升起怒火。

「剛開始的付錢也是，你全部拿一塊錢，是想找碴嗎？今天是四十塊飲料還好，萬一是一百元以上的餐點呢？你自己不先尊重我們服務人員，現在跟你解釋你又無理取鬧！」吳易然聲音漸漸大了起來，不少顧客被這番爭執嚇到停止手邊的用餐。

「幹！你腦袋有問題喔！」客人的怒火升至最高點，一氣之下掀起了桌子，差點砸到一旁的小孩。

小孩被嚇的大哭，客人嘴裡也不斷罵著不雅的言語，櫃檯前還有要點餐的顧客，場面一片混亂。

客人抄起手上的熱拿鐵往吳易然的臉上潑去，頓時他的全身濕淋淋。

「對啦我腦袋有問題啦！」吳易然像被觸及了某個開關，也跟著大聲回嘴。

「安靜！都不要吵！」店長有威嚴的聲音出現。

他原先是想在後場看易吳然會如何處理這場糾紛，沒想到爭執越來越大，甚至客人憤怒到翻桌，他才趕緊出來救火。

「店長……」吳易然看見店長出面，低著頭道歉。

店長看了一眼吳易然，確認沒事後便轉身面對顧客。

「客人你好，請問有什麼問題嗎？我是這裡的店長我來處理。」

客人依舊止不住怒氣：「你們店裡的態度也太差了吧，都說拿鐵出問題了還跟我辯解，有沒有素質啊！」

「不好意思，客人讓你感到我們服務態度不佳，我在這邊跟你道歉。」店長深深一鞠躬表示歉意。

隨後眼神瞟向吳易然要他跟著道歉，吳易然深深吸了一口氣，試圖緩解激動的心情。

「很抱歉，對不起造成你的困擾。」

客人看了怒氣總算收斂了一點，這才滿意的點點頭。

店長說：「客人的拿鐵我們會重新做一杯給您，並且為感到歉意，將全額退錢。」

「哼，我下次不會再來你們這家店了！」客人高傲的說。

「很抱歉。」店長還在持續卑微的道歉。

過了幾分鐘，後場送來了一杯新的熱拿鐵，店長正親手要拿給客人，卻聽見客人說：「這杯拿鐵我不要了！」然後拿起手機要離去。

「不好意思客人稍等一下！」店長突然站他身後大喊。

客人身子一頓轉過身，「還有什麼事嗎？像這種店，我一刻都不想多留。」

「要麻煩你將我們店裡的桌子椅子恢復原狀，還有跟嚇到的小孩道歉。」店長不卑不亢的說。

「為什麼？為什麼是我做？不應該是店家負責嗎？」他尖聲喊道。

「但因為這是你失控造成的局面，和店家並沒有直接關係，請你把桌子椅子恢復原狀。」店長態度也強硬的回答。

客人氣的臉一紅一紫，在全咖啡廳的注視下將桌椅擺好後，撇下一句髒話揚長而去。

原本圍聚的客人也回到原位繼續用餐。

「Sunny 外場麻煩一下！易然你過來。」店長輕輕在身後抛下這句話。

吳易然知道自己犯下了極大錯誤，焦慮的不停絞動手指，細想著待會該如何跟店長解釋。

跟著店長到了後場的暗門裡，店長遞給他一條毛巾，關心道：「沒燙傷吧？」

吳易然接下：「嗯，幸好裡面有冰塊，還不至於太燙。」

他停頓了一下，「謝謝店長關心，很抱歉我……。」

還沒說完便被店長打斷「沒關係，不用道歉，這不是你的錯。」

「我都看到了。」吳易然詫異抬頭。

店長操縱電腦播放店內的監視器：「你看，是不是這個人，他拿出假蟑螂放進飲料裡。」

吳易然點頭如搗蒜，幸好店長並沒有不分青紅皂白的指責他。

「以後遇到這種狀況啊，記得不要去指責客人也不要去翻舊帳，先釐清問題，如果客人還是無理取鬧無法溝通，那就直接以以牙還牙的方式，若是他不尊重我們的服務態度，那我也不會尊重他。」

吳易然似懂非懂的點點頭。

「像我剛才不是請他恢復桌椅擺設了嗎？他自己做出的行為要對自己負責，至少要先尊重這點，其他的再說。」面對店長遇事高明的處理方式，吳易然感到相當敬佩。

「高明的處理方式才是正確，而不是我們認為的息事寧人，不要害怕被投訴而失去了尊嚴。」店長輕哂。

「所以店長……沒有生氣……？」吳易然訝異。

「你沒有做錯，你只是還在學習如何面對這樣的客人，我不會因為這樣就對你生氣，況且你還是新進員工。」店長說出他一直以來的處事原則。

「謝謝店長！我一定會努力學習的！」

「嗯，我相信你可以的。」店長鼓勵的拍拍他的肩膀。

「去吧！」店長指了指外場，要吳易然再試一次。

「有問題也可以問 Sunny。」Sunny 聽到自己的名字，朝後方比了個讚。

吳易然聽了後，走到前頭繼續服務顧客，人潮走了一波，剛好可以趁現在休息。

吳易然抱起橙子，寵溺的說：「橙子啊，有沒有嚇到？」

橙子也任憑易然搓揉牠的毛髮，放肆的在他懷裡撒嬌。

「橙子，你的身上沾到咖啡了，等等幫你洗澡好不好？」恐怕是剛才客人朝吳易然潑咖啡也不小心淋到橙子身上。

「易然，我覺得你很奇妙欸，面對人都不曾用這種口氣講話，面對貓卻溫柔的像什麼一樣。」Sunny 看見吳易然的舉動說。

「我……還在試著練習啦，可能我的個性就這樣，面對人總是冷淡，但貓咪總能融化我冰冷的內心。」說著，他又搓了搓牠的背部。

「沒關係慢慢來，我們員工是給鼓勵不給壓力的，放輕鬆。」Sunny 爽朗的笑著。

「謝謝你們，我以為你們會看不慣我的態度和個性……」

「沒事啦，凡事總是需要練習的啊！」他和店長一樣都保持著相同的理念，反而讓吳易然覺得放鬆許多。

「看你很喜歡貓咪們，那以後就麻煩你多多照顧嘍！」Sunny 指了指幾隻貓咪們。

而吳易然抱著橙子說：「會的，剛才橙子被咖啡潑到，我想說趁空閒時幫牠洗個澡。」

「嗯，那現在人少，你趕快去吧！」說完，吳易然就抱著橙子走向後場。

他將橙子抱進廁所的水盆裡，先放一些水讓貓咪適應，只見橙子非常抗拒，不停閃躲，一碰到水就一蹦三尺高，還不停哀嚎。

哀嚎聲淒厲到引來顧客的側目。

「乖，沒事，洗澡而已。」吳易然好聲安慰。

他一邊測試水溫，一邊把橙子按在盆子裡，用細水柱沖刷，橙子用力掙扎，尖牙把易然的左手腕劃出一道傷口。

「你不洗澡身上會髒髒的啊。」吳易然看著傷口沒有生氣，持續對橙子說話。

「易然，可以嗎？需要幫忙嗎？」副店長探出頭問。

「不用，我自己可以！」吳易然喊著。

過了一陣子，橙子似乎習慣了不再躁動，安安靜靜的任憑吳易然沖洗，偶爾抗議的叫個兩聲。

「好了好了。」吳易然一放開橙子正準備拿毛巾擦拭，橙子便一溜煙的不見蹤影。

他輕哂，露出對貓咪特有的微笑。

「橙子，過來！」橙子奔跑過來，自動塞進毛巾的溫暖裡。

他動作輕柔的替橙子擦乾，還用吹風機加快速度。

一吹乾，好動的橙子立刻脫離吳易然的懷抱。「喂，那麼討厭我的嗎？」擦乾手後走到外場，吳易然卻看到熟悉的人影。

「吳宥然你怎麼在這裡？」穿著運動短袖的弟弟站在櫃檯前。

「你弟？」Sunny 指著他問，然後仔細端詳兩人，「長得不太像。」

「嗯。」他回答，然後看向宥然又問了一次：「你怎麼在這裡？」

「來捧場你們店啊！」他拿起手上兩杯飲料。

「可是你不是討厭貓咪嗎？」

吳宥然小時候到公園玩，曾被野生貓咪叼走鞋子，還被牠抓傷臉頰，年幼的他頓時嚎啕大哭，從此不敢再接近貓咪。

「現在不會那麼討厭了。」他知道吳易然是喜歡貓的，雖然他從沒說過想養貓，但內心其實非常渴望，才會選在有貓咪的地方打工，於是他試著慢慢接納。

「吶，給你。」吳宥然遞出手中的咖啡。

「幹嘛還特地花錢，我自己做就好了啊！」吳易然覺得又好氣又好笑。

「就說是捧場你們店了，幫你們店裡增加收入你還不要？」吳宥然挑眉。

「喔……。」兩人間沒了話題，恢復沉默，這時店內突然湧入一批外國客人，吳易然藉機離開。

「我去工作了，就不招待你了。」Sunny 對吳易然比了比櫃檯，要他趁著這個機會服務外國人。

吳易然並沒有退卻，正好能測試自己的英語口說能力，他流暢的與外國人對話，吳宥然愣在一旁聽的五體投地，相當敬佩。

「呼……」吳易然鬆了一口氣，慶幸自己沒有出糗。

等到吳易然忙完，吳宥然已離去，也正好到了下班時間，今天遇到了好多事，他想趕快回到家洗澡休息。

原本兩個星期固定回診，吳易然卻只撐了一星期就急忙掛號看診。撐了一星期。

因為這整個禮拜簡直是度日如年，想輕生的念頭不停佔據腦中，幾乎是把他逼到角落在狠狠蹂躪，他無法控制不斷竄出的意念，看到刀就想劃開皮膚，看到水就想沉溺，看到高樓就想一躍而下。

吃了再多抗憂鬱抗焦慮藥物一樣沒有用，理智就要崩壞，就要失速的撞上崖壁，就連在工作也是，無時無刻，他幾乎要發狂。

「我幫你加個藥好了。」章醫生說。

「只要能讓我不再那麼煎熬都好。」

「其實我現在的想法很矛盾。」吳易然說。

「說來聽聽。」

「我想死，每天都要想上一萬遍死亡，死亡對於憂鬱症患者真的就是致命的吸引，在前面那個黑暗的未知世界，不停的誘惑我，向我招手。可為什麼那麼想死？因為，儘管想好好活，可憂鬱症折磨的我不人不鬼，活著實在太難，當活著的可怕已經遠遠超過死亡的恐懼時就會想死，想以死結束這一切。」

「卻也想活，雖然對於死有著未知的恐懼，或許還會有疼痛，其實也一樣會害怕。如果可以，我一定會選擇好好活，哪怕不是很幸福，但只要不是很痛苦就行。」

「這個矛盾一直困擾著我，是不是我根本不想死才這樣說服自己？但那些不具名的悲傷及意念又是從何而來？」吳易然困惑。

「這就是憂鬱症的病症之一，首先，人為什麼會想死，大多都是擁有許多對自己身價的貶低，對自己的身分感到無能，甚至覺得自己的存在帶來困擾。」

吳易然點頭，他覺得自己的思想都符合剛才醫生說的話。

「自殺往往是一種為了脫離苦海，卻找不到其他出路，在絕望之中的行為。如果有其他方式可以不再痛苦，大部分的人不會選擇自殺。有時候，想要自殺的人，需要的不是別人告訴他怎麼做，而是多一些理解。理解不是認同，而是讓他有被了解、不孤單的感覺。」

「但有時候這種念頭也來自我們的大腦，例如體內血清素不足，大腦中掌管自我觀感的神經迴路功能異常等。生病的大腦會改變一個人的思考與感覺，從而導致輕生念頭。」

醫生繼續說：「所以不要再覺得是自己的錯了，你只是生病了。」

「如果真的害怕的話，要不要嘗試看看住院？」醫生突然說。

「住院？」

「對，就當去另一個與世隔絕的星球放鬆，就在裡面什麼都不要想，至少維持正常的飲食和睡眠，看會不會狀況改善。」醫生稀鬆平常的說。

吳易然陷入思考的沉默中，然後淡淡的說一句：「我考慮看看。」

醫生回答：「過兩天有床位我會打電話詢問你的意願，到時候想進來再跟我們說。」

「好。」

其實易然考慮很多，若是去住院的話，勢必得跟學校請假，就要學測了，這樣也少了幾個禮拜的複習時間，前陣子才因為爸媽的事延後數學競賽的練習，萬一時間剛好卡到，便無法參加比賽。

還有，若是他去住院，未成年的弟弟獨自一人和伯父又如何相處。

最後自己的打工才剛剛起步，期間就有多次和店長請假，雖然店長每次都通融，但不見得這次請長假店長會答應，也會影響到咖啡店人員的調動。

這晚，他總共吃了醫生開的八顆藥，卻還是因為這件事思慮的無法入眠，直至天邊亮起晨光才入睡。

08

「住院是到另一個星球探險，是去性質與地球相似的火星，找到畏縮在隅角的自己，挖掘內心最深處的恐懼並且戰勝它。」

思考了一天一夜後，吳易然決定聽從醫生的建議，試試看住院會不會有所改善，他先和學校請假，不料學校竟說請長假需要住院證明，易然只好改日再請假。

吳易然在學校有分配到輔導老師的晤談，基本每星期會有兩次，輔導老師聽聞易然和醫生的想法，也決定試試看。

今天中午接到了醫院打來的電話，他也同意住院了，住院之前，吳易然到咖啡店上班，也順便和店長講

「店長，我想單獨跟你談談可以嗎？」吳易然在收工後對店長說。

「可以啊。」店長二話不說的答應。

吳易然猶豫了許久，終於打算向店長說明事實。

「我想向你請一個月的長假。」吳易然慎重的說著。

「為什麼？」店長有些為難，甚至皺起了眉頭。

「那個……其實不瞞你說……我有憂鬱症相關病史，一直都有固定看醫生，但最近病情變的嚴重，醫生建議我住院，看會不會情況有所改善。」

店長一聽，更是皺起了眉頭，吳易然原以為店長會不答應或者生氣，沒想到他卻說：「怎麼會現在才說？所以你之前常常請假都是因為去看醫生？」店長馬上聯想到。

「對……對不起……我想說，不要造成你們的麻煩……」吳易然小聲的說。

「不要覺得我們會對精神疾病有偏見，在咖啡廳的同事都很有愛心，不會因為這樣就不喜歡你，而且這並不會造成我們的麻煩，你不說，才是對我們沒有信任，我們反而會愧對你，知道嗎？」店長語重心長的說。

聽到這番話，吳易然馬上紅了眼眶：「其實我一直知道你們的好，但我卻一直認為是自己造成你們的困擾，所以才不敢說……」

「沒關係，這都沒關係的，班表時間都可以重新再排，人手也可以安排，但是咖啡店永遠會留一個你的

位置，這陣子你做的很好，辛苦你了。」店長由衷的說。

「你就安心去住院，這邊我會處理好，貓咪們也都會等你回來的。」店長笑了笑。

牛奶彷彿聽到了店長在叫牠，驀地竄進店長的懷抱，撒嬌一下後，跑到吳易然手上，任憑吳易然撫摸。

「要想我啊！」霎時，咖啡店裡六隻貓咪都圍聚吳易然身旁像是依依不捨的不想他離開。

「真是個標準貓控。」店長無奈的笑了。

下班後，吳易然還剩最後學校請假，和與不在的這段時間，弟弟獨自和冷漠又常離開家中辦公的伯父相處的問題。

「喂？是伯父嗎？」

「找我有什麼事？」伯父冷淡回。

「我想拜託你一件事……」

「爸媽的事你也知道，靠打工取得經濟來源，但最近失眠太嚴重，醫生建議我去醫院調作息，可能有一個月的時間沒辦法照顧弟弟，可不可以麻煩幫忙照顧一下宥然……？」吳易然婉轉的說明。

對方沉默了一會，吳易然緊張的等待回應，這就是吳易然猶豫的原因，伯父工作本來就很忙，實在是不敢再增加負擔給他們。

「我自己也很忙，最好勸你弟獨立一點。」伯父口氣不太好的說。

「他沒問題的。謝謝伯父的幫忙。」

掛斷電話後，又一件事解決，吳易然不禁對如此順利的協調感到驚訝。

正好吳宥然從學校回來，吳易然叫住了他，想跟他說明事情原委。

「吳宥然，你可能需要自己一人和伯父相處，你也知道我失眠越來越嚴重，醫生建議我住院，雖然伯父有點兇又很冷淡，但為了你的經濟來源和生活，這樣可以嗎？」吳宥然聽了張大嘴巴，不知該如何回答。

「你……要去住院……？」

「嗯，對。」

「好，我知道了，我會自己照顧好自己。」吳宥然很快答應。

兩人對視，發現彼此間沒了要補充的話題，彷彿兄弟就是這樣，偶爾還是有心有靈犀的時候。

就在吳易然準備回房間之際，吳宥然驀地發出聲音。

「對不起。」

「幹嘛道歉？」

「你會變成這樣跟我多少有關係吧？我……我之前不是故意要說那種話。」吳易然知道宥然還在為曾經說的話，那些不理解憂鬱症再加上衝動脫口而出的言語愧疚。

「不用抱歉，你好好讀書好好生活就好了。」吳易然成熟的說。

「嗯。」語畢，兩人各自進了房間。

吳易然開始整理要帶去住院的東西，請假的手續打算出院後拿到證明書再向學校請假。

其實住院主要還是帶簡單的衣物和盥洗用具，沒有概念的吳易然苦思許久，最終把腦內想攜帶的東西全都裝進行李箱。

「聽說住院沒辦法帶3C產品……。」吳易然喃喃著，不知道沒了手機的他，能否能適應這恬淡的生活。

面對未知的前途，吳易然有些恐懼擔憂，不禁細想精神病院裡頭的人事物，是否進去就真的與世隔絕，是否去了那一趟，再也無法回歸正常的社會。

但這是他的抉擇，他應該勇於去面對。

他抱著枕邊的鯊魚玩偶，進入了夢鄉。

「勾錐阿嬤！早安！」林語忻從病床醒來，見到阿嬤正坐在床上喃喃自語，於是用台語向阿嬤打了個招呼。

阿嬤抬頭露出燦爛的笑容回應林語忻：「早安！」

「昨天有睡好嗎？」林語忻關心的問。

「有喔！」阿嬤精神亦亦的回答。

「啊妳早餐吃什麼？」

「吃粥啊！」

林語忻及阿嬤一言一語的話家常，連外頭經過的主治醫生也被這氣氛感染。

「兩個人很有精神喔！」林語忻嘿嘿笑著。

「今天天氣很好，要不要推阿嬤去樓下花園晃晃？」醫生提議。

林語忻聽了很是興奮，連忙問阿雅：「我可以幫阿嬤推嗎？」

阿雅聽不懂，林語忻又說了一次，搭配比手畫腳。

「可以！」阿雅回答。

於是林語忻穿好鞋子，緩緩的推著阿嬤走到電梯前。

「阿嬤妳心情好嗎？」

「好啊！」阿嬤欣喜的拍手回答。

「啊妳在想什麼？」雖然嘴上笑著，林語忻卻覺得阿嬤似乎在想某些事。

阿嬤頓失笑容，抿著嘴模糊的說出了言語。

「阿笙……。」

「什麼？」林語忻蹲在阿嬤的輪椅旁，看著她問。

「阿笙……。」阿嬤不停反覆的說，林語忻在聽懂後，心頭猛然一震。

阿笙，爸爸的名字裡就有相同讀音的字，雖不知道是不是同樣的字，卻在阿嬤呼喚的同時，勾起了林語忻的回憶。

爸爸把她扛上肩，讓她觸摸大樹上的葉片，撫著葉片紋路，然後攀折了一葉下來，他細心的把它收進口袋裡，爸爸說回家要把它做成書籤。

他帶她到公園裡的遊樂設施，抱著她從溜滑梯上滑下來，還讓她坐在盪鞦韆上，他輕輕的推，然後越推越高，好像要飛上雲層。

他們躺在綠色的大草皮上，指著那片星空，說哪一顆是北極星，那是最亮的星星，然後說每顆星星都非常珍貴，因為那是生命殞落之時，化為天上的星辰，守護留下來的人。

爸爸會在她不開心，在她難過大哭時，扮成滑稽的小丑逗她開心，或是打扮成各式她仰慕的英雄，替她加油打氣。

還記得他們曾一起在戶外種植了一株向日葵，他說那是堅強的象徵，不管刮風下雨，向日葵依然努力昂起頭積極向陽，他們說好要像向日葵一樣勇敢。

記得她曾童言童語的說，想快點長大，保護爸爸媽媽，帶他們出去玩，不因一點小事就退縮，她要越變越堅強，她要蛻變成勇敢的蝴蝶。

好多好多回憶湧上心頭，在她的左心房翻攪，憶起來有些微微的疼痛，像是離開了的爸爸要她不要忘記這些美好的回憶，不要忘記他。

「阿笙……阿笙……阿笙。」阿嬤不斷喊著，林語忻眼淚就不停的掉。

為什麼，為什麼要有那麼可惡的人，酒醉開車還肇事逃逸，讓爸爸和弟弟那麼難受的倒在黑暗的雨中，漸漸流失力氣，失血過多而死去。

如果那天她沒有吵著要爸爸出門去買她愛吃的蛋糕，如果那天那條平常走的路沒有施工，爸爸就不會刻意繞到車水馬龍的大馬路……。

可是再多的如果也換不回爸爸和弟弟的生命啊……。

她不想長大了，她只想永遠停留在五歲以前，那個爸爸還在的時光。

林語忻崩潰的掩面哭泣，哭到泣不成聲，哭到無語凝噎。

阿嬤喊著阿笙的名字，也掉下了眼淚，林語忻抱緊阿嬤，塞在阿嬤的懷中放聲大哭。

為什麼，還是好痛。

後來，阿雅下來了，看到哭泣的兩人不知所措，她邊攙扶著林語忻邊把阿嬤推回病房，然後貼心的按了呼叫鈴。

護士來了，看到林語忻脆弱哭泣的樣子很是心疼，她什麼也沒問，只是輕輕的拍著林語忻的背。

「為什麼……心臟那麼痛……？」林語忻雙手放在心臟的位置，感覺到心臟劇烈的跳動，但痛的像是心碎了一地。

「妳知道嗎？當我們悲傷難過的時候，血液中兒茶酚胺的濃度升高，導致心臟對能量消耗增加，進而導致導致心臟供血不足，所以心痛才會像要碎了一樣。」護士輕柔的說。

「這時候，只要好好的大哭一場，好好的發洩就會好點了。」護士把林語忻抱進懷中，聽她模糊的說著對爸爸的思念，聽她說好想好想。

一小時後，林語忻哭的累了，倒在護士懷中，眼皮緊閉，眼角還有著淚光，護士溫柔的擦拭，然後輕輕將林語忻放回床上。

那時，林語忻夢見爸爸了。

爸爸依舊笑的那麼帥氣，依舊是林語忻如此珍惜的存在，原來思念一個人，真的會反映在夢裡。

那天，她笑著流下了眼淚。

吳易然住進了精神病院，他穿著輕薄的上衣及短褲，腳上套著簡便的拖鞋，像是個被囚禁的人，在身後的門鎖上後，與世隔絕。

就這麼茫然的進來了，一切都還陌生，只知道關上門的那刻，他進到了全然不同的世界。

慶幸自己不是孤單的，眼前是各式的患者，只是到了新的環境，心跳不停加快，生理症狀是不會騙人的。

像個初生的嬰兒，眼球轉動的探索新世界，感官變的敏銳，卻被時序拖的越來越慢。

「新朋友你好！」一個阿伯從吳易然前方走過，熱絡的向剛進來的他打招呼。

吳易然不知所措，只見其他人僅是瞄了一眼後繼續做自己的事，像是習以為常。

「自己找位置坐吧。」護理師對他說。

於是他挑了張沒什麼人的大桌子，坐在桌子邊緣的椅子上，雙腳焦慮的抖動。

「弟弟啊，你為什麼進來？」阿伯湊到吳易然眼前問著，嚇得吳易然差點叫出來。

「我……我……」吳易然以為到了這裡，能坦然面對此自己的病情，但沒想到竟然還是對自己的病情難以啟齒。

肩膀被人點了點，吳易然驀地轉頭，卻看到一張稚嫩的臉龐，看起來是國中生的男孩拉了拉他的手，要吳易然過來。

吳易然懵然的被男孩牽走，然後到另一張坐著男孩的桌子坐下。

「這裡的病患都這樣，你如果覺得不舒服，可以不用理他們。」聲音也稚嫩的男孩說。

「你……幾歲啊？」吳易然原以為自己會是精神病院裡年齡最小的，沒想到竟然還有國中生。

「我國三，十五歲。」

「那……你為什麼進來？」這問題對於精神疾病患者可能已經回答過無數遍，但吳易然還是好奇。

「我是解離症，就是有雙重人格。」吳易然聽聞男孩口中說出的疾病，儘管那是真實，仍覺得詫異。

「那你呢？」男孩問。

面對男孩，吳易然頓時覺得自己生病並不可恥，他猶豫了一下，便把左手腕袖子捲上，露出一條條傷疤。

「其實我也會自殘，只是是解離的時候，副人格做的。」男孩無奈的笑著說。

「原來……」

「我叫吳易然，十八歲。」

「我叫夏雋致，可以叫我小雋。」

「好特別的名字……」吳易然說。

「你是什麼時候開始發現自己有憂鬱症的？」小雋問。

「我記得很清楚，是十五歲的生日那天去看了醫生，因為失眠厭食很嚴重，然後就被醫生診斷憂鬱症，然後慢慢學著以自殘發洩……。」憶起那天，仍像昨日般記憶猶新。

「如果你有聽過解離症這方面的資訊，你就會知道會解離，一般都是經過重大事故導致心理創傷而出現的防衛機制。」

小雋說，然後撩起了後腦勺的頭髮，一塊大面積的傷疤顯露吳易然眼前。

「這是……！」

「我國中開始被霸凌，就因為我和另一個那群人討厭的男生很要好，他們就連同我一起欺負，這是在廁所被他們拖去撞牆的傷疤。」小雋輕描淡寫的說，明明是那麼嚴重的事，從他口中說出來卻是平淡。

「後來無力反抗，在一次被欺負的過程中解離了，聽同學說我像發狂了一樣不停的捶打那個霸凌者，然後自己再從二樓往下跳，所以被醫生送進來住院。」

「辛苦了，我們都辛苦了。」吳易然低聲說。

小雋微微偏了偏頭，望著吳易然說：「很高興認識你，我可以叫你哥哥嗎？」

「嗯……可以。」吳易然愣了愣，過了一會兒才說。

他的請求，讓吳易然想起小時候，吳宥然也曾這麼親密的叫他哥哥。

小雋開心的笑了，那笑容天真的好像根本沒經歷過那些慘事，但吳易然知道，那只是定型的微笑面具，他並沒有真心的笑。

「排隊吃飯了！」

護理師喊著，所有人不約而同的站起，到門前排隊，小雋看吳易然一臉錯愕，連忙解釋。

「現在是午餐時間，我們都有自己的編號，要按照編號排隊拿飯，你是幾號？」

吳易然想了一下才知道小雋說的是床號：「三十三。」

「我是三十四，你排我前面。」

打開便當，是普通的菜色配上肉排，吳易然頓時食欲全消，小雋看吳易然的樣子笑了。

「剛開始都會這樣，會很不習慣這裡的菜色，太清淡了。」

「我真的不想吃了……。」

「至少飯要吃一半，不然會像那個大叔一樣。」小雋小聲的說，手指著一個坐在不遠處的大叔。

護理師拿了一條約束帶綁住大叔的雙手，然後坐到他旁邊挖了一大口飯。

「嘴巴張開。」無論大叔怎麼閃躲，護理師還是非常有經驗的將食物送到他口中，逼他咀嚼吞下。

「好好吃飯是這裡的規矩，是最基本的事，若是不好好吃飯就會像那樣被人綁住。」

吳易然看了心裡有些沉重，明知道這是護理師們的職責，面對不聽話的患者，會用強硬的手段，他還是心裡有些不舒服。

吳易然慢吞吞的吃完半碗飯後回到病房睡午覺，在陌生的環境整個人卻變得敏感，一點風吹草動都讓易然繃緊神經，於是整整熬了一小時，他始終無法入睡。

「會慢慢習慣的。」小雋說。

下午時分，病房內病患聚在大廳看電視，偶爾傳來病友間的交談聲，吳易然無趣的靠著白牆，瞪著天花板刺眼的燈，數著時間。

這裡的一切都變得很慢，時間的流逝，一步一遙，他發現數到六十竟然是如此漫長的事。

把走廊延展成無限，吳易然緩慢踏步著，來來回回，在第九十九趟，小雋默默的跟在吳易然身旁，兩人都沒說話，只是互相的陪伴，僅此而已，卻讓人感到無比溫馨。

「哥哥會參加 OT 嗎？」又走了幾趟後，小雋突然問。

「OT 是什麼？」

「就是職能活動，通常在住院兩三天後，病房內的職能治療師會安排你參加活動，主要是一些簡單的手做、歌唱、個人治療等。」

「對了，我們星期一的活動是看電影喔！」

吳易然點頭：「聽起來你蠻喜歡的，你住院多久了啊？」

「我住了三個星期了，醫生說還要再持續觀察。」

「那我要住多久啊……」面對遙遙無期的出院日子，吳易然感到無奈。

「哥哥來住院之前我一個人超無聊的欸。」

「你不跟其他病友聊天嗎？」

「這裡的病友大多都是腦部有些問題，而且我一個年紀那麼小的國中生，也不知道和阿伯們聊什麼。」小雋說。

「也對……。」他竟然沒想到這點。

「不過年紀小，也是有好處的。」小雋呵呵笑著。

「比如護理師對你比較照顧嗎？」吳易然猜測。

「對啊。」

「護理師都會跟我聊天呢！」

「不錯啊！」吳易然淺淺一笑。

「哥哥你是不是不喜歡跟人聊天？」小雋心思細膩的猜出。

「其實我蠻害怕聊天，我不太喜歡跟別人講話，我只需要有人靜靜的陪伴就夠了。」

「不過你要是覺得無聊想找我聊天，我還是非常樂意的。」吳易然補充，就怕小雋因此而不敢找他。

「嗯。我知道了。」

在走廊上走了一下午，吳易然回到病房內坐在床上沉思，他想紀錄這一切，身旁卻沒有手機也沒有紙筆，聽小雋說筆是危險物品，只有固定時間能領取。

醫生說住院是到另一個星球探險，是去性質與地球相似的火星，找到畏縮在隅角的自己，挖掘內心最深處的恐懼並且戰勝它。

受限的事物很多，無法像在外面那般自由，他要讓自己慢下來，慢慢融入火星的生活。

這裡的生活是平淡，淡的不能再淡，像一張潔白無汙的紙張。

第一天沒有紙筆，囤積在腦內的天馬行空隨著時間被沖淡，於是第二天，只能靠殘存的記憶寫下。

來到這裡一定會被問兩個問題，叫什麼名字，以及為什麼進來住院。

一開始他總靜靜的說，是憂鬱啊。到後來說，怕自己走了，需要有人看住他。精神病院像是讓他束縛想死的自己的地方，也像讓他逃離一切的避難所。

夜晚九點，病房熄燈睡覺，整天繃緊神經讓吳易然筋疲力盡，他沒有翻覆很久，就深深沉入夢鄉。

隔天一早，吳易然從睡夢中清醒，一邊訝異著昨晚難得的睡眠，期間沒有不斷驚醒，沒有失眠，沒有夢境，是三年來第一次睡的那麼安穩。

「哥哥早安。」對面病床的小雋揉了揉眼睛對吳易然道早安。

「早啊。」他精神奕奕。

領物時間，易然拿了紙筆，想把這一切紀錄下來。

他將昨天的日記寫完後，腦袋突然冒出一個大膽的想法，他想寫信給同樣住院的林語忻。

小雋說，每天會有一次醫生巡房問診的時間，吳易然突發奇想，想請求醫生幫忙他送信。他知道這個想法可能天方夜譚，醫生可能不會答應，但他還是想嘗試。

反覆擦拭反覆修改了數十遍，吳易然終於寫出心中最完美的內容，他細心的將紙折起，引頸期盼醫生的來臨。

過了不久，四五個醫生同時湧入病房內，各自向病患談話，吳易然盼著那群醫生的身影，總算看見自己的主治醫生。

「醫生！」吳易然打招呼。

「嗨，住院一天還習慣嗎？」醫生問著。

「慢慢習慣了，昨天也睡的蠻好的。」

「那不錯啊，至少知道住院是有一點幫助的，繼續保持下去。」簡單幾句寒暄後，吳易然迫不及待的告訴醫生自己的想法。

「醫生，我想拜託你一件事……」

「好，你說。」

「可以幫我把這封信送給 5C 17病房的女孩嗎？」

「女孩？上次跟你在頂樓的那個？」醫生聽見關鍵字馬上聯想到。

「為什麼特地送信給她？你喜歡她？」醫生笑了。

「沒有啦，普通朋友而已，想說住院有點無聊，就寫信給她，看看她都在做什麼……。」吳易然立刻反駁。

「最好是沒有曖昧。」醫生壞笑。

「真的沒有啦！」吳易然一急臉紅了起來。

真的沒有嗎？其實吳易然也懷疑自己是否只是在逃避，在刻意騙自己。和林語忻的互動越來越頻繁，吳易然喜歡和林語忻在一起的時刻，總能讓他暫時忘卻不想活的自己，他的心情也被林語忻天真的笑靨影響。

「好好好，可是……我平常不會去那一棟病房欸。」醫生苦惱著說。

「一定有別的方法吧，拜託啦醫生。」

醫生皺著眉頭為難的說：「照理說我是不能幫你的……。」

但看到吳易然心碎的表情，醫生還是說：「好啦我找時間幫你送。」吳易然馬上露出感激的表情。

「感謝章醫生大恩大德！」

醫生輕笑。

是有多喜歡她啊……。

過了兩天的下午，吳易然收到了林語忻的來信，他迫不及待的打開信封，初次看見她娟秀的字跡，內容是關心及問候。

TO易然：

我過的和往常一樣，同學和學姐每星期都會來找我聊天，偶爾和室友阿嬤聊天，推她出去散步，自己也常在房間彈吉他，你喜歡聽音樂嗎？有空我可以彈吉他給你聽啊！

不知道你要住院多久，我已經開始想念你的無糖紅茶了。

短短的字句間，透露林語忻對生活的期待，甚至說已經開始想念無糖紅茶的味道，吳易然看了心底一暖，決定出院後要每天送自己沖泡的無糖紅茶給她。

「哥哥在看什麼啊？笑的那麼開心？」小雋突然從身旁竄出。

「看回信，你要看嗎，可以給你看。」吳易然猜到他好奇的心思，便主動拿給他看。

「哥哥的朋友嗎？她會彈吉他啊？」

「我也不知道，是看她信裡寫才知道。」他心底盤算著，出院後找一天聽林語忻彈唱給他聽。

「下午參加OT的病友集合了！」護理師喊著。

這就是集體生活，大家非常有默契的往門邊移動並排好隊，小雋拉著吳易然站在隊伍最前方。

到了OT教室，職能治療師說今天是團康活動，把所有人分成三組後便開始進行。

「今天的主題是，遇到了對精神疾病保有偏見甚至是行為極端的人士，我們應該怎麼做。」職能治療師站在一塊白板面前說。

「知道答案的可以每組派三個人到前面分享。」然而其他兩組三人都已齊全，就差小雋和吳易然這邊少了一個人。

「哥哥，上來啦，我們一起說！」小雋拉著吳易然。

「不要！」吳易然其實很糾結，他不敢站在群眾面前分享，怕太多注目會引來恐慌症發作，但又想起店長和輔導老師曾說，要慢慢嘗試。

「上來啦！」

「不要！」

「我跟你一起啊！」

「不要！」雙方都很堅持，而吳易然也固執的不肯上台。

最後職能治療師說：「那沒關係吧，兩個人就好。」於是小雋自己上去。

分享過程中，吳易然一個字都沒聽進去，渾渾噩噩的開始呼吸急促，他看著眼前的一切，彷彿被播放放慢鍵，所有人的動作極度緩慢。

沒人注意到台上的小雋臉上已沒了笑容，也沒注意到他開始臉色蒼白，更沒注意到他的身體開始僵硬。其他人都沒注意到，吳易然卻看見了。

小雋撐著自己快要倒下的身子分享完後，回到座位上，吳易然立刻輕輕晃了晃他的肩膀：「小雋，你還好嗎？」

小雋沒有回應，雙手不停絞動，像極了吳易然焦慮發作的樣子，他的指甲深深陷入皮膚，抓出了一道一道指痕，皮膚被搔出紅印。

「小雋，小雋！」吳易然見小雋沒回應，有些慌張的再叫了一次。

是解離了嗎？吳易然第一時間想到。

仍然無動於衷，吳易然澈底慌了，他四處張望尋找職能治療師，卻除了講台上的治療師，其餘不見任何人，好像所有人都不曾察覺他們兩人的情況。

吳易然感覺空間開始被壓縮，好像所有人都消失了，像失去了氧氣，留他一個人陷入無邊的恐慌。

吳易然，吳易然

都是你害的

是你害他解離的

去死吧你就該死

好吵好吵……救救我……。

是誰在叫他？他在黑暗間徘徊，找不到光亮的出口，是他心底最恐懼的聲音呢喃著，附在耳畔，要把他拉入最深沉的地獄。

ＯＴ課程結束了，小雋不知何時離開了位置，吳易然眼前是朦朧的黑，覆蓋在他眼前，揮散不去。

他艱難的站起，搖搖晃晃的走到門口，看見小雋正低著頭被一個職能治療師牽著。

雖然看不見他的臉，但幸好，他沒事。

好吵，快停下來啊……。

09

「沒有誰的日子是真正晴朗的。」

這天早晨，林語忻坐在床緣閱讀一本小說，陽光傾落於書頁間，光影交織輝映，時光總凝結在橙色的午後，停滯在專注的眼神。

「語忻早安啊！」護理師推著儀器走進來。

「護理師早安！」

「在看什麼書啊？」護理師一邊測量她的體溫一邊問。

「哈利波特喔！」林語忻露出書封。

「哈哈！那可是我國中時期的回憶呢！」在板子上紀錄，三十六點四，正常。

「來，手伸出來量血壓。」

「那時候多迷哈利波特啊，我家有全套的書籍呢！」護理師持續與林語忻閒聊。

「真的嗎？那護理師喜歡哪個學院啊？」

護理師毫不猶豫的回答：「我是波特迷，當然是葛來芬多啊！」

「語忻呢？」

「我是覺得赫夫帕夫的代表性質蠻符合我的，努力、耐心、正義、忠誠。」還有林語忻私心喜歡鮮明的黃色。

「既然妳那麼喜歡看小說，要不要來當醫院的閱讀志工？主要內容是說故事給醫院的病患小朋友，我覺得妳蠻適合的。」護理師期盼的問。

「而且妳在這裡都沒事做也蠻無聊的吧？」

「哈哈哈！對啊，那有這個機會我就去嘗試看看吧！」林語忻笑說。

「醫院目前找了兩個志工，時間固定是一、三、五的下午，今天星期三就開始喔！可以準備一下。」護理師很高興林語忻那麼欣然的答應。

「那麼快嗎！喔……好。」林語忻被這突如其來的喜訊震懾。

「加油哦！」

下午兩點，林語忻帶著故事到醫院的兒童病房，這裡的病房主要為零到十六歲的病患，說故事活動中不僅讓小孩促進大腦運作，也能使小孩學習思考，甚至還有些小孩在聽故事的期間，忘記了自身的病痛。

第一次在小小孩面前講故事，林語忻難免有點緊張，所幸有醫生及護理師的鼓勵。

小孩對於生面孔非常好奇，一雙大眼在林語忻身上望來望去。

她清了清喉嚨：「大家好，我叫林語忻，是新來的閱讀志工，今天來講故事給你們聽。」

大家頗有默契的問好：「語忻姐姐好。」

「今天，我要講一個天使與惡魔的故事。」

小孩們正襟危坐，豎起耳朵認真傾聽。

誰是天使？誰是惡魔？

每個人都有天使般純真善良的心，而同時惡魔也被封印在靈魂深處。

傳說，天使與惡魔喜歡上了同一個女孩，他們發誓要保護這個女孩一生一世。突然有一天，世人指著女孩說她是災星，不應該活在這世上。

如果她活著，就會帶給許多的人死去。

那天，天使掙扎糾結了很久，而惡魔毫不猶豫轉身離開了天庭。

天使將那女孩約了出來，在女孩認為天使是來安慰她的時候，天使卻為了世人把女孩無情地殺了。

後來才知道，惡魔為了女孩，離開天庭後，就下凡將天下人都殺了。

對於天下人，天使確實是天使，惡魔也確實是惡魔。

但對於女孩來說，天使是掛著微笑的惡魔，惡魔是心裡流淚的天使。

天使：為天下人，我願負妳。

惡魔：為妳，我願負天下人。

「你們覺得誰是天使，誰又是惡魔呢？」林語忻將問題丟給小孩，讓他們去思考。

有的小孩說天使就是天使，惡魔就始終是惡魔，反觀那個十四歲女孩默默說了一句：「不一定。」

林語忻讚許的點點頭：「其實這沒有絕對的答案，因為答案會隨著我們是受害一方，還是獲利一方而有所改變。就比如，你覺得自己是天使還是惡魔？答案並不重要，天使往往與惡魔同在。」

「那到底，誰是好的？誰是壞的呢？」小孩天真的問著，那小小的眼眸透露大大的疑惑。

「我們沒辦法確切的說天使是好的，因為對女孩來說，天使對她所做的事就如同惡魔。而天下人也無法讚揚惡魔，因為對天下人的利益來說，惡魔為了女孩殺盡天下，是不折不扣的惡魔。」

「歷史中，有很多的人，是正或邪的爭議很大，這都是因為他們所做的事，對某些人來說是利，對某些人來說卻是害，這也就成了，有人尊其為神，有人尊其為魔。」

「當事不關已時，我們可以很客觀的去判斷出誰是天使，誰是惡魔。但當我們被牽扯進利害關係中時，我們的內心的善與惡的立場就會隨著我們是獲利的一方，還是被犧牲的一方而發生轉變了。」

小孩們似懂非懂的點點頭，或許對於一個八九歲的小孩來說，內容太過艱澀，但林語忻覺得這是必要，這是長大後每個人會遇到的課題。

十四歲的女孩坐在角落靜靜的聆聽，語忻從她的眼眸看出，她明白了她所要傳達的寓意。

「姐姐，若是妳，妳會選擇為天下人，還是為他？」女孩平淡的疑問，卻讓林語忻一下落入深沉的思考。

為天下人，我願負你。

為你，我願負天下人。

她在這個疑問糾結許久，到底是為了顧及大全，還是為了所愛之人，回過神來，小朋友已離去一半，她連自己什麼時候結束故事都沒有印象，只是一人愣在原地。

「姐姐，我可以抱抱妳嗎？」

一個臉頰消瘦蒼白，吊著點滴，瘦弱的肉眼可見骨架的男孩，站在林語忻旁邊拉著她的衣角。

「當然可以。」林語忻蹲下身給了男孩一個溫柔的擁抱，輕撫著那沒有頭髮的頭上的毛帽，說：「你很可愛，不要放棄，要繼續活下去喔！」

「好。」男孩瘦小的身軀埋在林語忻的懷抱中，聲音悶悶的回答。

看著他們那麼瘦弱的背影，林語忻看見了他的背上長出了堅強的羽翼，卻也看見覆在羽翼下，那滿目瘡痍的傷疤。

眼角滑出一滴熱淚。

說好要成為我活下去的理由。

為了你，至少現在，我活下去。

醒來的時候是在四周全是海綿的空間，他獨自瑟縮在隅角，記憶是空白的，無論他怎麼拼命的回想，依舊想不出任何有關自己為何在這裡的蛛絲馬跡。

他開始感到害怕，卻又無從發洩，想將複雜的意念一拳一拳打在柔軟的海綿上，想一頭栽進那樣單純的世界，想離開這殘酷的世間。

他感覺到有人在看著他，四處查看後才發現是天花板角落的一台監視器在作祟，他不敢輕舉妄動，依舊縮在原處。

昏昏沉沉，他好像醒來了，又好像仍在夢境中，隱隱約約聽見媽媽在叫喚他，可是怎麼可能呢？媽媽已經走了啊……。

惝恍迷離，他在模模糊糊間感覺到自己的魂魄被抽離，而自己看著自己那一幅頹敗哀戚的模樣，卻什麼也做不了。

「吳易然，吳易然！」他原本想就這樣沉淪下去的，原本想這樣就不醒來的，可是聲音卻叫醒了他。

他茫然的睜眼，依然是在這個海綿的空間，護理師站在一旁注視著他。

「你還記得發生什麼事了嗎？」

發生什麼事？回頭去看，那段記憶像蒙上了一層濃霧，他再怎麼撥開，仍是無盡的白。

「我想不起來了……。」吳易然自責著，怎麼可以連這點小事都做不好。

「沒關係，你現在好點了嗎？」

其實耳鳴響的嚴重，其實耳裡聽不清任何聲音，只是他仍然微微點了點頭。

「要聊聊嗎？」護理師蹲在抱著膝蓋的吳易然身旁與他的視線齊平。

「我剛剛怎麼了？」他想起來了，這裡是保護室，用來約束狀況不穩的病患，防止他們做出極端的行為的地方。

但他想知道，他是怎麼來到這裡的。

「好，你慢慢聽。」

「小雋剛剛解離，好不容易狀況穩定下來，再無異樣後，他卻跑來跟我說，你整個人好像不對勁，他說你一直用指甲抓著皮膚，把整片皮膚抓下來了。」吳易然抬起手，才覺得有些刺痛，從手腕至手臂關節處整片通紅。

「然後捂著耳朵，口裡喃喃著聽不清楚的話……」

「對不起……」吳易然眼神空洞的說。

「對，好像是這樣，從原本只是小聲的唸，到後來越來越大聲，幾乎是用嘶吼的，所有人都攔不住你，你就跑到牆邊一下一下的用力撞著。」

吳易然撫著頭部，卻沒想像的疼痛，恐怕是對於一切無望，受幻聽的影響，痛覺也被消弭。

「原本我幫你打鎮定劑了，你也漸漸穩定下來，但你還是哭著跟我說，你想進去保護室發洩。」記憶鮮明了起來，他從記憶裡看見自己哭的脆弱的樣子。

「不必覺得難堪，能哭出來是好事。」護理師看吳易然抿著下唇滿臉通紅的樣子便說。

「可以告訴我，為什麼要說對不起嗎？」

「是……是我害……小雋解離的……」吳易然小聲的說，聲音細微的幾乎要聽不清。

「上ＯＴ課的時候有發生什麼事嗎？」她輕聲問。

吳易然沒回答，只是直瞪著前方。

「沒關係，但我相信小雋不會怪你的。」

經過一分鐘的沉默後，吳易然緩緩開口。

「因為……我不敢上台發表，讓小雋獨自承受那份恐懼，感覺是因為我造成他的壓力過大，才會……導致他解離。」護理師發現吳易然又開始無意識的抓手，便抓住他的手。

「我請小雋過來跟你講好不好。」

吳易然默默點頭，卻面露些微惶恐，好像害怕小雋再次被他影響。

小雋從門外走進來，直率的坐在吳易然旁邊。

「哥哥還好嗎？我……剛才那樣是不是嚇到你了？」

吳易然盯著自己的傷疤，淡淡的回：「沒有……」

「對不起，是我害你的。」

「怎麼會，不是你的錯，不需要道歉。」小雋慌張的阻止吳易然的愧疚與自責。

「哥哥我跟你說，解離症通常都是在人遭遇重大事件或是龐大心理壓力後突然產生的防衛機制，剛才會這樣是面對群眾的壓力，不是因為……」還沒講完，便被吳易然打斷。

「如果我當時陪你上台，或許壓力就會減輕一些。」吳易然聲音沉悶。

「不是，不管哥哥有沒有陪我上台，我都會對人群恐懼，自從被同學霸凌後，我就不敢再相信別人，不敢再就這樣隨便相信言語，所以，真的不是哥哥的錯。」

「我常常被說抗壓性低、草莓族，一遇到挫折就解離，被罵很沒用，可是事實真的只是因為我們生病了啊！」

「那為什麼，為什麼你會相信我，為什麼你會毫無保留的把你自身的困擾全部說給我聽，就好像，我不會背叛你一樣……？」吳易然直直盯著小雋的眼神。

「因為，都是共生共感的痛過，是溫柔的病，是溫柔的人啊……」

小雋輕輕把吳易然捂住耳朵的手放下。

「沒事的，我在這裡。」

吳易然一聽，眼眶立即蒙上一層水氣。

有多久……有多久沒人這樣跟他說了……。

夜晚，為了確保吳易然狀況穩定，他依然睡在保護室裡頭，只是輾轉難眠，不安的心情莫名萌芽，最後他沒向護理師拿安眠藥，乾脆不強迫自己睡著，到大廳一人看著書。

直至清晨，好不容易偷來幾十分鐘的淺眠，卻被外頭一陣騷動吵醒。

「這裡的病患就是頭腦有病才會住進來，你們這樣很不尊重欸！」一名男子對著護理師罵罵咧咧。

「最好是沒有尊重！這就是我們護理師的職責，你是當我們多偉大，我們也是人欸，如果可以我們就不用在這裡穿著護士服還服務你們！」護理師也大聲對著男子說，順手拿了一條約束帶。

手腕式約束帶是一般最常被使用的約束用物，當病人無法溝通、意識不清楚或麻醉術後未清醒時，可防止病人自行拔除醫療設備或身上管路。

而精神病院中的約束帶，通常是拿來防止患者做出脫序行為的一種束縛。

地上有一攤水，吳易然經過差點踩過去，聽其他病友說，剛才男子失控，朝護理師潑水。

吳易然轉頭一看，果然發現護理師衣服上有一大灘水漬。

「說什麼我們都沒給你自由，你們就是做錯事了才需要被人這樣綁著！」

「過來！」護理師拉著男子走到牆邊扶手，將男子雙手束縛在扶手上。

「放開我！」男子激動的掙扎，憤怒的大吼。

「你們這群沒人性的傢伙！」男子已經到了喪心病狂的程度，眼神充滿戾氣。

所有病友們在一旁默不作聲的觀望，沒人敢跳出來反抗，在這樣的情況下變的唯唯諾諾。

小雋也從病房走了出來，先是靜靜的站在吳易然旁邊，然後說：「我知道那種被束縛的感覺，感覺很差。」

「昨晚，護理師問我需不需要約束帶防止解離做出極端行為，我答應了，因為我也不知道解離期間失憶的我，會不會闖出什麼禍。」

「可以說這裡是清閒的像世外桃源，像伊甸園，但在患者狀態不好時，這裡也會變成夢魘的監獄。」小雋說。

「我很冷靜，你聽我說，放開我！」男子簡直是用盡力氣的嘶吼。

儘管他的雙手被綁住，他仍不斷敲打旁邊的扶手，持續發出噪音。

其他病友們默默到一旁做自己的事，沒再將焦點放在男子身上。

「我昨天……就是這樣嗎……？」吳易然赫然憬悟。

「不是，哥哥昨天很努力，我看見你很努力的忍住，即使痛苦依然將傷害降到最低。」

「你很努力了！」小雋燦笑。

壓迫他的不是生活，不是無望的愛情，不是孤單和寂寞，而是自己，而是明明知道一切，卻無法從這個怪圈跳出來的，另一個自己。

他們過著比別人更長的時間，周邊的事物變得越來越快，從一個個實體加速至光影。

不，是他們變慢了，慢到自己都不知何時已經駐足。他們漸漸忘記了交流，忘記了微笑，忘記了是否還存在。

像空氣，像煙霧，像塵埃。他們不是在炫耀憂鬱的體質，不是證明自己有多麼格格不入，他們深知心中的痛楚，難以自拔卻又不想任何無謂的物質介入。

那些虛榮的，偽善的面具，彷彿想要侵入我們的柔弱的內心世界，他們害怕孤獨，卻又置身於其中。

他曾以為放聲大哭是人生最悲慘的狀況，後來發現，眼淚流乾後的無所適從才是更加深刻的絕望。

只是遇到了小雋，同樣和他擁有痛苦的人，他卻從他身上看到了一點曙光，讓他在無盡的黑暗中，感受到了希望的光明是那麼的溫暖，好像那麼久的低潮，終於有了些潮起潮落。

他回到房間，拿出紙筆，右手卻癱軟使不上力，他左手握住自己的右手，一筆一畫的寫了幾個字。

今天，我又活下來了。

林語忻收到了來信欣然一笑，吳易然果然做到了與她的約定。

此時的她心情正好，因為學姐鄭軒芸答應放學要來找她聊天彈吉他，林語忻一整天亢奮的心情停不下來。

她趁著時間把小說讀完，還心血來潮的複習了課業內容，在走廊上閒晃了無數遍，也找空閒的護理師攀談完，正覺得無聊時，就看見鄭軒芸揹著吉他出現在電梯口。

她踏著雀躍的步伐走向學姐，學姐一見她更是親密的挽起她的手。

「我們語忻今天心情很好喔！」

「當然啊，學姐要來，我很興奮呢！」

「這幾天都沒人來找妳，妳一定很無聊吧？」

「對啊，閒的發慌呢！」林語忻言笑晏晏。

「那今天想聽什麼歌？」

「好多歌欸……。」

穿著校服外套的鄭軒芸放下了頭髮，及肩的長髮柔順亮麗，增添了鄭軒芸的美色。她照慣例先找了和弦及聲調後開唱。

「在想什麼？」音樂結束，鄭軒芸問。

雖然林語忻全程跟著音樂歌唱，可是眼神游移，並沒有像往常把情緒放入靈魂主體，只是麻木的跟著音樂伴唱。

「軒芸學姐我問妳，如果一個人跟妳說，他沒有辦法保證自己能好好活著，但會盡力，除了告訴他你辛苦了，還有什麼方式？」

「嗯……他會這麼說，一定是對妳有一定的信任，而且覺得妳可以幫助到他。當他說自己想消失，或想死之類的負面言語，我們可以去了解他的想法，並表達包容與接納，可以去重複他的感受，認可他的情緒，但不要對他的負面觀點表示贊同。」

「他會向妳傾訴自殺意念，某方面也是因為自己的內心其實渴求被拯救的，其實他可能是在向妳求救，會有自殺的念頭並不是種不負責任的行為，不是他們的錯，他們並非是自己想要得病，而會有這種想法也是因為痛苦。」

「沒有誰的日子是真正晴朗的。」鄭軒芸莞爾。

「那些妳覺得看起來沒怎麼樣的人，其實是好用力好用力，才撐出現在的樣子。因為不想要別人擔心、不想要變成別人的困擾，所以勉強用微笑來撐過每天的日常，用很多的『沒關係我可以』，來避免別人的失望。」

「在事情發生之後，我們往往會說：『為什麼之前都看不出來？』但我們所不知道的是，很多悲傷之所以悲傷，是因為當事人以為如果不隱藏，這樣的自己沒有人可以接納。」

「很努力的把眼淚吞下去，在其他人面前表現得一副若無其事的樣子，這樣的一種用力，底下所涵蓋的才是更大的絕望與痛苦。」

「如果這些都做過了，那妳只要靜靜的陪伴在他身邊，讓他知道還有人在乎他，還有人愛他，這樣就夠了。」鄭軒芸下了結論。

「學姐妳……怎麼會知道那麼多……？」林語忻反而好奇為何鄭軒芸能說出那樣一串肺腑之言。

「看不出來吧？其實我也曾因為感情因素陷入憂鬱低潮，知道待在裡面深深的無力感。」

沒有誰的日子是真正晴朗的。

「傷心欲絕的我，一度想輕生結束這一切，是音樂，是音樂救贖了我。只要記得，會好的，這麼想著，就已經是在好起來的路上了。」

「其實我好怕，好怕他一個衝動我就再也見不到他，我還沒多認識他，很怕就這樣失去了一個好友。」

「很辛苦吧，這樣時時刻刻注意一個隨時想走的人。」

「不會，比起他，比起真正生病的人，這點辛苦不算什麼，學姐的金玉良言我會記住的。」林語忻握拳加油。

「唉呦，什麼金玉良言，只是把經歷說給妳聽而已啦！」鄭軒芸頓時笑出來。

「加油，妳可以的！」鄭軒芸寵溺的摸了摸林語忻的頭。

「軒芸妳來陪語忻啊？」病房門口是語忻媽媽的聲音。

「媽，妳提早下班啊？」林語忻驚喜。

「阿姨好！」鄭軒芸說。

「對啊，幫妳帶無糖紅茶喔！」

「嗚呼！好久沒喝了！」距離易昊然去住院也有一個星期了，期間就沒再喝過昊易然帶來的紅茶。

「妳這孩子，也不能喝太多欸，自己身體要顧好。」儘管媽媽這麼說，林語忻還是插了吸管，開心的一口接一口。

「那我不打擾阿姨和語忻了，我先走了。」鄭軒芸收起吉他要離去。

「軒芸再坐一下啊。」媽媽挽留。

「不用了阿姨，我還得去補習。」鄭軒芸笑著拒絕。

「阿姨，語忻掰掰！」鄭軒芸走到門口，突然轉過身雙手高舉給林語忻一個大愛心，惹得林語忻一陣發笑。

「軒芸學姐，愛妳哦！」林語忻大喊，媽媽也對於林語忻和鄭軒芸兩人親密如同姐妹的舉動感到欣慰。

「會不會很想念學校？」

「我現在好想學校的同學，突然覺得上學也不是那麼痛苦的事了。」林語忻苦笑。

「那就要趕快好起來啊！」媽媽揉了揉林語忻的臉頰。

「好，我會趕快好起來。」儘管知道自己唯一能做的就是好好吃藥和配合治療，但這麼說，好像就能說服自己的身體趕快復原。

這天晚上，媽媽蜷縮在陪病床上安穩的沉睡，林語忻卻翻來覆去一直等不到安眠。

她覺得自己的心臟正用一種奇怪的頻率跳動，伴隨著心悸和悶痛，像是心臟病發。

忐忑不安的撫著心臟，心臟用力的敲擊，彷彿都能聽見怦怦的跳動聲。

林語忻瞄了一眼熟睡的媽媽，看她安詳的緊閉著雙眼，決定不叫醒她，自己一人小心翼翼的下床，慢慢走到燈火通明的走廊。

孤寂的長廊上，林語忻被冷氣的涼風吹得發抖，只穿著拖鞋的腳掌有些冰涼。

她在走廊上徘徊了一會兒，發現心臟的異常跳動依然沒有消失，便到護理站找護理師。

「護理師……？」林語忻微弱的聲音呼喚著。

「怎麼了？」馬上有護理師探出頭問。

「我覺得心臟怪怪的。」

「這樣喔，那你先在這裡坐一下。」護理師指了指旁邊的座位，然後轉身拿出血壓計。

「我幫妳量個血壓喔！」

「體溫正常……」

「血壓怎麼那麼低？」護理師看了數字有些詫異，於是又再量了一次。

「還是很低欸……還有沒有哪裡不舒服？」

「就是心悸胸悶然後還有點暈眩。」林語忻眼前已經開始模糊，頭重腳輕的感覺好像下一秒就會暈倒。

「妳先躺回病床休息，我幫妳吊升壓藥。」護理師緩緩扶起林語忻走回病房。

夜深人靜，兩人都避免發出音量。

「不要吵醒我媽。」林語忻用氣音在護理師耳邊說。

護理師點了點頭，動作輕巧的替語忻掛上點滴，然後在板子上紀錄。

「謝謝。」林語忻道謝。

「不會，有什麼事再來跟我們說。」護理師說。

病房恢復了寧靜，還聽見媽媽輕微的鼾聲，林語忻試圖平緩急促的呼吸，仍感覺心率不整，但已不再暈眩。

輾轉難眠到了四點，林語忻終於感到心臟不再怪異的跳動，安心的闔上眼。

10

「不快樂沒關係，我只要你活著好嗎？」

一早，醫生來巡房便聽聞了林語忻昨晚的狀況，先是關心了一下後陷入深深的思慮。

「心率不整是心臟衰竭的前兆，臨床上最常發生的症狀是心悸、胸悶、胸痛、突然感覺心臟的跳動和撞擊，甚至會有暈眩、昏厥、呼吸困難的情形，心律不整嚴重甚至會發生血壓下降、冒冷汗、休克、心跳停止、猝死等心臟科急症。」醫生面目凝重的說著。
媽媽則擔心的詢問：「那應該怎麼改善？」
「因為語忻現在的情況有些嚴重，吃藥和住院觀察是目前的方法。」
「還有就是可以裝節律器，或是做心導管手術。」
「可是聽說節律器費用很高……而且真的有效嗎？」
「作用當然是因人而異，我們會盡量將副作用影響降到最低，不過如果做手術，有七成以上的機會能治癒。」
「如果要裝節律器，就算有健保，也要花很多錢吧……」媽媽面有難色。
「的確……節律器非常昂貴，費用動輒就是上百萬，我知道對於普通或中低收入戶家庭花費很大……」連醫生也說。
林語忻在一旁靜靜的聽，然後輕輕開口：「沒關係的。」
醫生和媽媽停下對話，轉頭看著林語忻。
「媽媽沒關係的，我吃藥就好，妳說總有一天會好的不是嗎？」林語忻懂事的說。
媽媽一聽，走到林語忻身旁坐下。
「語忻啊，媽媽只要妳健康平安，其他都沒關係的，媽媽會努力工作，妳也專心養病，好嗎？」
「可是媽媽妳工作很辛苦，我怕妳太累啊，要花那麼多錢……」林語忻摸了摸媽媽粗糙長繭的手。
「沒事的，答應媽媽要好好活著，等病好了，我們還可以一起做好多好多事。」她聽著聽著眼眶泛起了淚光。
兩人互相擁抱，林語忻瑟縮在媽媽的懷抱中，感受久違的溫暖。

「那醫生，我想讓語忻做手術。」媽媽說。

「好的，加油，我們會盡全力協助。」

「還有，不要一直喝紅茶。」醫生指著林語忻提醒。

「呵呵，好啦。」林語忻心虛的笑了笑。

經過漫長的一個月時間，吳易然終於出院了，出院之前他和小雋互留聯繫方式，約定一定要再見面。

「你還要住多久？」

「醫生說大概再一星期就可以出院了。」小雋開心的說。

「那加油啊，我等你出來聯繫我，我們再一起出去玩啊。」吳易然鼓勵。

「好，哥哥說好了，要帶我出去玩不可以反悔喔！」

「沒問題，我也有機車駕照了，等我買車可以載你。」十八歲的吳易然上個月才去考機車駕照。

「嗯。」

從精神病院中出來，吳易然從空氣中嗅到一股清新氣味，不是醫院裡消毒水的刺鼻味道，他用力嗅了嗅空氣，感受芬芳的馨香。

其他人出院都有家人的陪伴，慢慢回歸社會，吳易然卻孤身一人，提著行李衣物孤寂的走回住處。

下午兩點，他回家放了行李後，坐在窗櫺旁出神。

蟲鳴鳥叫，蒼天白雲，回歸社會的太容易，他開始覺得一切不切實際。

不知怎麼，腦袋沒了意識，身體卻自動站起身穿起制服，等他回過神時，自己已經在前往學校的路上。

既然都出來了，那就去學校吧。

看著偌大的學校，吳易然緩步走入，途中遭到不少同學的異樣眼光，和好奇的眼神，彷彿在疑問為何這個時間點才到學校來。

他在門口躊躇了一會兒，才踏進教室，並輕輕喊了聲：「報告。」

所有人一齊回頭，有些人面目詫異，有些人困惑，少數人麻木的沒有任何表情。

吳易然一臉冷淡的走到自己位置坐好，像是沒看到其他人的眼光，連老師都視若無睹。

「大家轉過來，我還在上課！」老師高聲呼喚同學這才將焦點放回老師身上。

他沒有跟任何人講這一個月他消失的原因，連好友張庭愷也沒有，老師也只知道他因為家中有事必須請假一個月，唯一知情的只有輔導老師。

一下課，張庭愷立刻衝到吳易然的座位，而他正慢條斯理的收著書包。

「吳易然，你這一個月去哪了?怎麼突然消失那麼久？」他激動的喊，像是非得得到一個答案。

「就，去住院而已。」他輕描淡寫的說。

「因為憂鬱症嗎？」

「嗯。」

「結果出院還沒有比較好一點……」吳易然無奈。

「這樣喔……」

沉默了一下，張庭愷正要離開，卻聽見吳易然說

「我消失好不好。」

「為什麼大家都要走？」這樣一說，反而讓張庭愷更困惑。

「我沒有要走啊，我也沒有不要你啊。」

「其實你不想要靠近我了對吧，我都聽到了。」

張庭愷錯愕，他完全不知道吳易然為何突然這麼說。

此刻的吳易然腦袋是混沌的，模模糊糊的像是他在講話，又好像不是他。

「其實你不是最需要我吧，你最需要的只是一個陪伴的對象，任何人都可以，只是你不接受。」張庭愷誠實的說。

「而且我沒有說不想靠近你啊，是不是你在亂想？」

恍惚之間，內心邪惡的聲音這麼說。

他們都不要你了，因為你就不值得被他們喜歡。

「我沒有亂想，明明是你這樣說！」吳易然又哭又笑，讓張庭愷察覺出不對勁。

「你還好嗎？是不是又聽到什麼了？」一開始還好心的詢問，接下來的言語卻讓張庭愷陷入怒火。

「我去死好不好，當我沒有認識你，當我們不是朋友，讓我消失好不好。」

短短三四句話讓張庭愷怒氣值飆升。

「走啊，你走啊，每次都這樣，自己難過就亂問問題，然後害我也要跟著不爽，關我什麼事啊，我到底做錯什麼，你知道我扮小丑有多累嗎？到底為什麼是我，我更想問這個問題吧，你有我更痛苦嗎？你也都不知道你也不懂我，不要丟給我一堆負面，不然也讓我消失好不好！」張庭愷大聲的吼著。

「每次都說要消失，然後我還要想盡辦法安慰你，不管跟你說了多少，你還是一直墮落，你連自己都放棄自己，憑什麼要我們都不放棄你。」

吳易然瘋瘋癲癲的說：「對，所以我不要當你朋友就不會這樣了，不會憂鬱，不會搞到後來在這邊吵，因為我就這樣，我就不該存在。」

「不要妄想我給你什麼，我就自私，我就廢物，我只想自己開心，所以我拜託你，不要在我前面那麼負面可以嗎？」他激動的回嘴。

「你連好起來的動力也沒有，憑什麼要求我多看你一眼，不是世界放棄你，是你放棄全世界欸，是你自己墮落不願意伸手的欸。」

「我最好沒有！」

「你最好是有，你不振作沒人真的救得了你，我活著的目標就是考上好大學，賺錢孝順父母，你呢？要學測了，想好要考哪裡了嗎？」

「我就沒有目標，沒有想活。」吳易然嘶吼。

「我吞了一百顆安眠藥還沒死，我可以現在就去頂樓跳下去，你知道我住院前才上吊自殺未遂嗎？你都不知道。」

「我生病也不是我能控制的啊，為什麼是我，我知道大家都在忙，那為什麼我可以在這裡頹廢，我也不想住院啊，但自殺念頭就是那麼強我有什麼辦法？」

「對我不知道，我是你的誰，你弟嗎？你爸嗎？你又不是我的責任，憑什麼強加給我。」

「既然你不是我的誰，那你也沒有理由管我的生死。」

「所以你走啊，然後我就會自責一輩子，你不是我的誰，你是我朋友，你走了我就會被全世界指責，你也想成為我的惡夢就是了。」

「我不敢找你，不敢跟你說我有多痛苦，還說我會好好活著，呵，我就犯賤，我幹嘛下這種承諾。」

「你最好給我冷靜下來，你下了承諾就活著。」

吳易然沒有任何猶豫，邁步衝向頂樓，張庭愷愣了一下急忙追上去。

「你停下來！吳易然！」張庭愷在身後大喊，吳易然卻絲毫沒有聽見，所有字句傳入他耳裡都成為幻滅的言語，都在控訴著世界的不公，以及人間的不值得。

真正回過神來，他已經站在學校頂樓欄杆外，張庭愷則著急的要拉他的手。

「我拜託你下來！」

「我不要，連你也要跟我吵，我媽走了，我爸去坐牢，世界沒有值得我留戀的那我乾脆走了算了。」

正值放學時間，同學抬頭仰望，便見頂樓站了一個人，廣場上的同學竊竊私語。

「是不是要跳樓啊？」

「不會吧，我看他根本不敢跳。」

他就要閉上眼往空無一物的身後仰躺，一股拉力將他拉離邊緣，吳易然重重摔落地面，映入眼簾的是輔導老師著急的臉。

「吳易然，我在這裡，你是不是又出現幻聽了？」

吳易然哭著又笑著搖了搖頭，一副生無可戀的模樣。

「為什麼不讓我去死？為什麼？明明死了就什麼都解決了。」吳易然被輔導老師環抱住，仍不斷向前想衝到頂樓邊。

更多老師跑到頂樓，樓下廣場也圍聚一大群學生。

「因為我想要你活著！」張庭愷大吼。

「就只是因為你想要，我就該活著嗎？」吳易然冷冷地的說。

「庭愷別說了，我來跟他談。」輔導老師制止了也正激動的張庭愷。

像張庭愷這種沒有被憂鬱摧殘過的人，永遠不會懂他們正經歷著什麼，不會理解對某些人來說，死亡真的意味著解脫。

他要吳易然活著，這只是一種狀態，他可以只是活著，可以瘋瘋癲癲的活，可以沒有任何靈魂的活，易然活著不是為了自己，而是為了別人，所以他這麼努力的尋找活下去的理由，只是因為讓自己有更多對世界的留戀。

「難道我們就真的要讓他離開這個世界嗎？」張庭愷覺得荒唐，同時不敢置信。

「你想要他陪你，還是想要他快樂？」

這句話重重擊中了張庭愷的內心，他發現自己還是沒辦法接受時刻想著離開的吳易然，儘管他是那麼的不快樂。

「不快樂沒關係，我只要你活著好嗎？」張庭愷用幾乎快哭出來的聲音說：「可不可以也讓我成為你活著的理由？」

吳易然笑了，露出比哭還難看的笑容。「不是說你只想要你快樂，既然我沒辦法活著並快樂著，你如果不能接受，那就走吧，沒關係的。」話語飄在空中，輕的像是要飛走。

「沒有，我錯了，我只是太激動了，我還想當你的好朋友，拜託不要走。」張庭愷說到後來開始哽咽，幾乎是祈求著吳易然不要就這樣輕易的離開。

「易然，我們下樓談好嗎？」輔導老師緊緊牽著吳易然的手不放。

吳易然皺了眉頭，搖了搖頭繼續啜泣。

「我好累好累，也許哪一天我連再見都沒說就這樣走了。」

他看見自己的身影站在頂樓邊緣展開著雙手，像個受傷的鳥兒墜落地面，一次又一次，好像自己本身真的做出了這個動作，眼前的畫面才會停息。

「你不要以為我都不知道，你其實對於我爸坐牢的事很反感對吧，你也聽說了吧，我爸殺了我媽，呵呵，我是殺人犯的兒子。」吳易然身體搖搖晃晃的。

「我沒有，我根本不知道你爸媽的事，你什麼都沒說，就這樣汙衊我！」張庭愷慌了，吳易然將虛實全部混雜在一起，現在正一股腦兒的發洩。

「你冷靜下來！」才剛講完，吳易然就像斷了線的風箏攤軟落地沒了意識。

張庭愷嚇了一大跳，奔向吳易然搖晃著他。

輔導老師冷靜的說：「沒事，他只是暈倒而已。」

他支撐起吳易然的身體，這才發現吳易然的體型已經是瘦弱不堪，像是一吹風就會倒地。

「庭愷，來幫我。」

「喔。」張庭愷愣在原地，聽見輔導老師的叫喚才回過神。

兩人慢慢把吳易然扶下樓，圍聚的人群也散開，彷彿一切都沒發生過，一如往常。

「庭愷，易然醒後不要再說什麼刺激他，他現在心靈正脆弱，如果可以先順著他，到時候再看怎麼解決。」

「嗯……好。」張庭愷怔怔的回答。

「你也嚇到了吧？」輔導老師心疼的說。

「我……」張庭愷正想說沒有，可眼淚就這麼不爭氣的掉了下來，嘴角嚐到一絲鹹濕。

「我這樣說是不是真的不對，可是我真的扮小丑扮的好累好累，我也很想接住他，可是我也快不行了。」

「你慢慢說給我聽。」輔導老師說。

「當他對我情緒勒索時，我一開始並不以為意，想說這只是他的一種病症，我會這樣想是因為他過一陣子就會一直來跟我道歉，我會心疼，就覺得他不是故意的。」

「他越來越常說『我想離開，我想消失』或是『我想死』時，我當然會想留住他，但次數越來越頻繁，我開始覺得厭煩，心底一方面在想，『你說了這麼多次想去死，那你怎麼還在這裡。』我承認這種想法很可惡……」張庭愷說。

「我知道身為憂鬱症的陪伴者很辛苦，但你也要學會試著做到情緒抽離，比方說，你有看到廟裡當善男信女在訴說他們的困難時，菩薩跟著喜怒哀樂，跟著情緒糾纏嗎？」張庭愷搖搖頭。

「他們都是靜靜的傾聽對吧？若患者有負面情緒，請不要覺得是在針對你，也不要為他的情緒全權承擔責任。不要強加自身期待，記住，你沒那麼偉大。」

「即使你是陪他很多的人，但有個東西你贏不了，就是他的大腦。不要因為他持續的有想離開這種想法，而覺得是自己做的不夠，有罪惡感是很正常的。」

「不要把責任攬在自己身上，多找幾個人分擔壓力，會好些的。」輔導老師拍了拍張庭愷，表示安慰。

「我知道了……謝謝老師。」

「很晚了，趕快回家吧。」窗外夜色降臨，天已是深藍色。

張庭愷臨走前，看了一眼正昏睡的吳易然。

還是想要你好好活著。

吳易然一直沒醒，輔導老師打了電話給吳易然弟弟吳宥然，吳宥然騎著腳踏車來到了學校。

「老師你好，不好意思麻煩你了。」吳宥然沉穩禮貌的道歉。

「不會沒關係的。」輔導老師擺了擺手。

吳宥然坐在吳易然身邊，看著他滿是傷痕的左手，輕輕開口。

「怎麼剛出院就到學校，不是該在家休息嗎？」

然而此話一出，卻見吳易然模模糊糊的睜眼。

「嗯……？我怎麼在這裡？」他坐起身子，環顧四周。

「你不記得了嗎？你……和張庭愷吵架了。」輔導老師試探的問。

吳易然皺起眉頭，用力的回想，卻是讓腦袋一陣疼痛。

「我……不記得了。」他搖了搖頭。

「沒關係，你現在能站起嗎？」吳易然撐著身子站起，還有些搖搖晃晃。

「哥我們回家吧，吃藥會好點的。」吳宥然攙扶著吳易然。

「好。」他乖馴的跟著吳宥然回家。

忙完了林語忻治療的程序後，媽媽到銀行上班，為了籌林語忻的醫藥費，她現在每天早上到銀行上班，晚上到賣場當推銷人員。

「雅熙，這邊處理一下！」店長呼喚，地上有一灘剛才小孩玩鬧撒出來的飲料，造成地面濕滑黏膩。

雅熙應了一聲，然後拿起拖把拖地，隨後繼續推銷。

她推銷的商品是冷凍包牛肉，在煎台前大汗淋漓的煎著牛肉，嘴邊還不停息的喊著。

「美味多汁的牛肉，烹煮方便，歡迎試吃購買回家哦！」

在偌大的賣場，不只有她一人正行銷著，每個客人都是商機，是賺進薪水的賣點。

一位媽媽手上抱著嬰孩，還牽著一名約莫四五歲的幼童走到了冷凍牛肉區，雅熙連忙上前推銷。

「這邊試吃喔！」她插了一塊牛肉遞給那位媽媽。

「我們的牛肉鮮嫩多汁，肉質軟嫩，不會有死硬的問題，而且烹煮方便，不會花太多時間，搞的全身油膩。」

「嗯，真的不錯吃欸！」媽媽咬了幾口後讚嘆。

「三百公克十包一千五百元。」

「這裡還有其他種牛肉，有沙朗、霜降、骰子牛等……。」

媽媽看了看後指著骰子牛說：「這可以試吃嗎？」

「沒問題！」雅熙俐落的拆開包裝現場煎牛肉。

不出一分鐘，就散發濃濃牛肉香氣。

「媽媽我也要吃！」小女孩拉了拉媽媽的手指著牛肉。

「不可以喔，妳現在還太小不能吃牛肉。」媽媽耐心的和女孩說。

「我要吃啦……」女孩見媽媽不給她吃，大哭了起來。

「妹妹，看阿姨這邊有什麼？」雅熙蹲下身，從口袋拿出棒棒糖。

女孩眼淚撲簌簌的落下，但還是看著雅熙手上的糖果。

「吃這個好不好？」女孩含著眼淚點了點頭，接過棒棒糖。

雅熙想繼續推銷牛肉給正猶豫的媽媽，猛然站起一陣暈眩無法負荷，眼前一黑倒地。

雅熙在那位媽媽面前昏倒，媽媽愣了一下，不知該如何是好，只好趕緊就近向服務員求救。

距離最近的推銷人員飛奔而來，一邊探著雅熙的脈搏，一邊呼喊著。

「有人昏倒了！誰可以幫忙打一一九？」

一旁立刻有人見義勇為的撥打電話，推銷人員探不到雅熙的心跳，驚慌失措。

「沒有心跳啊！」他趕緊站起身跑去拿自動除顫器。

推銷人員大喊：「全部人退開！」訓練有素的按照步驟拿起除顫器。

賣場外救護車快速抵達，到樓上接應昏倒的雅熙。

「還是沒有心跳！」不停有人大喊著。

「怎麼突然這樣？」

「是不是過勞啊？」圍聚觀看的顧客竊竊私語。

很快的雅熙被送上救護車，救護車鳴笛的聲音刺耳的在方圓三條街的城市裡迴盪。

救護車上，雅熙不停的被醫護人員實施心肺復甦術及電擊，但脈搏及心跳遲遲沒有回來。

醫護人員拿了手電筒探照雅熙的瞳孔：「瞳孔沒有反應。」

「到院前死亡。」醫護人員低聲說。

「聯絡家屬吧。」

剛好到了市立醫院，醫護人員再三確認心跳及脈搏，發現還是沒有生命徵象。

「家屬只有一名正在住院的女兒。」

「也是在市立醫院嗎？那趕緊聯繫吧。」馬上有急診護士打電話到林語忻住院的樓層護理站。

過沒多久，林語忻跌跌撞撞的穿著拖鞋跑到急診室，看著躺在擔架上沒了呼吸心跳的媽媽。

「這是認錯了吧？這不是我媽？」一開始林語忻篤定的搖了搖頭說。

「妳看清楚。」林語忻正轉身離去之際，急診護士抓住她的肩膀要她看清楚。

林語忻湊近：「不可能，不可能是我媽，一定只是認錯……」她聲音顫抖著，右手卻忍不住撫上她的臉頰。

「她還在工作，等一下就會回來，我等一下就能看到她了……」林語忻瘋狂的搖頭，並拒絕再向前，然後跪坐地板。

「很遺憾……」醫護人員說。

「不可能……媽……？」急診護士扶起林語忻，然後輕輕將她推往前。

林語忻終於認清事實。

「媽，妳不是說平安健康就好，妳為什麼先走了……？」林語忻嚎啕大哭，覺得心臟好痛好痛，像是被扎滿了尖刺。

「媽，我還在等妳回來啊……」

醫生來了，沉重的向林語忻說明病患到院前就已沒有呼吸心跳。

林語忻止不住啜泣，攀著醫生的手，還在期待她能救回。

不久往生室的禮儀人員前來，將病患用木板蓋住，並蓋上一條禮布，暫時將病患安置在地下二樓的太平間。

「我待會會開死亡證明。」醫生說。

儘管林語忻再怎麼不相信，再怎麼覺得只是一場夢境，媽媽還是離開了。

鋪天蓋地而來的是失去的悲傷，以及對未來的迷惘。

直到今天，一個星期過後，林語忻仍在否認。逃避或否認，有時可以當個氧氣罩，讓他們不致被至親的離世吸光所有氣息，但她知道若刻意壓抑或忽略、掩藏傷痛，悲傷的過程可能走得更久。

她正走在荒漠及幽谷，四周孤立無援，她在流沙裡徬徨，可越掙扎彷彿就越陷越深，就像越想念，是更深的痛楚。

那天吳易然來了，一眼就看出林語忻的頹喪悲傷，他什麼也沒問，什麼也沒說，放下了紅茶，將脆弱的林語忻攬在自己懷裡。

「……媽媽走了，剩下我怎麼辦……」林語忻哭的傷心，全身抽搐抖動，一聲聲壓抑的痛苦的唏噓，彷彿是從她靈魂的深處艱難地一絲絲地抽出來，散佈在屋裡，織出一幅暗藍的悲哀，燈光也變得朦朧淺淡了。

「妳還有我啊……」吳易然撫著林語忻的頭髮說。

「媽媽走了，我也沒有理由活下去了……」

過了一會兒，她又開始嗚咽，並再一次試圖用手掩蓋她的痛苦，她那不時的啜泣變成持續不斷的低聲哭泣，她眼睛緊閉著，用牙咬著自己的拳頭，想竭力制止抽泣。

她像一個在夜幕來臨時迷路的孩子那樣哭，哭自己，哭驀然間消失了的親人，哭她的回憶，哭她的茫然，哭一切的一切。

「哭出來就好了，沒事沒事。」吳易然輕聲哄著。

「妳說過，希望成為我活下去的理由，那現在，我也希望妳為了我好好活下去，好嗎？」

「我們一定會撐過這些難關的，我陪妳。」吳易然溫柔的說，像是在哄一個呱呱墜地的嬰兒那般輕聲細語。

其實易吳然才在生死間掙扎而活下來，但他知道此刻的林語忻比他更脆弱，更需要陪伴，他還有弟弟吳宥然，但她只剩他了。

吳易然想起那時也同樣喪母的自己，也是如此悲傷，幾乎找不到活下去的理由，也想就這樣一走了之，但是是林語忻，讓他對世界還有點眷戀。

而在此同時，林語忻也正經歷他所經歷的一切。

「我知道很難，很痛，但請妳好好活下去。」吳易然持續安慰。

經過病房的護理師都知道了林語忻的事，看著難過的林語忻也心疼的想安慰她。

「不用太快振作，允許自己悲傷，才有餘力讓自己好起來。」

「我不會說，讓時間淡忘一切這種話，因為那只不過是欺騙自己的謊言，只是讓我們在自我療傷的過程，慢慢學會放下。」吳易然放開林語忻，定定的看著她。

「不要看我……我哭的很醜……」林語忻抽抽嗒嗒的說。

吳易然莞爾一笑說：「好，我不看。」又把林語忻抱進了懷裡。

後來吳易然想起那天他對林語忻說的所有話，所有安慰，所有擁抱，作風並不像那個總是孤僻的他，因為一場與摯友的爭吵，他開始學習溫柔待人，學習善待每個身旁的朋友。

起初擁抱是困難的，但看林語忻那麼痛苦的模樣，他就像看到往昔的自己，怕她跟自己一樣，從此不再接受旁人的溫存，於是毫不猶豫的給予了她擁抱。

而事後林語忻一臉羞澀的問他，為什麼對她那麼好，幾乎是要獻出一切，他只是欣然一笑，然後說：「我只是不想妳跟我承受一樣的痛苦，我只是希望能一直陪在妳身邊。」

11

「活著，凡人最基本的生存本能，幾乎是只要活著，就擁有了掌控世界的權利，卻是他拼死拼活捍衛的夢想。」

已經三天沒有看見隔壁病床的阿嬤了，那天她痛哭流涕時，阿嬤也坐在旁邊看著林語忻，像是想起了自己的親人，想起了那個也因病過世的小兒子，即使什麼都沒說，什麼都沒做，林語忻也知道阿嬤也正沉溺在往昔的回憶中。

詢問護理師才知道，前幾天晚上，阿嬤心臟纖維顫動，送進了加護病房。

看了空了的病床，林語忻不禁感嘆，從脾氣不好的大叔到古錐阿嬤，人來了又離開了，像是在暗示著生命的延續，也是在暗示生命的無常。

只剩她，始終停留在這裡。

沒有好起來，慶幸的是也沒有變壞，只是在這個中間浮載浮沉，好像沒有終點，儘管她是那麼的努力。現在的她幾乎痛覺成麻痺，只是面無表情的看著血液緩緩抽出，看著暗紅色的血液流動。

抽完一管血液，林語忻走回病房，一踏進門卻看見一個年輕女孩，她先是愣住，然後退出房間仔細看著房號，確認自己沒有走錯。

女孩張著一雙大眼望著她，林語忻看著她的臉孔，覺得有些熟悉又有些陌生。

「妳是……？」林語忻遲疑的問。

「我叫李恩妤。」

「妳是不是來聽我過講故事？」林語忻恍然。

「對啊，姐姐的故事講的很好呢！」李恩妤燦笑。

「我很開心妳有聽懂這個故事，我還怕講的太艱深，小朋友聽不懂呢！」
「那個故事對其他小朋友來說可能太困難，但是我能理解妳想表達的意思。」
「謝謝妳，所以妳是我的新室友嗎？」
「對啊，我才剛搬來病房。」李恩妤指著未打開的行李。
「妳幾歲啊？」林語忻索性坐下與李恩妤聊起天。
「我十四歲喔，今年要會考了。」
「才國三而已啊！那妳怎麼會來住院？」
「一個月前被醫生診斷腦癌初期，就來住院治療。」
「我是心臟疾病住院的。」
「對了，忘了跟妳介紹，我叫林語忻，高二。」
「高中生活會不會很辛苦啊？」李恩妤即將升上高中，對於未來高中有著無數的疑問。
「如果妳未來想考國立大學的話，那會有點辛苦喔，要先選好自己要走那一組，有分社會組和自然組，不過高中也有很多活動，像是聯誼、社團等……。」林語忻詳細的說。
「那姐姐有參加什麼社團嗎？」李恩妤問。
「有啊，我是吉他社的，勵志大學走音樂系。」林語忻指了指病床旁的吉他。
「我可以聽妳彈吉他嗎？」李恩妤眼睛雪亮。
「有空吧，等另外一個朋友來我再一起彈給你們聽。」
「好期待喔！」
「哈哈，那妳呢？有沒有什麼興趣或專長？」

「我的專長是田徑短跑項目，住院前才參加過田徑比賽。」李恩妤自豪的拍了拍小腿的肌肉。

「哇！那麼厲害，不像我是運動白痴……」林語忻羨慕的說。

「不會啊，姐姐妳會彈吉他也很厲害啊！」

「一開始還沒發現腦癌，因為練習的時候一直不平衡跌倒，那時候還不知道原因，還被教練罵。」李恩妤拉起長褲，膝蓋上有還沒癒合的傷疤，看起來怵目驚心。

「好痛的感覺……」林語忻皺著眉。

「而且動不動就頭痛，有時候還會忘記事情。」

「是腫瘤壓迫到腦神經導致吧？」林語忻頗有知識的說。

「對啊，嚴重的時候，甚至忘了自己的名字。」李恩妤苦笑。

「那麼嚴重啊……」林語忻心疼。

「所以姐姐，我們一定要努力讓自己好起來，要相信自己會好的。」李恩妤說。

「嗯，我也這麼相信著，只要相信，就已經是在好起來的路上了。」林語忻微微一笑。

最近心率不整的情況愈加嚴重，心搏時快時慢，她的呼吸也開始變得困難，講話時常喘不過氣，還容易暈眩。

她也開始在和醫生安排做換心手術的時間了。

醫生說，媽媽就是因為過勞而離開的。因為長期作息不正常，使自己的身體過度疲累，無法負荷因而停止心肺功能。

她知道媽媽為了籌備她巨額的醫藥費，自願加長了工作時間，但媽媽堅持，為了她的健康，怎麼樣都要治好她。

眼眶又泛紅了起來。

「姐姐妳還好嗎？是不是不舒服？」回過神來，李恩妤焦急的在她面前揮手，而她無動於衷。

「我沒事，只是突然想到一些事。」林語忻試圖微笑，不把自己的傷悲帶給李恩妤。

「姐姐有什麼事可以跟我說啊！」

「妳真的很乖，小小年紀，那麼會安慰人。」林語忻莞爾，胸口感到一股暖流流經。

「善待每個人是一定要的啊。」李恩妤露出溫暖的笑容。

「認識妳我很開心。」

「我也是。」

今天又是回診日。

「易然你好。」章醫生問好。

「嗨。」吳易然照樣簡短回答。

「最近還好嗎？」

「還算可以吧。」吳易然不確定的說。

「睡的有好一點嗎？」醫生從最基本的先問起。

「最近能睡著了。」

「那我幫你減個藥吧。」醫生帶著一點雀躍說，病人狀況好起來，是帶給醫生最好的禮物。

「其實……前幾天，我跟朋友吵架，聽輔導老師說還跑到頂樓要跳下去……，但整件事我都沒有印象。」

「還跑到頂樓喔。」醫生詫異。

「但我都沒有印象。」吳易然強調。

「那你後來有聽輔導老師說當時的狀況嗎？要不要跟我說看看？」

「好像是因為我一直說想死，所以他生氣了。」

「你覺得人為什麼會生氣？」

吳易然想了想說：「因為某件事發生而不如意？」

「就我的理解啦，生氣是一種改變的力量，因為對方講不聽，累積成情緒而生氣，那麼他會生氣一定是因為在乎你，如果他不在乎你，根本沒有必要對你生氣，他可以直接不理你。」

「他一定是在乎你，才會對你生氣，那你覺得他為了什麼生氣？」

「應該是因為覺得我一直說想死很自私吧？」

「所以他是不希望你死啊。」

「對啊，我要跳下去的時候，拉著我的是他。」

「那你現在跟他聊天，他會跟你講話嗎？」

「我……最近沒有在跟他聊天。」

「你覺得他願意跟你講話嗎？」

吳易然停頓了一下，然後低聲回答。

「不會吧。」

「為什麼？」醫生問。

「他只是說你想死很自私，並不代表他不跟你講話啊。你可以試著開口，慢慢跟他說。」

「我覺得他其實也害怕，害怕會失去你這個朋友，他用對你的生氣來試圖挽留，來掩飾內心的脆弱與恐懼。」

「而且從剛才你跟我說的過程，他沒有不要你，他還當你是朋友，他從頭到尾沒有說要放棄你，大家都還在幫你啊，對吧？」

「他是希望你不要放棄全世界，他也有自己的困擾。」

「你應該要感激你有這麼好的朋友，他能陪你到現在，他如果要放棄你，前面根本不用這麼大費周章的說那些話，所以他是真的很在乎你。」

「你要不要找他出來聊聊，當面把話說開？」

吳易然深思，然後點頭。

「他當你的朋友，陪在你身邊，你覺得他有什麼優點？」醫生問。

「我覺得他很成熟，看事也很清楚，他雖然愛玩，但真的成熟到有點超齡。」

「他說的那些話，都是蠻有道理的，而且他對你很好啊。」

「有時候不要太過於期待他會一直主動接近你，因為有的憂鬱症患者也會想要獨處，那他怎麼知道你現在是需要獨處還是需要陪伴。」

「你會願意告訴他嗎？」

「不會。」吳易然又一次否認。

「是因為害怕拒絕嗎？」

「嗯。」

「我倒覺得他不會拒絕你，只是可能有時候你們彼此用字比較重，會讓對方誤解。」
「你覺得他是怎樣的人？」
「他是個表面大咧咧，心底卻藏了很多事的人，他自己也默默承受了很多壓力，而且他很會照顧人。」
「那這樣不是跟你很像，你們是類似的人，其實你們可以互相了解。」
「可是還是怕拒絕。」
「有的時候拒絕的用意，只是怕人家其實沒有想關心，所以隨口問問，他如果真的只是隨口問問就不會再問第二次，但我通常都會繼續問，因為我是真的關心你，這沒關係，都慢慢學習。」
「反而是我覺得你在拒絕人家的關心，你有點把自己封閉，因為他沒有要放棄，反而是你對他有點兇悍。我覺得你就試著把門打開，不要太封閉自己。」
「最近還有自傷自殘嗎？」
「好像是解離的時候吧，我也不太記得了。」
「有時候剛吃藥，控制力會比較弱一點，那半個鐘頭，有的人太緊張會潛意識抵藥效的力量，但藥會讓你想睡，就是有點像是夢遊的狀態，就注意自己的安全。」
「好。」吳易然認真的聽完醫生說的這一串箴言。
「那還有沒有什麼問題？」
「嗯……就是我覺得自己的體型好像有點變胖了，是不是藥的問題？」
「對，憂鬱會讓人變胖，不過有一種藥的確會讓自己食慾增加。」
「可是我沒有吃很多，但前幾天量體重不正常大幅增加了二十公斤，而且好像有點浮腫。」
「主要是你現在狀況不穩定，所以藥還不能停。那浮腫應該是睡不好的關係，你說睡的好可能只是在說服自己，也可能只是說給旁人聽讓他們安心。」

「憂鬱症最忌諱的就是過於心急，本來憂鬱症就會持續一段時間，越心急狀況就越不好，還是正常回診和吃藥就會慢慢好起來。」

「好，加油加油！」醫生看吳易然沒有問題了，便開了藥單給他。

拿完了藥，吳易然猶豫了一下，沒有走向林語忻的病房，心想著讓她自己一人靜一靜，便走到打工的咖啡店。

這天週末，吳易然接到了林語忻的電話，說想見見他。

這是她第一次主動要求他，吳易然欣喜一方面疑惑，踩著腳踏車前往醫院，不忘帶一杯紅茶。

「語忻，我來了。」吳易然輕聲進到病房。

她微閉著眼睛，靜靜地靠在床邊靜養，面龐蒼白的沒有一絲血色。她時而眉頭微蹙，時而重重地吐納，病痛的折磨使她喪失了往日的活力。

一聽見聲響，掙扎著從床上坐起，蒼白的面龐因痛苦而扭曲，細細的汗珠從她的額頭滲出，好似每移動一下都是巨大的折磨。

吳易然看了瞠目結舌，才幾天不見，林語忻竟已憔悴成這樣。

她的病房旁坐了一個女孩，女孩向他點點頭，然後離開原本坐的椅子，讓吳易然坐下。

「妳……很痛苦嗎？」他瞠目結舌的問了一個傻問題。

「嗯。」

林語忻此時還正在吊著點滴，身體麻木的沒有知覺，也無法動彈，只能靠著聲音及微微點頭。

吳易然一眼便注意到，林語忻在室內戴了帽子，這個不合常理的行為，吳易然馬上便意會到了什麼。

「頭髮都掉光了……。」林語忻緩緩摘下帽子，露出稀疏的頭髮，已經不見原先的蓬鬆柔軟。

她輕輕一碰，頭髮又掉了滿地，像是靈魂那麼輕易的碎了一地。

吳易然看了很是心疼，走上前將散落一地的頭髮拾起，以及床邊少許的落髮集結成一束，遞給林語忻。

「要收好。」林語忻手指微顫的接下。

正想開口說些什麼，原本就已蒼白的臉色丕變，女孩眼明手快的將手上的東西遞上，林語忻難受的嘔出了穢物，陣陣襲來的嘔心到最後卻是墨綠的膽汁。

林語忻嘔吐之餘，怯懦的望了望吳易然的臉色，心想吳易然會不會因此而不敢接近。

但吳易然沒有。他無懼的走向前，輕輕握住她的手，托住塑膠袋，調整了一下位置，讓林語忻舒服一些。還輕拍她的背：「辛苦了，很難受吧？」

林語忻眼眶立刻泛起了一層霧氣，原先脫落的長髮已經讓林語忻傷悲不已，加上身體的難受，她幾乎要支撐不住。

「對不起恩妤，沒辦法彈吉他給你聽了。」林語忻自己也失落的說。

「沒關係姐姐，不急，等妳好點了再彈也是無妨。」

林語忻仍是愧疚，原先將吳易然叫來也是想一起彈奏給他聽，不料身體狀況急轉直下，像墜落山谷般的措手不及。

「不能減少藥量嗎？至少讓妳別那麼辛苦。」吳易然柔柔的問，蹙著眉，像也同時感受林語忻的痛苦。

「認真吃藥，才有機會活下去。」林語忻堅毅的說。

他們都是這樣的人，都是在生與死之間浮載浮沉，渴望生卻又接近死的人。

「嗯，要好好活著。」

「還有，下次不要再帶紅茶了，再喝會被醫生罵。」林語忻吐了吐舌頭，心虛可愛的模樣還是沒少。

「那這杯紅茶給妳室友吧！」吳易然偏了偏頭，看見身後一直在聽他們說話的女孩李恩妤。

「妳叫恩妤嗎？」吳易然問。

「對，我叫李恩妤，是語忻姐姐的室友，因為腦癌住進來。」李恩妤聲音輕柔的說。

「妳好，不知道語忻有沒有跟妳提過，我叫吳易然。」

「有，語忻姐姐有說過。」

「謝謝妳照顧她。」

「吳易然，你的功用除了送紅茶和陪我聊天，其餘也沒幹嘛啊。」林語忻笑了出來，聽吳易然的言語，就像是他長時間照顧她一樣。

「這樣就很多了好不好。」吳易然反駁。

至林語忻慟哭的那天起，她便感受到了，感受到吳易然的改變，她發覺吳易然似乎是為了自己而改變，她也深知為了一個人改變自己是有多困難的事，她除了在吳易然低潮時持續給他力量，仍在尋找方式，能更了解吳易然的內心。

媽媽剛離開的那段時間，林語忻不僅感受到吳易然的體貼、安慰，甚至還有些許的曖昧，在溫暖的擁抱分離後，林語忻總能感受到一點男女之間的尷尬，在目光接見的剎那，她總能感覺到一絲害羞及靦腆。

不只是林語忻，吳易然也察覺到了，他開始對林語忻動心，她的一舉一動，她的一言一語，像是旁人常說的，和一個人長時間的聊天，反而對對方有了好感，他並不知道這是否能稱作喜歡，甚至是愛，只知道他開始對林語忻有了不同的感受，往昔不曾有的感覺。

林語忻似乎狀況好了一些，跟著嘴角漾起微笑，臉色也不再是那麼的慘白。

「語忻姐姐有什麼夢想嗎？」李恩妤開啟話題。

「我的夢想是演奏音樂給全世界的人聽，讓所有人都能感受到音樂的美好，在狀況不好的時候，希望能用我的音樂治癒殘破的心靈。」

林語忻病床旁的桌子上，放著一疊手寫的吉他譜，那是她在住院期間的靈感結晶，每一顆音符，都是她對生命的期望。

「易然哥呢？」

「我的夢想，簡單卻艱難。」

活著，凡人最基本的生存本能，幾乎是只要活著，就擁有了掌控世界的權利，卻是他拼死拼活捍衛的夢想。

也曾活的毫無意義，覺得自己的一喘一息都是奢侈，覺得連與世界對峙的那份頑強也消逝殆盡，覺得和時間的交織也漸漸脫離。

人要活成怎樣，活的卑微，又同時帶著尊嚴，活的如繁花並蒂，又要似落地生根，要在石頭的縫隙，生命的裂縫盛綻最旖旎的花。

這是吳易然對生命的形容。

李恩妤及林語忻聽得滿腔撼動，彷彿自身也融入這簡單同時艱難的夢想。

「恩妤的夢想肯定是當體育國手吧？」林語忻猜測。

「姐姐猜中了！如果我沒有得腦癌的話，現在肯定在學校訓練，準備下個月的春季盃比賽。」李恩妤惋惜，隨後又揚起笑容：「但也是因為腦癌，我才能認識你們。」

「傻小孩，自己的身體顧好比較重要。」林語忻摸了摸李恩妤的頭。

李恩妤說著，一下掉入了回憶的海，乘著一扁舟，航行到半年前，那一次深刻難忘的記憶。

「恩妤，等等要測驗兩百公尺喔！」同學呼喚正在穿釘鞋的李恩妤，她紮起了俏麗的馬尾，身上穿著排汗的運動衣，剛熱身完，正大汗淋漓。

「好！」

跑步讓她明白人生就像一場馬拉松。如果你猶豫了，別人就會輕而易舉的超過你，如果你不顧阻礙不顧一切地衝向終點，最後你就會獲得成功，享受成功的喜悅。

穿好釘鞋後，她在跑道邊自己試跑了一下，沉浸在與風的競速中，將所有胡思亂想的念頭拋開於腦後。心裡默數一二後如箭矢般衝出，身旁的事物都被落在身後，只聽見風在耳畔呼嘯。

到了終點，身體微微前傾，雙手向後擺，做出壓線的標準動作。一滴汗珠沿額角落下，李恩妤用手背抹開濕黏的汗液，撐著膝蓋喘氣。

「李恩妤，不要花太多力氣，待會還要測驗喔！」同學看到提醒。

李恩妤微笑點頭，表示明白，然後慢慢走向起點準備開始測驗。

她搬了一架起跑架到暗紅的跑道上，量了幾個腳掌算好距離後試跑。手指擺在白線後方，觸著砂礫揚起塵土，陽光和煦的照耀在發燙的身體，右腳用力蹬出，雙手隨之擺臂。

「現在分組，速度相仿的會分到同一組，再加上一個速度快的讓你們追。」教練拿著計分板說。

「恩妤，妳跟男生一組。」

李恩妤並沒有反對，剛開始她十分抗拒，為什麼每次都把她和男生分配到同一組，害得她被其他女生調侃說融入了男生群體，變成男生。

後來教練跟她解釋，是因為她的速度比已經超出了能與女生抗衡的能力，教練甚至期待她能訓練到速度更快，才把她和男生分配到同一組。

很快的田徑隊四十個同學分配成七組，李恩妤被分到速度最快的那組，並安排到第四道。

「預備，嗶！」吹哨開始。

每個人拼盡全力爭取到第一，大多速度相仿而僵持不下，有堅持到最後的，也有最後沒了力氣而放慢速度的，但都抵達了終點。

輪到了李恩妤這組，每個人信心十足的踏上了起跑架，李恩妤知道其中幾個男生瞬間爆發力非常強，她要搶到第一的位置有些困難。

哨音下令，李恩妤驀地衝出，在第一個彎道追過了前面兩個男生，正她開心之際，左後方卻出現了一道身影，那身影很快的與她平行，且稍微領先了李恩妤半個身體，李恩妤眼角瞥見，手腳不自覺的加快速度要趕上那男生，男生感到一股壓迫襲捲而來，知道李恩妤正死死咬著他的影子，努力邁開腳步拉開距離。

衝過了彎道到直線跑道，兩人莫不使出洪荒之力拼命追趕，此刻賽場上彷彿只有這兩人正迎著風馳騁，男孩始終保持著半個身體的領先，衝過了終點，而李恩妤做出了完美的壓線姿勢，從側面看幾乎同時抵達。

「第一劭諺，二十五秒八，第二恩妤，二十六秒。」教練在終點宣布成績。

「不錯，有進步！」教練鼓勵。

李恩妤暗暗握拳，慶幸自己有達到教練的標準，雖然沒有拿到分組第一，但也跑出了一個月以來的最佳成績。

「教練，我達到標準了，待會可以拿一瓶運動飲料嗎？」李恩妤仰望高大的教練。

「可以。」教練答應。

這是她和教練的約定，容易滿足的她只要求她達到教練的標準後，可以拿一瓶運動飲料。

換下釘鞋及滿是汗水的運動衣後，李恩妤到田徑訓練室的冰箱拿取飲料。

「那個李恩妤，一達到成績就那麼驕傲。」

「好像怕別人不知道她沒有飲料喝的樣子。」

「對啊！」門口傳來聲音不算大的調侃。

李恩妤站在門後聽著，抿起了嘴唇，待他們離去後才踏出訓練室。

到了比賽日期，李恩妤與另一名同學參加兩百公尺比賽，李恩妤順利得到第一名，而那名同學卻在終點線前跌倒，最終只得到第七名。

「妳還好吧？」李恩妤將雙腳擦傷的同學扶到一旁關心她的傷勢。

同學壓抑著哭聲，眼淚不聽話的掉了下來，一方面是為沒有得到好名次而傷心，一方面是覺得傷勢疼痛而流淚。

李恩妤想到下午還有四百公尺接力，同學雙腳包紮，恐怕無法發揮全力跑出速度。

「如果妳落後了沒關係，我會幫妳追回來！」李恩妤說著，期盼給同學一些力量。

但同學聽了卻甩開她的手，一臉嫌棄的鄙視著李恩妤，然後逕自走開。

李恩妤一臉疑問，不知她為何用這種眼神看待她，她沒想太多，以為是自己錯覺。

李恩妤後來想了想，想找那同學問清楚，是不是她說錯什麼話，導致她反感，但她一靠近，她就像看到什麼令人厭惡的事物般避之而走，李恩妤看了更一頭霧水。

日後，更多令人反感的行為一再發生在李恩妤身上，例如到廁所被反鎖，鞋子被拿走，背後貼紙條，起初李恩妤總默默承受，可到了後期，她太想知道她到底做錯了什麼，偶然之間，她總算聽到同學之間的對話。

「妳不覺得李恩妤很討厭嗎？」

「對啊，她上次還說她跑第一名就好了，超討厭的。」李恩妤聽出是那個跌倒同學的聲音。

「給她一些教訓她還若無其事的樣子。」

李恩妤總算了解，她這幾次被厭惡的原因是什麼，可是她從沒講過她跑第一名就好了這種話。

聽到後來實在受不了，她從牆後站出來。

「妳們為什麼要一直說我壞話，我明明就沒說過我跑第一名就好這種話，為什麼要一直把我講的一無是處？」李恩妤直接了當的說出疑問。

「明明就有，我跌倒的時候，妳說沒關係，妳跑第一名就好了！」同學大聲反駁。

「我是說我幫妳追回第一名就好！」李恩妤無奈的說，原來一直以來都是同學聽錯。

「還有每次都跟教練拿飲料，是怕別人不知道妳多厲害嗎？」

「那是我跟教練的約定，我根本就沒想什麼要大家都知道。」

「沒錯，李恩妤是靠自己的努力得到了獎賞，並不是妳們想像的驕傲。」教練從她們身後冒出。

同學聽見教練稱讚李恩妤的努力，總算放下對李恩妤的鄙視與成見。

「知道了，對不起。」一群女生向李恩妤道歉。

「沒關係，大家還是朋友。」李恩妤微笑。

「比賽加油哦！」

最後在比賽中，李恩妤順利得到了一百公尺和兩百公尺的第一名，而同學也得到了兩百公尺的第四名。

「原來恩妤也曾受到同學的誤會啊！」林語忻說。
「對啊，現在沒事了啦，是隊友也是對手，本來就會有一些成見。」
「等我好起來，一定要去看恩妤比賽。」林語忻雀躍的說。
「好啊沒問題！」李恩妤歡愉回答。
此時外頭天色漸暗，吳易然看了一眼時間，對兩人說：「如果沒什麼事，我先走了，有需要再打電話給我。」
「好，掰掰！」
「易然哥再見！」

12

「就像那些麵團，他們努力呼吸著，努力改變著，成為更耀眼的自己。」

星期日到咖啡店工作，吳易然先和店長同事打了招呼後，到貓窩旁放了飼料，現在照顧小貓的工作已經是吳易然在做，店長看吳易然特別照顧小貓，便把這項工作交給他。
「橙子、焦糖，來吃飯了！」吳易然呼喚著。

小貓喵嗚幾聲後爭先恐後的到飼料前吃起午餐。

吳易然到更衣室換好制服，對鏡子擺出笑容，整理了服裝後走出。

「店長，我今天能提早下班嗎？我有點事。」吳易然詢問。

「易然，雖然我知道你很多事要忙，但你那麼常請假，工作上也不好安排，一個月沒有達到工作天數可是要扣薪水的。」店長苦口婆心的勸說。

「是，我知道……」

「而且最近有許多人來應徵員工，如果你不好好把握你的工作機會，可是會被搶走的，到時候就不要怪我沒給你機會。」

「就今天而已，我提早一小時下班可以嗎？」吳易然想了想又說：「現在不用每個星期去回診了，這星期三晚上會留下來工作。」

「好吧。」店長答應了。

「謝謝店長！」

「今天你負責內場喔！」

「好的。」

吳易然走到內場，看到陳子言一人正專注的做咖啡拉花，他向陳子言點頭問好，然後走近。

「子言哥，有什麼需要我幫忙的嗎？」

「來幫忙替咖啡拉花吧！」陳子言口中說著，仍頭也沒抬的專心工作。

「知道怎麼做嗎？」吳易然尷尬的搖搖頭。

「來這邊，我教你。」

「第一步驟，打奶：最重要的技術，雖然不是很高深但是需要長時間的練習，要求奶泡細膩圓滑，千萬不要有大的奶泡。第二，打奶的角度：打奶最好是和蒸汽噴頭成45度角，根據上下浮動來取決於奶泡的粗細。」

「最基本的圖形就是愛心，只要把愛心練習到爐火純青，其他拉花圖形就能快速練成。」

「拉花其實不僅是增加視覺效果，有時候還能夠減少咖啡的苦澀，讓咖啡變得細膩，拉花的牛奶是要全脂牛奶。」

「大致上就這樣，有什麼問題再問我。」陳子言講解完畢，看著吳易然說。

吳易然快速吸收內容，然後開始做他的第一杯咖啡拉花，前幾次都失敗了，不是奶泡太多，就是圖形歪掉，但嘗試了多次，總算在第八杯咖啡成功。

「很厲害啊，學習的很快。」陳子言稱讚。

「剛剛學會而已，還要多加練習。」吳易然謙虛道。

陳子言拿起手機播放了音樂，咖啡店後場充斥著音樂餘音繚繞。

「子言哥都聽歐美英文歌曲？」吳易然細聽了音樂後問。

「對啊，你呢？有特別喜歡什麼歌曲嗎？」

「我只要覺得好聽，符合我喜歡的音樂就好。」

陳子言聽著，然後嘴裡跟著小聲哼歌，伴著音樂的歡愉，吳易然心情也愉悅了起來。

工作到了五點半，吳易然忘記了時間，經陳子言提醒才恍然。

「啊！要來不及了！」

「那你趕快下班吧，這邊我來處理就好。」陳子言沒有過問吳易然著急什麼事，反而體貼的要他趕快離開，剩下他來收拾。

「謝謝子言哥，我先走了！」吳易然快速收拾東西後，與同事道別。

吳易然騎車回家，吳宥然已經整裝完畢，等著吳易然到來。

「你怎麼那麼久，都快超過時間了。」總是注重時間觀念的吳宥然語氣略帶責備。

「抱歉，太認真工作，我們走吧。」兩人跨上腳踏車，往監獄所騎去。

爸爸入獄已經一個月，吳宥然和吳易然拖到這時候才鼓起勇氣到監獄探視爸爸，一方面是怕爸爸仍在逃避，一方面是怕看見爸爸，總會想起那晚的畫面，歷歷在目。

吳易然和吳宥然坐到會客室，眼前阻隔了一片玻璃，開門聲響起，門後出現了一個滿臉鬍渣，狼狽憔悴的男子。

「爸。」吳宥然看見爸爸叫了一聲。

「易然，宥然。」爸爸也叫了兩人的名字。

「最近好嗎？」好像已經很久沒有參與到兩個兒子的生活。

「我去打工了，前幾天拿到了第一份薪水，是咖啡店的工作。」吳易然先開口。

「工作還順利嗎？」爸爸問。

「很順利，店長同事都很照顧我。」吳易然回答。

「還是自己身體要顧好，如果不行就不要勉強。」爸爸難得的關心。

「嗯我知道。」

「宥然呢？最近如何？」

「我……最近在準備會考，想考高中。」

「加油啊，相信我們宥然可以的。」聽見爸爸這麼說，宥然有些彆扭。

「我會加油。」

「醫生說我最近狀況好一點了，可以慢慢減藥，不用再吃那麼多顆藥了。」吳易然突然說。

「那很好啊！」

「爸爸……對不起你們，之前說了那種話……」爸爸愧疚的低下頭。

吳易然癟了癟嘴，沒有說話。

「對不起……因為我一時衝動，就把媽媽……」爸爸開始啜泣。

爸爸說，那天，媽媽正欣喜的和他說吳易然要參加數學比賽，爸爸喝了酒神智不清，恍惚之間，以為媽媽說吳易然要去醫院回診，不知為何情緒爆發，咆哮著：

「這個啞巴是在不開心什麼，就是心情不好而已也要看醫生，花了那麼多錢，吃藥也沒好！」

媽媽聽見立刻反駁：「兒子就是生病了，需要看醫生，你是在生氣什麼？」

「妳也是，每天都在唸，限制我喝酒，偶爾去打牌也唸！」

媽媽恍然，聲音哽咽的說：「你是不是外遇，是不是出軌了？」

「對啦，外面一堆小姐都比妳這種爛貨好！」

「啪！」一聲響亮的巴掌聲，媽媽的手停滯在空中。

爸爸火氣立刻衝了上來，一個用力將媽媽推到在地，媽媽掙扎的想站起，卻被爸爸壓制身下。

爸爸壓在媽媽身上，不停甩著巴掌，打到媽媽臉頰通紅，微微滲血，然後抓起桌上的玻璃盤摔在媽媽頭上，頓時頭破血流。

爸爸撿起玻璃盤碎片，一聲怒吼後用力砍向媽媽的脖子。

「對不起，要不是我，現在也不會這樣……」爸爸掩面痛苦流涕。

吳易然聽了剛才一連串的回顧，眼睫垂了下來。

這個啞巴是在不開心什麼，就是心情不好而已也要看醫生。

果然，爸爸還是對憂鬱症，對他生病這件事保有偏見，且並不認同這是一種病，為什麼所有人都有的負面情緒，就吳易然需要看醫生，需要吃藥？

是因為他吧？如果他沒有生病，就不會出現這種話題，媽媽也不會為了幫他辯駁而失去生命。

眼角冒出了一滴淚。

爸爸持續擦著眼淚，可惜再多的眼淚也換不回媽媽的性命，可惜時光無法重來。

「爸，別哭了，等你出來，我們改邪歸正，重新開始，不要再後悔過去，我們應該珍惜現在，放眼未來。」吳宥然安慰著。

「好……好。」

「我有工作了，宥然如果考上高中也會有獎學金，不用再擔心錢的問題，爸你只要好好找一份工作就好了。」吳易然在一陣沉思後也附和。

「爸，幫你寄放了你愛吃的蘋果，如果想吃就和監獄長拿。」吳易然隔著玻璃最後說了一句。

臉上還掛著淚，爸爸點了點頭。

十五分鐘的會客很快結束，吳易然及吳宥然走出監獄所，牽起腳踏車。

「哥，我們去吃飯吧，好久沒一起吃了。」吳宥然在前面回頭喊著。吳易然輕輕點了點頭，隨著吳宥然騎車到家附近的麵店。

這間麵店兩人小時候常吃，老闆娘都和他們非常熟識，親切的為他們服務。

「要加湯再跟我說喔！」老闆娘和藹可親的說

「謝謝。」

兩人面對面默默吃著麵，好一陣子的靜默後，吳易然說：「你會不會怪我？」

「啊？怪你幹嘛？」吳宥然停止了吃麵的動作，一口麵留在口中。

「就我得憂鬱症，你會不會覺得困擾？」

「不會啊，你又沒有做什麼，我幹嘛怪你？」吳宥然一臉莫名其妙，然後繼續吃麵。

「真的不會？我發作的時候？我想死的時候？不會為了讓我好好活著，費很大力氣？」吳易然還是不可置信。

「不會。」他頓了頓：「因為你自己很努力，還有那是你的事。」吳宥然頭也沒抬的說著。

吳易然手拿著筷子停滯在半空中，先是對吳宥然奇怪的回覆一愣，然後莞爾。

他知道吳宥然其實很關心他，只是一直不知道用什麼方式表達，像是剛才，他說吳易然自己很努力。

「謝謝你。」吳易然微微一笑。

假日早晨，吳易然準時七點上班，一到咖啡店驚見所有店員都在場，卻沒有要準備開店的模樣。

「今天是什麼日子嗎？」吳易然疑惑。

「啊，店長忘記跟你說了，每個月的最後一個星期日，我們店裡所有店員一起到育幼院，發送免費麵包。」副店長揚起笑容。

這時，陳子言推出一盤盤麵包：「剛出爐喔！可以裝袋了。」

一行人分工合作的裝袋裝箱，準備送上車子。

「易然，快點換制服吧，等等要出發了。」

「喔，好。」吳易然如夢初醒。

坐上七人休旅車，後頭載著一箱箱麵包，滿車飄逸著麵包的香氣。

路途並不遙遠，約莫十分鐘就抵達，才剛駛入育幼院，就有成群的小朋友從門後跑出來。

「哥哥姐姐！」他們大力的揮手。

「你們好，有沒有乖乖啊？」Sunny 親切的摸摸小朋友的的頭。

「姐姐妳看，這是我做的手鏈，送給妳。」一個小朋友從口袋拿出一串用珠子做的手鏈送給 Sunny。

「哇謝謝你！」Sunny 欣喜的說，然後將手鏈戴到手上。

小朋友露出天真爛漫的笑容。

「走吧，我們進去吃麵包！」Sunny 牽著兩個小孩的手走到育幼院裡頭。

五十幾個小孩坐在餐桌前，年齡不等，小至一歲大至十五歲都有。

「吃麵包前要說什麼？」院長提醒。

「謝謝哥哥姐姐做麵包給我們吃。」小孩異口同聲的大聲喊著。

咖啡店同事們一字排開的向小孩揮揮手，然後由最前排的小孩開始領取麵包。

小孩乖巧的排隊，沒有爭先恐後，沒有喧鬧。

「哥哥，需要我幫忙嗎？」一個看起來國中生的男孩點了點吳易然的背後問著。

吳易然先是一愣然後說：「沒關係，你去排隊領麵包吧。」男孩沒有說什麼，點了點頭後離去。

一個小女孩從吳易然進門後不斷緊盯著看，從吳易然手上接過麵包後笑著說：「是新來的大哥哥欸！」

吳易然被女孩逗笑：「對啊，我是新來的。」

「大哥哥叫什麼名字？」
「我叫吳易然。」
「大哥哥我叫晴晴。」晴晴笑的眼睛瞇成一條線。
「大哥哥下個月還會來嗎？」晴晴期待的詢問著。
「會啊！」吳易然想也沒想的回答。
「一定要來喔！」
「沒問題！」吳易然信誓旦旦。
「那打勾勾！」晴晴深伸出手，吳易然便和晴晴打勾勾約定。
從前的吳易然從來都不知道小孩可以那麼純真可愛，甚至不知道他也能和小孩相處的那麼融洽。
今天的麵包是奶酥麵包，不少小朋友吃了第一個麵包後津津有味，還來拿第二個。
「易然，你可以多認識這些小朋友，小朋友看起來都很喜歡你。」店長盈滿笑容的對吳易然說。
「給你個和小朋友相處的機會。」吳易然一聽措手不及，沒想到機會來的那麼快。
「那邊角落蹲著一個小男孩對不對，去問問他怎麼了吧。」店長指著角落，果然看見一個男孩瑟縮在牆角。
吳易然點點頭，緩慢走過去避免嚇到男孩，先是蹲在他身後，輕輕拍了拍他的背。
「小朋友怎麼了？為什麼不吃麵包啊？」
男孩頭埋在膝蓋之間，沒有抬頭，也沒有回話。
吳易然不氣餒繼續哄著：「是不是不喜歡吃這個麵包？」
男孩聽見頓時抬起頭，眼眶蓄滿了淚水，臉頰通紅的點了點頭。

「這樣啊，那你喜歡吃什麼麵包，哥哥做給你吃好不好？」吳易然語氣溫柔的說。

「我喜歡吃紅豆的……」男孩聲音悶悶的說。

「你先站起來，哥哥去做麵包給你吃。」男孩被說服站了起來，牽著吳易然的手。

陳子言也圍了上來，男孩一看到陳子言鬧著脾氣說：「子言哥哥我要吃紅豆麵包！」

陳子言立刻給了男孩一個微笑：「好，沒問題，我們跟易然哥哥一起做好不好？」男孩總算妥協的點了點頭。

院長給陳子言、吳易然和男孩一間空的教室，陳子言備妥了麵粉和紅豆配料後走到教室裡。

「來我們把麵粉和糖、雞蛋加下去，來攪拌。」陳子言動作迅速的打了三顆蛋，麵粉過篩後，將攪拌器交給男孩。

男孩動作不純熟的攪拌，還濺出不少液體，他尷尬的眼神求助陳子言，陳子言輕笑一聲然後上前，握住男孩的手，用刮刀反覆攪拌。

男孩滿臉興奮，沒多久就掙脫陳子言的手，興致勃勃的說：「我會了！我自己來！」

儘管有些吃力，有些生疏，但仍堅持不懈的將麵糰攪拌至麵粉與液體混合，沒有乾粉。

「再來就是靜置麵絮二十分鐘後啦！」陳子言拍了拍沾滿麵粉的手，替麵絮蓋上保鮮膜。

「要等二十分鐘，要不要先出去找姐姐他們玩？」吳易然指著窗外正玩的不亦樂乎的眾人。

男孩堅決的搖了搖頭，像個倔強的小大人，手插著腰說：「不要，我要待在這裡。」

「要等二十分鐘喔！」吳易然提醒，想看男孩是否會反悔。

「嗯，我知道！」男孩堅毅的回答。

「好吧，那你就待在這裡。」

男孩瘦小的身軀，自己搬來了一張椅子，就端坐在那麵絮前，似乎想從麵團中看出一絲動靜及變化。一開始聚精會神的盯著麵絮，想碰觸麵絮又不敢貿然掀開保鮮膜，他的小手停滯在半空中心裡糾結，身體又靠近了一些。

陳子言和吳易然離開教室躲在門後暗暗觀察，才過五分鐘，男孩開始躁動不安，盼著窗外，又想起自己的諾言堅守在座位上，屁股卻不斷扭動。

陳子言漾起微笑，吳易然側著身問著：「你是不是很喜歡小孩？」

「我不是喜歡小孩，我是喜歡那份兒時特有的純真。」陳子言望著遠方說。

「很多人都曾這麼想過吧？小時候總希望能快點長大，我覺得只要長大，就能保護我愛的人，不再懦弱的只躲在誰的身後，於是朝著這目標，每日迫切的想成長，太快接觸殘酷的社會，導致忘了好好享受稍縱即逝的青春，後來才發現我小時候根本沒有那份童心及純真。」

陳子言趴在窗台邊，倚著自己的下巴：「如果有時光機，我一定會回到小時候，告訴自己不要浪費青春年華，在該玩的年歲盡情遊玩。」

「那你呢？你想回到什麼時候？」陳子言問。

要是得病初期的吳易然，肯定那麼說，他想回去還沒確診憂鬱症以前，好好享受那段還未殘破的日子。可現在呢？他卻遲疑了。回到那段日子是否真的有意義，沙漏持續的倒數時間，該來的總會到來，是否真的不會再後悔。

回過神，陳子言已經走到男孩身旁坐下。

「仔細看，這是個會呼吸的麵絮喔！」

男孩皺了皺眉頭，不相信陳子言的話，湊近一看麵絮中間充滿細小的微孔，脆弱卻膨脹。

我們就是那一捧白色的粉末，當我們需要成為什麼，想要得到什麼，目標明朗的時候，就必須努力為自己添加各種「配料」，慢慢的，我們會失去本來的模樣，我們努力朝上著苛求的目標，雖然有時是被迫的改變著，但只要最終的結果是好的，那麼這些改變就是值得的。

就像那些麵團，他們努力呼吸著，努力改變著，成為更耀眼的自己。

男孩似懂非懂的持續望著麵絮，彷彿也看見了麵絮一喘一息的膨脹。

計時器響起，二十分鐘終於結束，男孩迫不及待的掀開保鮮膜。

「再來就是將麵絮揉成麵團。」陳子言挽起袖子，將麵絮聚攏，然後開始由裡向外搓揉。

他示範過後交給男孩，男孩這次很快掌握要領，不重不輕的揉著麵團。

「手好痠……」男孩雖然喊著，手裡的動作卻沒停下。

外頭的小孩玩累了正好進來休息，看見男孩單獨跟兩個哥哥正在做麵包，羨慕的大叫。

「為什麼他可以自己做麵包！我也要！」

小孩驀地全部衝了進來，圍聚在陳子言及吳易然身邊，拉著他們的衣角，眼神滿是乞求。

「好好好，等等就讓你們幫麵包塑型！」

陳子言看男孩也揉的差不多了，拿了刮刀將麵團分成十等分，教小孩們搓圓。

「在手掌心這邊，兩隻手合在一起搓揉。」吳易然示範著。

「好了！」男孩最先完成，麵團的形狀圓滿且完美。其他小孩也陸陸續續完成，紅豆餡也在剛才煮好。

「包紅豆餡喔！」紅豆餡剛起鍋，還有些燙手，於是由陳子言和吳易然兩人幫忙分裝。

小孩們瞪大眼睛仔細看著兩人的動作，鼻腔裡不斷聞到麵包及紅豆的香氣。

十個麵包都分裝完畢，再來就是放入烤盤等待烘烤。

「耶！又有麵包吃了！」女孩歡呼。

「都吃兩個了還要吃。」陳子言戳著女孩肉肉的臉頰，惹得女孩呵呵笑。

男孩得到了想要的紅豆麵包也不再愁眉苦臉，總算綻開笑顏。

麵包烘烤完出爐後，香氣四溢，大家這次仍然守秩序的排隊，還禮讓尚未吃到麵包的男孩，氣氛融洽。

「大哥哥，謝謝你們，今天學會了做麵包，還教我『會呼吸的麵團』，希望下次能學會更多東西。」這是男孩趁著他們和小孩嬉戲時，用歪斜的注音悄悄寫下的感謝。

陳子言和吳易然看了莞爾，腦海中浮現男孩天真的笑容。

太陽西下，和小孩們遊玩了一整天，他們都已筋疲力盡，在回程的路上睡成一片，安穩的連店長也不忍叫起他們。

只剩吳易然清醒著，他將今天的事情寫在日記上，自從確診憂鬱症後就開始寫日記的習慣，雖然內容大多都是負面，但也算紀錄自己的一生。

我不是喜歡小孩，我是喜歡那份兒時特有的純真。

或許他也是吧。

13

「比起不熟識的陌生人，那個『你』一定有特別的寓意，而我更想袒護的是你。沒你，我要天下人有何用，我只想你，一直一直待在我身邊。」

豔陽午後，林語忻坐在窗邊沐浴著陽光，對吳易然緩緩道出那個曾讓她思忖已久的故事。

雖然吳易然早已聽過，但他還是想聽林語忻再講一次這故事，他手掌倚著下巴，枕著病床專注聆聽。

「所以啊易然你呢？會選擇為天下人負你，還是為你負天下人？」吳易然機靈的眼球四處轉動，露出一抹微笑。

「我想先聽妳的答案。」

他注目著林語忻的臉龐，經過了兩次的治療，頭髮變的稀疏，心臟也更容易心律不整，必須透過儀器追蹤，還時常暈眩，上下床都需要攙扶，此時的林語忻陽光照耀下臉色更顯蒼白。

林語忻笑彎了眼：「我就知道你會先問我，這個問題我想了好久呢。」

「如果是我，我會選擇為天下人而負你。」

「為什麼？」吳易然一臉驚訝，像是答案和他預想的並不相同。

「我並不覺得天使就一定要不好，或是惡魔就一定正確，我會這麼為大眾著想，是因為就算是背負了那個『他』，若是他真的會為了我，願意愛我，那也不會就這麼計較，而會尊重我的抉擇。」林語忻說出自己的一番想法。

「妳的意思是，就算妳做出這樣的抉擇，那個『他』也會因為愛妳，而對妳的決定保有尊重是嗎？」吳易然整理了一下思緒後說。

「嗯，就是這個意思。」林語忻劃開微笑，對於吳易然思路清晰能明白她想表達的意思莞爾。

「可是妳這樣有點情緒勒索欸，萬一他根本不愛妳呢，又或是他根本只為自己的利益，而想要妳負天下人呢？」吳易然提問。

「那如果你是那個『他』呢？你會尊重我的決定嗎？」林語忻想了一下，湊近吳易然，瞬間的靠近兩人鼻尖差點觸碰在一起。

吳易然臉部表情平靜無波，其實內心掀起波濤巨浪，她僅僅一個不經意的舉動，就讓吳易然霎時小鹿亂撞心跳加速，心裡的潮汐正劇烈的拍打著暗礁，激起一波波銀白浪花。

吳易然口型半張，音節卡在喉間遲遲不敢吐出，躊躇半刻竟開始眼神迴避，林語忻的眼神太過鋒利，像是要把一切都看穿似的。

「那個……我先說我的想法好了。」

林語忻期盼已久，等來的卻是避開的回答，林語忻惋惜的坐回窗邊的位置。

「人都是自私的，究竟要為誰沒有標準答案。但如果是我，我會選擇為妳而負天下人。」他停頓了一下繼續說：「比起不熟識的陌生人，那個『你』一定有特別的寓意，而我更想袒護的是妳。沒妳，我要天下人有何用，我只想妳，一直一直待在我身邊。」

吳易然深情款款的凝望著林語忻的側臉，空氣中飄著塵埃，在陽光反射下就像落下細微雪花。

「可不可以這一次，讓我自私一次，讓我為了妳負天下人，讓我為了妳，再愛一次。」

林語忻聽著很快察覺到了一絲曖昧的氣息，她眼神游移，不自覺的手指攪動。

「你……你在說什麼啊……？」她臉上漲起了一層紅暈，一雙大眼睛眨了眨，深深地吞了一口氣。

她似乎很努力的保持鎮靜，靦腆的對吳易然一笑。

吳易然也面紅耳赤，頸間升起了一股燥熱，下意識的舔舐著嘴角的死皮，咕嚕一聲吞了一口口水。

「我說，我想為了妳負天下人，我喜歡妳。」吳易然又湊近。

此時的他似乎已拋棄了各種尊嚴及面子，從前的他不會這樣的，不會那麼明顯的表露出自己的感覺，很多事都藏在心裡，也不願訴說，但似乎是隱藏了太久，太想把那一面肆無忌憚的表露出來，又或是不甘於真相總被掩蓋，於是把自己的懦弱留在了昨日，就這麼傾訴而出。

兩人眼神凝視，吳易然深深的望進她的瞳孔裡的自己。

「你到底在說什麼……」林語忻羞赧的別開了頭，右手不自然的將一撮瀏海梳至耳後。

「我不是……」他啞口無言，這時候應該否認才好，還是不要違背自己的良心。

吳易然也驀然大夢初醒，連忙後退：「對……對不起。」

「我知道了。」林語忻手掌捂住臉，其實眼下正微笑著。

「咦……？」吳易然錯愕，不明白她所謂的知道了，到底是哪方面的知道。

「我也是。」她默默的說了一句。

「如果是為了你，我也願意的。」

我也願意啊。

偶然之間，林語忻在病房裡得知了一個繪畫比賽，若是得到前三名獎金高達一萬元，其實林語忻對繪畫並沒有特別的天賦，只是幼時常將繪畫當作閒暇娛樂，其中一段時間還特別鑽研過素描，想到若是有獎金，儘管只是那一萬塊也能稍微負擔醫藥費，於是她決定這次以素描畫作參賽。

許久沒碰觸畫筆，筆觸有些生疏，也不知該如何下筆，她開始環顧四周尋找物品讓她練習。

她想起抽屜有之前吳易然留有的幾顆蘋果，於是學著畫室裡的靜物練習，啃了一口蘋果放置桌上，滿意的笑了笑。

她從中午繪畫至黃昏，抹了抹額頭的汗液，皺了皺眉頭，看著白紙畫出與現實相差甚遠的蘋果，嘆了一口氣。

「好難啊……」她有些氣餒的把畫紙撕起，揉成球丟到垃圾桶，又開始新一輪的繪畫。

她搬了張椅子坐到病房門口，看著夕陽餘暉照耀的病房，光線有些微妙的不明不暗，空蕩的病房內所有事物安靜的佇立，房內是孤獨的橘色，卻也是光明的橙色。

她看了又有些頹喪，她連簡單的蘋果素描都畫不好，怎麼會還妄想畫大範圍的病房內部呢？

於是又坐回原味再次嘗試繪畫蘋果，每一次的素描都更用心更專注，更加注意細節、陰影、凹凸。

這時李恩妤從病房門口走了進來，她剛做完例行檢查，到外頭晃了一圈才回到病房。

「姐姐在畫畫啊？」眼尖的她立刻看見畫紙和桌上咬一口的蘋果，以及林語忻專注的眼神。

「嗯，是啊。」她沒有抬頭，生怕注意力一被拉走，手感就隨之消失。

李恩妤看見林語忻畫畫的時候，恬靜而優雅，時而蹙眉，時而舒展。讓人賞心悅目。

紙張與指尖的溫度彷彿融在一起了，手中的畫筆在橘色暖光中嬉戲。她抿著嘴，眉眼盡是認真。彷彿這一刻，她的一切就在這畫紙上。

由淺入深，細膩勾畫，此刻的她靈魂就置身在一場盛大的嘉年華中。

只見她正了正畫紙，輕撫紙張，神情專注的對著眼前風景細細的描繪，先用素墨勾勒，筆如行雲流水般，許是來了靈感般，墨筆沾染了衣服也渾然不覺。

李恩好看林語忻正專心致志，輕巧的回到了病床上，拿起了一本小說，假裝認真的看書，實質卻是偷瞄著林語忻。

李恩好是家中的長女，下面有一個弟弟一個妹妹，從小扮演著爸媽的好女兒，弟弟妹妹的好姐姐，所有冤屈通通自己消化，她能聽弟弟妹妹道出心事，自己卻得裝作堅強，裝作沒事。

可他們卻不知道，世上沒有所謂的堅強，堅強，只不過是咬破嘴唇換來的若無其事。好幾次都把扎的自己滿身傷的委屈吞下肚，然後換來的是滿身的痛不欲生。

遇到了林語忻，或許能說是她這輩子最大的幸運。林語忻溫柔理性。她像風輕盈，像水溫柔，像霧朦朧，像月浪漫，像日熱情，像海寬容。

喜歡看她眼底滿是繾綣詩意，看她為了自己生命，收斂起所有憂傷與不安，只為安然度過餘生，喜歡在月光下聽她纏綿的歌聲，像是洗滌了內心的塵埃，像任何一片歡喜都能成為暖意心底那份溫存。

她渴望有這樣的姐姐，能陪伴在她身邊，讓她放肆的在她懷裡撒野，渴望有這樣的懷抱及陪伴。

「恩好，該翻頁了。」李恩好正看著出神，卻忽然聽聞林語忻一句。

「嗯……啊。」她不知所措，手忙腳亂的翻了下一頁。

林語忻輕哂，抬眸注視臉頰微紅的李恩好。

「想看可以過來啊。」林語忻輕輕的喚著。

李恩好驀然驚喜，放下書本小碎步跑來。

林語忻仍在描繪那顆蘋果，時而伸出手比劃，時而用手指框住眼前景物，好像這樣就能把景物更清晰的描繪下來。

「姐姐，雖然我對畫畫也一竅不通，但是『水滴終可磨損大石，不是因為它力量強大，而是由於晝夜不捨的滴墜。』我知道妳最近那麼勤勞的畫畫是為了參加比賽，努力不一定會成功，但成功一定是有努力。」李恩妤替林語忻加油打氣。

林語忻回眸燦笑：「我知道了，謝謝妳，剛剛還氣餒的一度想放棄呢！」

「希望我的鼓勵有幫助到妳！」

「有恩妤的加持，我一定能更順利的完成這幅畫的。」

「姐姐現在還在練習階段吧，那比賽的素描要畫什麼？」李恩妤看著畫紙上成形的蘋果。

「嗯……我也在想欸，不知道到底要畫什麼好……？」林語忻苦惱。

「那……沒關係，姐姐妳慢慢想，不急，還有兩個月才交稿。」她數了一下時間。

「嗯，好。」

「對了，我跟姐姐說個好消息！」李恩妤藏不住笑意的嘴角上揚，像是迫不及待的要分享。

「醫生說我再一個星期狀況穩定就可以出院了。」此話一出，卻讓林語忻垂下眉，顯露隱隱悲傷。

「這樣啊……那很好啊！」隨即林語忻又強顏歡笑，彷彿剛才的哀愁不復在。

「姐姐妳是不是也很想出院……？」李恩妤看透了林語忻的表情，有些小心翼翼的詢問。

「當然啊，看著同病房的病友們一個個來了又出院了，心底是替他們歡喜的，但不知為何卻始終無法掩蓋過那份哀愁，為什麼大家都在慢慢變好，就我一個原地踏步，甚至微微的後退？」林語忻抿了抿嘴唇。

「妳不是準備做手術了嗎？醫生不是說做手術好起來的機率就多很多嗎？相信我，會慢慢變好的，我們都會陪妳。」李恩妤握著林語忻的手說。

「就算再怎麼痛苦也要撐下去，痛苦只是過度。」她又說。

「好啦，恩妤最會安慰人了。」林語忻笑了，感覺李恩妤就像她的妹妹一樣。

「那我繼續畫素描。」蘋果的雛型已經完成，剩下細部的陰影和深淺。線條與明暗可以融合成輕快的溪流，也可以碰撞出洶湧的波濤。

李恩妤持續在語忻身旁喋喋不休的分享，林語忻時而輕笑時而附和，病房內都是兩人的歡聲笑語。

這一刻，好像好好活著，也不是那麼困難的事。

自從吳易然從精神病院出來後，他明顯的感覺到，吳宥然變了。並不是外貌上有所變化，而是多了份往昔不曾擁有的穩重，他說話時變的慢條斯理深思熟慮，眼神也先確認過一遍之後才敢下一步動作，就連面對吳易然也帶著一些恭敬，一開始易然覺得是吳宥然終於看清了這混沌的現實，後來他開始慢慢覺得不對勁，吳宥然就這麼一夕間長大了。變的太多了。

「那個……你可以不用那麼恭敬，就和我放鬆講話就好了。」吳易然忍不住發聲。

「喔。」吳宥然瞄了一眼，肩頸才微微放鬆。

像變成另一個人似的。

「你……最近怎麼了？有發生什麼事嗎……？」吳易然小心翼翼的提問，他有種不是在跟自己親弟弟講話的感覺。

「沒事啊。」吳宥然淡淡回了一句。

「那你……為什麼要變成這樣，為什麼要把愛笑的自己偽裝起來？」

吳宥然猛地一震，雙目微微瞠大，但肢體沒有任何表現，依舊沉穩的令人害怕。

「是不是我又做錯什麼了？還是我說錯什麼話？還是我又給你添麻煩了？」吳易然看著又開始焦慮起來。

「哥，沒事，你冷靜，不是你的錯，和你沒關係。」吳宥然面對吳易然無奈又安慰的說。

「真的嗎？」

吳宥然知道吳易然最近焦慮的嚴重，時時刻刻像是繃緊的弦，任何一個人鬆手或背叛都能讓他焦慮致死，他當然不能在這時候又說些什麼讓他擔心。

「真的啦。」第二次，他真的快要無法再編造謊言，好想就這麼傾訴所有不甘，好想卸下偽裝出來的所有堅強。

儘管這本就不該是他要承受的。

看著吳宥然始終不承認，他不相信吳宥然自己沒發覺自己的改變，絕對是隱藏起來了。

就算再怎麼逼迫，恐怕吳宥然也不肯說出，吳易然只好作罷。

「聽說你這次考試有進步？」吳易然問。

「嗯對啊，校排五十，我想考高中，所以要更努力一點才行。」說到這裡，吳宥然總算綻放笑容。

「不會的問題還是可以問我的。」吳易然輕哂。

看吳宥然一臉遲疑，像是想觸碰卻又小心翼翼，吳易然終於忍不住說。

「我不是以前那個我了。」

「喔……好。」吳宥然怯懦的點了點頭，依然對他的改變不可置信。

應該說，兩個人都變了，都各自為了一個人而改變。

他不知道自己是否正在痊癒的路途上，但好像步伐愈漸平緩，不再崎嶇難行，偶爾一陣狂風將他吹落山腳，然後死了一遍又回到起始點重新來過，反反覆覆，他也攀爬了數千數萬遍。

三年了，終於要好起來了嗎？

吳宥然回到房間，將門鎖好，注意著外頭再無動靜後，便坐到自己的位置上，從書包拿出被撕毀的破爛的課本和散落一地的文具。

課本考卷無一倖免，不僅被潑上餿水，甚至被硬生生撕毀成白花花的碎片，幾乎無法拼湊起完整，還被麥克筆畫上令人厭惡的穢語，人身攻擊到髒話三字經都有。

吳宥然看著看著眼眶含淚，卻默默的將課本的殘破碎片撿起，拿出膠帶細細拼湊，然而眼淚卻無法控制的不斷滴落，整片被淚液滲透。

他憤而站起，把桌上的一排書本掃掉，掉落至地面發出沉悶的碰撞聲，像是他的心深深撞進石頭裡，很沉很沉，碎的乾淨，碎的澈底，留下來的是悠長的恨意。

然後拿起桌上唯一的鉛筆，攤開一張揉皺的紙，用力的把所有恨意寫到紙上，那些所有對他的惡言，全部抒發至紙上，然後再一筆塗滿黑色，好像這樣就能消除怨氣。

他不能哭，如果連他也崩潰了，家裡就真的沒有支撐了。

他跑到床上裹著棉被，耳裡塞入耳機，和吳易然相同的是，他們都用音樂阻隔外界所有吵雜的干擾。

這會是最後一次……他這麼祈禱著。

一個一如往常的清晨，吳宥然騎著腳踏車到學校，經過了早餐店買早餐，令人愉悅的是，老闆今天心情異常的好，還幫他的蛋餅多加了一顆蛋。

教室在遙遠的四樓，每天早晨體力活的爬了四樓，卻在踏進教室的剎那被眼前的一切震懾。

所有人圍聚在黑板前方，本該是墨綠的黑板上寫了斗大的字，旁邊畫滿了刀子、槍枝等危險物品，一群人嬉笑著，神氣囂張跋扈，手上的各色粉筆為黑板增添了顏色，可看在吳宥然眼裡卻是無盡的黑。

吳宥然的爸爸是殺人犯

他鬆手，手上的早餐掉落地面，裡面的紅茶汩汩流出，像是殷紅的血，像那天落了滿地的紅，沙漏裡的生命也這樣隨之流失。

一轉頭，佈告欄上釘滿了各式字樣，還用吳宥然的黑白證件照當作監獄囚犯拍照，上頭大大寫著：

這種人就該被逐出社會
吳宥然是殺人犯的兒子
殺人犯的兒子不要太靠近

「吳宥然，喜歡我們送給你的驚喜嗎？」男孩一臉痞子樣，一腳跨在椅子上，像是黑社會老大。

吳宥然沒有說話，握緊拳頭全身氣的發抖。

訕笑的幾乎都是男生，幾個安靜的女生默默坐在位置上沒有發聲，剛好班長也不在教室，於是便成這番吵鬧景象。

「喜歡應該要開心啊，對不對，殺人犯的兒子？」叫向昊的男孩跳下椅子站到吳宥然面前，玩弄的拍了拍吳宥然的臉頰，吳宥然嫌惡的撥開。

「殺人犯的兒子是不是也會殺人啊？唉呦，我好怕喔。」另一個男生故意的調侃，所有人跟著大笑。

吳宥然氣得轉身要走，身後突然傳來向昊的叫聲，「欸，不要走那裡！」

他沒有回頭，逕自往前走。

一桶水從天而降，吳宥然眼前頓時被冷水遮蓋，全身濕透，髮梢還滴著水。

後頭又是一陣笑聲：「不是跟你說了不要走那裡嗎？」

肩頸一痛，向昊丟了一顆棒球擊中了吳宥然的肩頭，一個眨眼，眼前出現了十餘顆棒球，還未反應過來，全身被重擊，就連臉部也無一倖免。

吳宥然吃痛的跪地，那種痛就像有人狠狠把他的心挖出來，在他的心上扇了一巴掌。

他幾乎快克制不了怒火，從地上爬起後直直往向昊衝去。

兩個彪悍，或是說向昊的手下一左一右的擋在痞子的前方，活像電視上的那種黑道。

「欸欸欸，敢碰我們老大？」他們拿球棒擋住，不讓他靠近向昊。

向昊得意的笑了。

「你們在幹嘛！」班長和風紀從門外走了進來「為什麼把教室弄成這樣？」

他們開始撕下佈告欄上的張貼，而向昊還嬉皮笑臉的：「哎呀，玩玩而已嘛。」被班長瞪了一眼。

隨後班導也進來：「向昊，你是第幾次捉弄同學了，再一次我就記警告了，其他人也是，不管男的女的。」

向昊聳聳肩，一副無所謂樣：「沒差，我又不怕記警告，要記就記吧。」

倒是其他人很有自知之明，迅速把黑板和教室恢復原樣後，各個避之而走。

班導瞟了一眼，轉過身對失意的吳宥然說：「你跟我來一下。」

吳宥然既是傷心又是生氣，連掉落的早餐也沒撿起便奪門而出，恨不得不要待在教室，這滿是嘲諷與譏笑的空間。

「老師知道你家的狀況目前很拮据，知道你也很辛苦，雖然不知道是誰將訊息流傳出去的，但老師會幫忙你，一定會讓那個傳出流言蜚語的人得到教訓。」

「現在就好好準備考高中的事。」班導也知道吳宥然最近特別有上進心，就是為了考上公立高中不為家裡經濟增加負擔。

「還有下次被人欺負了，不要出手，趕快來找老師，萬一還手了變成一發不可收拾的局面就不好了。」

「知道了。」

吳宥然走回教室，心裡五味雜陳，他從來沒有跟任何人說關於爸爸的事，為何到了今天卻流傳出來。他恨向昊及他的手下，也恨那些冷眼旁觀的同學，一場霸凌就在眼前活生生上演，他們竟然木訥的連選邊站的反應都沒有，就像是看待極其平常的事件，唯一慶幸的是明理的班長仍站在他那邊。

早餐被人撿了起來放在桌上，班長正拿著拖把清潔那塊紅茶汙漬，吳宥然走了過去，向班長道謝：「班長謝謝你，剩下的我來吧。」

「沒事，我也看他們不順眼很久了。」班長把拖把遞給宥然，吳宥然自己一人賣力的清掃著。

上課鐘響，所有人回到座位，吳宥然也清掃完畢，這節是數學課，老師總是會在上課鐘響準時出現在教室門口。

斜後方傳來逼人的視線，吳宥然就知道，他的惡夢從現在才正式開始。

中午午餐時間，吳宥然拿了餐盤裝飯，回到座位上，卻覺得座椅上一陣濕涼，他起身查看，發現一灘水從書包底下流出，漫延了整個座椅。他打開書包，裡頭被灌了水，書籍被浸濕，所有東西都泡爛了。只是漠然的看了一眼，吳宥然將書本拿出和書包一起拿到走廊上曬乾。

四周都是譏笑聲。

恐怕所有人都看見了，但始終沒人願意出來為吳宥然辯護。

從今天開始，他成了特立獨行的異類，看著身旁的成群結隊，自己卻孤身一人，到處是鄙視的眼神，像要用視線把吳宥然貶低到一文不值。

吳宥然乾脆不吃午餐，將午餐全部倒掉後，自己一個人來到學校椰林樹下，倚著堅硬的樹幹，葉片摩擦，從縫隙中透出一點陽光的溫暖。

雲總在不經意間變換模樣，小片雲聚集而成，光線滲透，他手指圈成圓，瞇眼細看，緩緩的卻沒了光亮，大片烏雲密佈，僅在須臾間，僅存的潔白消失無蹤。

烏雲劫走了光明，陰天繚繞不散的雲也沉積在他心裡。

他在樹下躺了好久好久，朦朦朧朧的不知睡了幾輪。

「吳宥然，你在這裡多久了？」一個清澈的聲音在樹幹後響起。

「上課很久了，趕快回去吧，你已經被老師記曠課了。」班長站到吳宥然前方。

「喔，好。」吳宥然皺了一下眉頭，但還是乖馴的跟著班長離去。

回到教室，眼前的一切並沒有震驚他很久，他的課桌椅被獨立移到教室後方，抽屜被塞滿了垃圾，桌面上還被用粉筆寫上骯髒的詞語。

社會敗類不該存在世界上
吳宥然爸爸是雜種是殺人犯
同意殺人犯判處死刑

「吳宥然你跑去哪裡，已經超過上課時間了知道嗎？這節記你曠課。」英文老師拿著點名簿劃記著。吳宥然緘默著，卑微的不能再卑微，弱小的彷彿一腳就能踏死的螞蟻，掙扎的要死而復生，最後澈底壓垮他的，竟只是一個眼神。

那種視眾生為邈物的眼神。

吳宥然沒有將座位移回原位，反正從踏進教室的那刻起，他就與世界脫節。只是稍微清理了座位，然後便坐下來聽課。

上課到一半，前方投來一個紙球，他原本沒打算打開察看，但他第一次感到畏懼，對於向昊的眼神，眼裡滿是戾氣和腥紅的殺意，好像他再不打開，就會遭逢最惡毒的報復。

紙條上只有一行字，卻在打開的剎那整個人愣住了，他知道，他注定逃不過這宿命。

放學後，學校回收站見。

14

「我愛你，但我想愛的是你的靈魂，不是那個連你都討厭的自己。」

他逃跑了。

遙遠的看到人高馬大的向昊及跟班，他想也沒想的轉身就跑，從校門口踩著腳踏車直奔家中。腦裡滿是向昊要脅的畫面及聲音，他不知道他的做法是否正確，會不會根本躲過初一躲不過十五，到最後反而又是反效果。

可是他不想啊，他不想就這樣成為向昊的俘虜，成為他的傀儡，任由他操控，任由他玩弄。

回到家中氣喘如牛，心臟劇烈的跳動，有些負荷不了。他害怕的把自己鎖在房間裡，總覺得他們一直跟蹤，一直像陰魂不散的鬼魂附著其後。

吳易然還沒回到家，此時的他就像頓失了所有的安全感，他的身材矮小，無助柔弱，才歷經一天，便造成他無邊的恐懼。

又在自己房裡待了一會兒後，吳宥然走出房門，看向對面吳易然的房間，他的桌上滿是吃藥剩下的鋁箔紙，他就知道吳易然又吞藥了。

在這種時候他可不能倒下啊。

他站到鏡子前，努力拉起嘴角佯裝微笑，嘴裡發出單音節，片段的不成句的笑聲。臉上的皮膚漸漸腐爛，漸漸潰爛成破碎的表皮，像個蛻皮的生物，他給自己戴上了一副新的面具，更堅固更堅不可摧。

他還要努力成為哥哥的光。

隔天，吳宥然步伐沉重的走上樓梯，什麼時候開始，踏入教室竟然是如此艱難的事。

他站在門口，不敢想像進了教室是否又會先遭冷水洗禮，迎面而來的又是褻瀆的言語，或是生理上的疼痛。

硬著頭皮踏入，彩帶從兩旁射出，本該是輕盈的彩帶，卻讓宥然感到重物襲擊，摸了摸頭髮才發現，是黏膩的雞蛋，全身瀰漫著臭雞蛋的味道，蛋液沿著臉頰滑下。

「吳宥然，今天特地為你準備臭酸的雞蛋喔！昨天竟敢放我們鴿子。」向昊說著，又用力砸了一顆雞蛋。

「啪！」

吳宥然將手上還裝滿可樂的鋁罐奮力丟向向昊，可樂在空中劃出完美的拋物線，更有重量的擊中向昊。

「你們有完沒完啊，我爸坐牢礙到你們了嗎？」吳宥然不耐煩的吼著。

「喔～殺人犯兒子生氣了，有夠玻璃心哈哈哈哈。」不料這一怒吼竟又興起了向昊的玩物心態。

「到底是跟你有什麼關係？就因為我是他兒子，你們就這樣處處針對我，我到底做錯什麼啊？」吳宥然委屈的大喊。

「誰叫你要當他兒子，你活該。」向昊依然嗤之以鼻。

「那我寧可不要有這種爸爸！」

吳宥然使勁全身力氣將這句話喊出，隨後逃出教室，全班都被震懾住。

他跑到廁所，盡情的大吼，好像這樣一叫就能把所有怨言傾吐而出。

眼眶是炙熱的，像是被煙燻過後的乾澀。

他不停捶打著廁所的牆壁，一下一下，把自己比起別人，比起哥哥，微不足道的哀怨和痛苦捶在牆上。

外頭突然一陣笑鬧，吳宥然聽得很清楚，那是向昊的聲音，他看著廁所門縫站著一雙腳，輕浮的笑著「真遜」然後轉身離去。

「咖！」臨走前，聽見自己門前一陣騷動，像是用掃把擋住了門口。

他轉開門鎖，果不其然被卡死。吳宥然無望的沿著牆壁滑下跪坐地板。

就因為我是爸爸的兒子嗎？

那我寧可不要有這種爸爸！

沒有人來找他，他這樣消失了一節課，好像他本就不該存在。一直到了下一節下課，才被別班同學放出來。

他原本想找老師的，可是想到老師昨天臨時宣布家中有事，要請一個月的長假。

吳宥然聽到眼神更幽暗了，難道他就要這樣如地獄般的過一個月嗎？

深怕再受到更不可理喻的對待，他這次準時赴約了。荒無人跡的學校回收場，向昊及兩個跟班，拿著球棒虎視眈眈的盯著吳宥然走來，一步步都是懼怕，都是由心而生的恐懼。

「終於來了啊。」

「有什麼事嗎？」他試圖讓自己看起來堅強，試圖讓自己不要顯得太倉皇。

「也沒什麼事啦，就只是想叫你學一下狗。」向昊歪著嘴邪笑。

吳宥然沒有大吃一驚，因為他知道向昊若是喪心病狂到極致，連這種事都說的出來。

「像個狗一樣叼個垃圾吧。」向昊指了指堆積成人高的回收。

這對於吳宥然簡直是天大的羞辱，他當然不願意就此屈服，硬是不肯蹲下身。

兩個跟班立刻上前，以力量壓制，讓吳宥然跪倒在地，順勢用球棒敲打宥然的雙腿。

「狗狗快跑啊哈哈哈！」三人大笑著，像是在看什麼有趣的畫面。

吳宥然忍氣吞聲，不停的對自己說：「撐下去就好，沒事的。」

他緩慢的爬向回收堆，挑了個看起來較乾淨的瓶子，用嘴叼給向昊。

心裡的自己不斷問著，為什麼不逃跑，像昨天一樣趕快逃跑就好了。可是實在太過畏懼，深怕再一次的逃跑換來的是更重的傷害。

「乖狗狗。」向昊滿意的點點頭。

「明天一樣放學來這裡。」他拋下了這句話轉身離去。

吳宥然從地上爬起，拍了拍身上的灰塵，忍著腳上劇烈的疼痛，騎著腳踏車回家。

「那個……你可以不用那麼恭敬，和我正常講話就好。」

「喔。」

要微笑。

「你……最近怎麼了？有發生什麼事嗎……？」

微笑。

「沒有啊。」

「那你……為什麼變這樣，為什麼要把愛笑的自己偽裝起來？」

剎那間，笑容全部消失了，無論真的假的，在一瞬間消滅。

原以為，假裝的很完美的。

「是不是我又做錯什麼了？還是我說錯什麼話了？還是我又給你添麻煩了？」為了不讓哥哥擔心。

「哥，沒事，你冷靜，不是你的錯，和你沒關係。」他竭盡所能的安慰。

「真的嗎？」幾乎要潰堤。

「真的。」

他開始祈禱明天不要來臨。可惜世界仍照常運轉，不會因他一人的祈禱停止，而該來的終究會來。只是誰也沒想到，他還是讓哥哥擔心了。

才一個星期，吳宥然就覺得度日如年，而在那一天，他終於忍受不了恥辱。他撐起了心中所有的脆弱，這次他不再唯唯諾諾，他怒氣沖沖的走向向昊，向昊一看還高興。

「裝死那麼多天終於要覺醒了……！」

「啪！」話還未說完，向昊頭被重擊，被吳宥然狠狠打了一下。向昊也不遑多讓，立刻一記重捶打中吳宥然的肚子。

「小綿羊發威了啊！」向昊聲音裡滿是挑釁。

「你聽好了，我爸是不是殺人犯跟你沒有關係，你不要多管閒事，他的事我自己處理，因為他是我爸！」吳宥然一面出拳，一面咬牙切齒的講。

「唉呦，前幾天不是還撇清關係，那麼快就反悔了啊！」向昊也不斷毆打吳宥然，兩人在地上翻滾。

「對，因為他是我爸，因為他不管怎麼樣我還是愛他！」向昊重重摔落地面。

「同學！快住手！不要打架！」學務主任經過看到這幕景象，連忙趕來制止。
兩人嘴角都滲出一些血，各自都有重創的部位。
「你們兩個跟我來學務處！」
主任嚴厲譴責兩人，甚至還鬧到要叫家長來，因為打架可是違反校規，必須記大過一支。
「要請你們家長來一趟！」聽到這裡，吳宥然低下頭來。
「宥然，你哥哥方便過來嗎？」主任問。
「不知道。」吳宥然淡淡回。
「還是請你哥哥明天過來一趟吧。」
吳宥然不想要給吳易然帶來麻煩，連忙拒絕：「還是算了吧，他還要上課。」
「那不然你有其他親戚能過來了解狀況嗎？」
吳宥然沉默了，如果要說，其實大伯是可以的，但他同樣不想讓大伯這麼跑一趟，於是改口。
「那還是哥哥來好了。」

晚上，吳易然接到了電話，什麼也沒說就答應，原本吳宥然已經做好被審問的心態，但沒想到吳易然只是放下手機，輕輕嘆了口氣。
「抱歉，最近太忙了，都沒時間好好聽你說話，你一定也有冤屈吧？」
吳宥然驀然感到心暖，他支支吾吾的想表達什麼。

「我……我……」

「慢慢說，我在聽。」短短幾字，像給了吳宥然強心針。

他終於將這一星期以來的委屈傾訴而出，過程中雖然哽咽，但仍堅強的不肯掉下一滴眼淚。

聽完了來龍去脈，吳易然深吸一口氣，調整呼吸說：「沒事的，到了明天，我們的冤屈都會被聽見，只要實話實說，除了你主動打人這部分，其他你是沒有錯的。」

「我會跟你去學校討回公道的。」

隔天，吳宥然和吳易然並肩著，不知有多久沒有這樣並肩著走這一段路。

他不再害怕著踏上長長的階梯和教室，而是轉往行政大樓的校長室，此刻的他腳步不再拖泥帶水，心情也平穩。

向昊的家長已經在校室等候，在場有兩人的班導，學務主任，向昊的兩個小跟班，還有校長。

「事情經過都已經聽說了，事實上是向昊這邊有錯在先，先用言語及行為霸凌他人，屢勸不聽，宥然才會出手打人，這樣的敘述過程有爭議嗎？」

學務主任問兩人，兩人都搖頭，而向昊更是臉色鐵青，應該是對爸媽的管教十分畏懼。

「向昊，你是不是有做潑水，毆打，反鎖廁所門的作為？」主任問。

向昊低著頭輕輕點了一下，在爸媽面前不敢張狂。

「宥然你是不是先打向昊？」吳宥然也點了一下頭。

「因為向昊事先挑釁，屢勸不聽，記予警告兩支，宥然也因毆打同學，但由於是初犯，記警告一支。」主任宣布。

「那個老師……？」吳易然發聲。

學務主任示意吳易然講話：「宥然他是要考高中的人，記警告恐怕會影響操行成績，可否讓他做其他處罰？」

學務主任回應：「宥然的確也是有錯，如果要考慮到操行成績，可以讓他功過相抵，或是校內服務累積時數來消除警告。」

「好的，那我們知道了。」吳宥然自己聽到也心裡有數。

兩人率先離席，臨走前還聽見校長室傳來女人的謾罵聲。

「你這個死小孩，整天只知道欺負同學，是怎樣他有惹到你哦？為什麼講人家壞話？你今天不給我好好講出一個理由，我就不讓你回家！」氣勢如虹，連吳易然也忍不住噴笑出來。

「哥，謝謝你還特地請假來陪我。」

「以後有事要說，不要一個人憋在心裡，知道嗎？」或許是因為為了吳宥然打了一場勝仗，吳易然現在滿臉喜悅。

「知道了。」

「晚上陪我去看醫院回診吧。」

「好啊。」吳宥然難得那麼爽快的答應。

現在吳宥然不再僅是吳易然的光，他們是彼此互相映照的光芒。

夜燈繁華的城市，車水馬龍，城市的川流不息人潮如罐頭裡的沙丁魚找不到縫隙，彷彿一轉身便能感受到旁人黏膩的鼻息。

醫院滿是刺鼻的酒精味，不常到大醫院的吳宥然不免皺了下眉頭。

「你在這邊等，我進去診間。」吳易然囑咐著。

診間前的椅子全被病患坐滿，吳宥然手足無措的站立著，幾乎只花了一秒的時間，便決定轉身四處遊蕩。

他晃到了長廊上，看著牆壁上貼著一個個醫生的照片及簡介，細細讀過，淺淺的烙印在腦袋裡，而有位年輕帥氣的醫生吸引了他的注意。

醫生姓章，是身心科主任。

想必就是哥哥的主治醫生吧，吳宥然想著。

端詳了幾眼後繼續探索。

他晃到了大廳，晃到了急診室，今日的急診室依舊人滿為患，他小心翼翼不給人任何麻煩的穿越。

驀然，有人點了點他的肩。

吳宥然迅速回身，看見的是一個比她高的女孩，正掛著點滴，穿著病人服。

「你是……？」

話還未完，對方便問：「你是吳易然的弟弟嗎？」

吳宥然一臉愣然，過來一會兒才點頭。

「不知道你哥有沒有跟你提過我，我是她朋友，林語忻。」

吳宥然思索了一下「你是哥的女朋友吧？」

林語忻霎時臉紅，害躁的回：「你不要聽他亂講。」

「只是稍微提過而已。」

「我們聊聊吧，既然都遇上了。」

「好啊沒問題。」

「你哥……最近還有在提不想活的事嗎？」吳宥然聽聞，深吸了一口氣，沒料到話題開啟便是這般嚴肅。

「我感覺他的狀況在慢慢變好。」

「你真的了解他嗎？」

吳宥然沉默了，他沒有開口說一個字，不管是實話還是謊言。

「其實一直以來我都不知道他腦袋裡到底在想什麼，他從不主動提出，總是以為隱藏就能不讓別人擔心，我根本猜不透現在的他。」

「你知道嗎？他不是慢慢好起來，他將焦慮的眼淚藏在日子的每個細節裡，其實只要用心去尋，就能看見他的心是多麼的腐爛。」

「以前我一直以為，他的憂鬱全是假裝的，只是為了博取他人的同情及關注，我痛恨他不斷的將憂鬱當作藉口，明明不是他的錯，卻拼了命的道歉。」

「他只是在求救，在深海裡沉溺的同時，只是希望你能回頭看他一眼。」林語忻溫溫柔柔的說。

「我知道你很難、很累，但請你讓他好好活著。」

聽到活著這兩字，眼淚就像打開的水龍頭不停泉湧而出。

吳宥然難受的低吼：「我真的好累好累，每天承受他隨時可能離開的衝動，我要時不時拉著他，真的很怕他的墜落就像走樓梯那般簡單，或許他根本就沒有把我當作是他在世界上的眷戀。」

「他有。」

吳宥然一乍，不可置信：「怎麼可能。」

「你有發現他最近的變化嗎？他不再冷淡，不再漠然，變得溫柔體貼，不是遇上我而改變，而是你，只因他的心裡有一份你的位置，而遍體鱗傷的他不想你也受傷。」

宥然他承受的夠多了，我不想他再失去更多，不想他再受傷。

「雖然我並不能給溫柔下一個很明確的定義，但我想溫柔的人一定是心裡充滿了溫情，眼裡寫盡了柔情，不吝嗇自己的愛，願意與他人分享的人。」

「他很在乎你的。」林語忻輕輕的落下這句話。

而吳宥然早已泣不成聲。

想起早上吳易然才陪伴他度過一場審判，他那時就沒生氣，只是滿眼心疼的望著他。

「我該走了，希望我們以後還能遇見，記得我剛剛說的話。」林語忻揮了揮手，微微一笑離去。

吳宥然看著林語忻離去的方向，也笑了。

「吳宥然，不是叫你在外面等嗎？怎麼跑來這裡？」吳易然雙手抱胸，聲音略顯責備。

「啊……沒有啦……就晃一晃。」

「你幹嘛哭？」吳易然突然問。

「沒有啊，過敏而已啦。」吳宥然擤了擤鼻涕。

「喔。」吳易然狐疑，但沒多問什麼。

「走吧。」

從上次回診結束，他好像陷入了一種真空的狀態，飄浮在宇宙中找不到軌道銜接，偶爾被銀河間的隕石砸落，看距離遙遠的地球感嘆。

他什麼時候能回到正常生活。

僅僅平淡的情緒也罷，從前那個自己，何時歸來？

他開始覺得全身無力，連近在咫尺的藥丸也沒力氣碰觸，連讓自己好起來的動力也殆盡，覺得自己像顆洩氣的皮球，無論外界怎麼填充氣體，還是從破洞的一處洩漏而出。

他又開始陷入自我懷疑及矛盾中，開始否定自己的錯在，開始誤認自己的錯誤，開始覺得一切都無望，好像又回到病情初期，那個無能為力的自己。

安眠藥的作用消失了，他又回復到那個在被褥中擱淺，輾轉難眠的像個待宰鹹魚，然後像隻精神奕奕的夜貓，儘管疲憊早已滲透到骨子裡頭，那是靈魂深處的倦意。

他整日倒臥在床上，像陷入黏膩的泥淖中，盯著白色的燈光，吳宥然三番兩次的來叫他，他仍像個扎根在叢林間的一棵樹，就這麼安靜的佇立著，眼神空洞的。

上學日，吳易然反常的拖到了最後一刻才醒來，慢條斯理的收拾東西，動作如樹懶般緩慢，吳宥然實在不解，這幾天的他是怎麼了？

在鐘響前一刻踏進教室，老師的目光圍著他流轉，將他上下打量了一番，像是在看一個特立獨行的生物一般。

從生病的那刻起，他們的眼神就變了，變的不一樣了。

那是來自左心房深深的失望，像是看著繁花片片凋零，而無能為力無法挽回些什麼。像是看著雪融，春意來臨，本該欣喜，卻嘆息著寒冬的離去。

無奈，望進眼眸最多的情緒。

眼裡滿是對於疾病，對於吳易然的無奈，他們輕描淡寫的帶過，卻在吳易然心上烙印的深刻，彷彿期盼已久，卻遲遲不見效用，不見好轉。

同學之間或多或少都知情，卻各個帶著不同的眼光，有的不屑，有的厭惡，有的事不關己，有的同情。憐憫，或者該說同情。

他們不知道的是，可能僅僅一個眼神，也能成為讓他致死的共犯。

吳易然的座位在班上角落，他必須時常離開教室到輔導室，為了避免影響同學上課，他選擇了那個靠窗的位置，還能看見四樓的高度是多麼高，視野多麼遼闊。

才剛坐下沒多久，吳易然就感到心跳不斷加速，他原以為是自己換氣過度導致，試著平穩呼吸，卻沒有減緩，甚至伴隨著一陣陣的心悸。

開始覺得頭暈目眩，他緊抓著椅子邊緣，覺得自己像站在一根緊繃的線上搖搖欲墜。

他捱了整整二十分鐘，到了下課，同學起身四處走動，每個同學擦肩而過，站著與坐著的距離壓迫，都讓他感到呼吸困難。

他大口大口呼吸，卻引來同學側目，犀利的眼神一望，又更帶給他壓力。

「吳易然！」張庭愷從教室前端大喊。

吳易然正覺得救星來臨，卻發現聲音的來源遠至教室講台上，他的視線必須穿過中間無數的同學。

手部劇烈顫抖，藍筆掉到地上斷了水，他連好好的握住筆都做不到，一再的從手掌間滑落。

毫無由來的恐懼油然而生，身體像是在乘坐刺激的遊樂設施，那個俯衝而下的瞬間，那種不舒服的心悸感。

「吳易然？吳易然？你還好嗎？」吳易然正低著頭努力調整這不適，張庭愷卻湊到他面前，一雙眼睛在他身上打轉。

「張庭愷……你陪我去輔導室……好不好？」吳易然斷斷續續氣若游絲的說著。

「你……怎麼啦？」張庭愷察覺不對勁，關切詢問。

吳易然不想解釋太多：「可不可以？」

「當然，沒問題。」

他艱難的站起，雙眼前發黑，烏黑的像被什麼巨大的東西籠罩，然後憑空出現了數以萬計的小格子，把眼前的一切切割成塊狀，頭皮發麻的同時暈眩不絕。

張庭愷見狀要攙扶，才剛碰到吳易然的手臂，他卻像個潔癖的人碰觸到骯髒東西一般猛烈的彈開，其實心裡滿是歉意，只是狀況實在不好他連一句話也說不出。

張庭愷不明所以，但也隱約知道他不想要別人碰觸他，便什麼話也不說默默跟在身後，直到將他轉接給輔導老師，才轉身離去。

實在難耐的不舒服。

他很想扯開喉嚨大叫，身體裡像有數以萬計的螞蟻正在啃食他的靈魂，他的身體不斷撞著牆壁，好似這樣就能平息螞蟻逃竄的腳步。

情緒也跟著低了下來，當憂鬱症又發作時，吳易然總是會將自己蜷縮成一團，好像再把自己抱緊一點，戰慄就會沒那麼明顯。

就這樣緊緊環抱自己，又過了十分鐘，這已經是第五個十分鐘，終於感到死亡的威脅減少了一些，他筋疲力盡的倒在輔導室的牆角。

「這種狀況是第一次嗎？」輔導老師問。

吳易然微微點頭，他連說話的力氣也全然盡失，像沒關好的水龍頭，水涓涓的流出，最終流失掉一整桶的水。

「下次回診跟醫生說說你的狀況，明明感覺要好起來了，怎麼又掉下去了呢？」輔導老師也十分苦惱。

「這就是薛西弗斯式的輪迴啊。」

希臘神話中，薛西弗斯被懲罰將一塊巨石推上山，而石頭到山頂後會翻滾回原處，他將永遠重複著推石頭的行為。雖然薛西弗斯深知推石頭的無意義，但他堅持著，他以此作為對諸神和命運的反抗。

他也正與憂鬱症做反抗，三年下來，他深知一個道理：「只要相信，就已經是在好起來的路上了。」儘管病發的他們，可能連當初的信念及承諾也忘卻。

在這名為「生命」的遊戲中，雖然偶爾還是會想暫停某個糟糕的瞬間，也曾經試著登出遊戲，但他仍在這遊戲中戰鬥。

他總抱著一個承諾，和一顆總是善良為人的心，在生與死的分界痛苦不堪。其實他是多麼的愛那個女孩，也放不下吳宥然，就因為他們緊緊繫著與他的羈絆，他不敢就這麼輕易離開。

原本就只是想安安靜靜的離開，不扯進任何人，於是剛開始拼了命的摧毀與人的關係，不想讓他們承受失去的痛，不讓自己成為累贅，然而後來才知道無論如何，還是有人愛他，愛那個連他都討厭的自己。

「你需要自己一個人靜一靜嗎？」

「要。」吳易然閉目養神。

「好，有事再來隔壁找我。」輔導老師叮囑後走出輔導教室。

教室是密閉的，沒有一扇能透進暖陽的窗，只有一張沙發，空氣是冰冷的，嗅不太到剛才有人存在的氣息。

像醫院保護室一樣。

他最終還是被關在這裡，吳易然輕輕嘆氣。

回診時把那天他所有的痛苦告訴醫生，醫生說那是恐慌症和社交恐懼，看著病例單多出了兩行字，吳易然並沒有訝異太多，只是輕描淡寫的表示知道了。

心情還是有點鬱悶，他繞到林語忻的病房，開門進去卻讓吳易然頓時愣住。

今日的她比以往更加憔悴，病床上傳來輕微荏弱的聲音，陽光明媚的照在她的臉上，她變得更加消瘦，瘦小的身子在偌大的病床上，輕輕的吐息。

「你來了。」才剛講話，便被劇烈的咳嗽聲打斷。

「感冒了？」

「醫生說，心律不整會讓抵抗力變弱。」

吳易然的視線落在桌上的藥盒子，五顏六色的藥丸和插在手上無數的針孔，她怎麼能忍受這種折磨？

他拿起帶來的蘋果，握著小刀專注的削著。

「你別削了，我吃不下的。」

吳易然沒有回話，儘管他什麼都知道，還是得做些什麼讓自己試圖平靜。他沒敢看毛帽下的頭髮，是否稀疏的快要變成荒蕪的沙漠，也沒敢看她的眼睛，因為眼裡滿是脆弱。

這麼痛苦的情況下，林語忻竟然還保持著溫柔。

「易然。」她輕喚。

「嗯？」

「我們都不要再討厭自己了好不好。」

吳易然停下了手上的動作，靜靜的看著林語忻的胸口，那個心臟有些缺陷而瑕疵的位置。

「我愛你，但我想愛的是你的靈魂，不是那個連你都討厭的自己。」

「我曾經也是那麼討厭自己的身體，心臟病就像顆未爆彈，時時刻刻都在崩潰邊緣，死亡壓的我喘不過氣，可是啊，儘管世界那麼的不溫柔，無法待我如初，我還是要好好愛自己啊。」

人間不值得的時候，就讓自己成為值得吧。

「還想念嗎？」吳易然淡淡問了一句。

就這麼幾個字，林語忻也知曉吳易然想表達的意思。

「還想念，很想很想。從來就不是放下了，只是暫時成功戰勝了悲傷。」

「時間不能讓自己止痛，也不能忘記痛，而是漸漸的習慣痛。」

吳易然滾燙的淚水落下。

「易然，別哭。」這是第一次吳易然在她面前落下了想念的淚水，她只是伸長手，替吳易然將眼淚抹去。

別哭。

我愛你，但我想愛的是你的靈魂，不是那個連你都討厭的自己。

15

「若此生運氣只夠與你相遇，餘生僅有福氣用來祝福你。」

今天是林語忻堅持素描的第十天，憑著記憶中國中美術課老師教的手法，剛開始還有些生疏，總是畫了一筆，擦了兩遍，第十天，蘋果總算變得圓潤而完美。

「恩妤，幫我一個忙好不好？」林語忻翻開了一頁新的畫紙。

「可以啊，什麼事？」呼喚即到的李恩妤熱忱的說。

「幫忙當我的模特兒好不好？」林語忻輕哂。

「姐姐妳要把我當素描對象嗎？」李恩妤興奮的說。

「是啊，畫畫看人物，看能不能成功。」

「妳坐著就好，我想要畫側面圖。」林語忻指使著。

李恩妤搬了一張椅子，坐在離林語忻不遠的地方，側臉看向窗外明媚的光。

「姐姐……現在跟妳聊天會不會打擾到妳？」才坐下五分鐘，李恩妤便耐不住過度的靜謐，禮貌的開口詢問。

「不會啊，我可以邊畫邊跟妳聊的，沒關係。」林語忻淺淺的揚起微笑。

「姐姐我真的好喜歡妳喔，覺得姐姐是個溫柔的人。」

林語忻抿著嘴，眉頭微蹙，眼眸裡盡是認真，卻不忘豎起耳傾聽。

「妳錯了，我沒那麼溫柔。」李恩妤凝視著林語忻像是聽到什麼不可置信的內容。

「我只是比較安靜、膽怯、順從，『看起來』比較溫柔而已。」林語忻無奈的搖了搖頭。

「可是，我覺得只要帶給別人溫暖的人，都是溫柔的人，姐姐的言語就是這樣。」李恩妤說出自己的見解。

「我說了什麼讓妳覺得溫暖？」

「像妳常常說，要做個溫柔而謙遜的人，一定是真情流露才能給人共鳴啊！」李恩妤笑意滿滿。

「原來是這個，謝謝妳一直記得我的話。」

林語忻對李恩妤微笑，然後繼續完成畫作。

她想畫出觸動人心的素描，她想透過人物或風景所表達的，不是傷感的憂鬱，而是真摯的悲傷。

「姐姐妳……喜歡易然哥吧？」李恩妤輕輕問，卻重重敲擊林語忻的心靈。

這次的比賽主題已悄悄在她心中落定，正是吳易然。

「對啊，我喜歡他，很喜歡。」

那個自己滿身傷痕的男孩，還不忘替別人擔憂，不忘顧慮他所愛的人，或許也是一種溫柔吧。

有些愛如鐫刻銘心的印記，就像海枯石爛終是永不垂歿。

不用多說什麼，李恩妤也明白，僅僅見過幾面，她便知道兩人深深的愛意。

若此生運氣只夠與你相遇，餘生僅有福氣用來祝福你。

這輩子，能遇到你，這就夠了。

第十五天，她趁著吳易然來探望她，偷偷拿起手機拍了幾張照片，紀錄下他的樣貌，好繪下他的側顏。

「怎麼？今天怎麼一直看著我？我臉上有東西嗎？」吳易然一臉狐疑，從剛才進到病房便是一股視線緊盯。

「啊……沒有……」林語忻心虛道。

吳易然突然停頓，凝視著林語忻的眼眸，像是要把她整個人看透。

「妳剛剛就是這樣看我的。」林語忻被看得渾身不舒服，抬手覆住了他的眼睛。

「知道了知道了，真的沒事啦。」林語忻趕緊撇清，轉移話題。

「今天看起來蠻有精神的，要吃蘋果嗎？削給妳吃。」吳易然從袋子裡拿出兩顆蘋果。

「我……」林語忻吐出了一個音節，卻遲遲不肯把話接下去。

她轉動著眼珠，像是在猶豫什麼，然後揮了揮手，把吳易然叫到身旁，附耳輕語。

「我想喝紅茶，一個月沒喝了。」

吳易然笑的開懷：「知道了，我下樓幫妳買。」聽聞，林語忻像個拿到糖的小孩，開心的手舞足蹈。

其實她更想念的是吳易然身上淡淡的咖啡味，和他親手沖泡的紅茶，總是能讓心情平靜下來。

趁著吳易然下樓買咖啡，林語忻看著手機上的照片，那個向著光微笑的男孩，專注低著頭削蘋果的他，他緊蹙著眉頭，卻不經意對到鏡頭的模樣。

她拿起紙筆，開始新一輪的畫作，這次的作品完成是要交稿的，林語忻不免有些緊張。

素描是最基本的繪畫活動，在一個平面上留下一個筆跡，或是畫一條線段，都會立即改變那個平面，給中性的表面注入活力。

指尖的筆觸緩緩地盛開，在視野中凝固，清澈的風在眼神中吟唱，在迷幻的惆悵之中分裂，洶湧的思緒，瞬間化成了紙上的傳奇。

從髮根，到濃眉大眼、挺拔的鼻樑、粉嫩的嘴唇，細細的畫著，全靠自身的觀察，更重要的是要有熱忱的心思。

「紅茶來了！」吳易然提著紅茶喊著，林語忻急忙把圖畫收進抽屜。

吳易然拿起削到一半的蘋果，繼續用小刀削著，他刻意將動作放緩，削出長長的蘋果皮，中間沒有斷裂。

「妳看，我削的不錯吧？」

林語忻從他手中接過蘋果端詳著，讚許的點點頭：「很完整啊。」隨即咬了一大口，可口多汁在嘴裡翻騰。

「對了，之前不是說要彈吉他給你們聽嗎？」她放下蘋果，拿起放在床邊的吉他。

「結果拖了好久，今天比較有力氣，彈給你們聽吧！」

「恩好，想聽什麼歌？」林語忻探頭望向一直在偷看他們的李恩妤。

李恩妤墊著腳尖，小跑步跑來，像個忠實粉絲般殷切的望著舞台上耀眼的歌星。

「都可以！姐姐想唱哪首就唱哪首。」

看一旁的吳易然沒有異議，她便答應：「沒問題，我找個歌譜。」她用手機搜尋著吉他譜。

吳易然趁著這段空檔，又用小刀削起第三顆蘋果，一樣是完美無缺，遞給李恩妤。

「謝謝易然哥。」李恩妤欣喜接下。

而此時，林語忻也找到了吉他譜，試彈了一下後，伴著音樂唱出。歌聲悠揚，空靈圓潤，如同一泓涓涓細流，洗滌了滿佈塵埃的心裡，如同一抹燦爛斜陽，照亮了心扉，如同一陣輕微春風，拂去了沉在心底積久不散的哀傷，如同圓月耀輝，映著側臉傷悲，看花墜淚。

吳易然說，他從沒聽過如此美妙的歌聲。

歌聲曳著很長很長，很遠很遠，餘音裊裊，繚繞不絕，像是已經走的很遠了，歌聲卻彷彿還在心裡。

像一股甘泉，沁入人心靈的深處，像是進入了清新而純美的境界。

「太好了……」吳易然讚嘆的喃喃著。

你，好不好？

「易然哥會唱歌嗎？我也想聽聽易然哥的歌聲！」李恩妤點了點吳易然的肩問著。

吳易然含蓄的說：「不好吧，我唱歌沒有很好聽欸。」

李恩妤滿臉失望，還在等吳易然一個同意的回答。

「不要啦……」只是吳易然仍拒絕。

「既然他說不要，就別逼他了吧。」林語忻看吳易然已經露出難堪的表情，卻還在為了李恩妤猶豫，急忙圓場。

「好吧。」李恩妤轉身玩起林語忻的吉他，對撥弦、各種指法滿是好奇。

李恩妤玩著玩著突然暫停了動作，林語忻在身後看著滿是不解，出口喊著：「恩妤，怎麼了？」然後看見的是李恩妤顫抖的背部，清晰的啜泣聲傳來，林語忻一聽著急了，伸長手想安慰，卻不慎拉扯到針管，一陣輕微的刺痛，她皺了皺眉頭。

李恩妤用手背抹去眼淚，轉身露出微笑：「沒事的姐姐，只是想到一些事。」

林語忻臉上滿是擔憂：「真的嗎？」

吳易然在一旁淡淡的說：「還是妳要說說看，我們都可以當妳的樹洞。」輕描淡寫中藏滿了心疼。

「就只是……想到要出院了，捨不得……你們。」李恩妤滿臉通紅的垂下頭。

林語忻輕輕的笑了：「原來，我還以為是什麼事呢！」

「出院沒關係啊，我們還是可以保持聯絡的。」林語忻握起恩妤的手，撫摸她的掌紋，然後緊緊握住。

「等你們都好起來了，我能開車載你們出去玩，或是吃個飯也好。」吳易然說。

「你什麼時候有駕照了？」林語忻驚訝，她只聽說過吳易然有機車駕照，不知什麼時候連汽車駕照也考到了，被這快速的進展訝異。

「前幾天剛去考的，原本想今天跟妳們說的，被妳們提前問出來了。」吳易然從皮夾中掏出嶄新的汽車駕照，上頭有吳易然青澀帥氣的照片。

林語忻李恩妤相視一笑，爭相拿過照片要仔細看易然的照片。

「妳們也太誇張了吧，不就一張照片而已。」吳易然驀然失笑。

「易然哥果真是帥哥，無死角的帥氣，怎麼拍都好看。」李恩妤讚嘆。

「好啦好啦還給我。」吳易然後知後覺的害躁起來。

「而且恩妤妳不是有我的手機號碼嗎？想我的時候可以打給我啊！」林語忻回歸正題。

「真的可以打嗎？」

「真的，我一定不會漏接妳的電話的。」林語忻肯定回答。

「不要再哭了。」林語忻寵溺的替李恩妤擦去眼角的淚光，摸了摸她柔順的頭髮。

「好想念我的長髮啊……」她又摸了摸自己稀疏的頭頂，不由得一陣感嘆及傷悲。

「姐姐妳一定會好起來的。」

「其實我也覺得自己有在慢慢恢復。」林語忻點頭道。

「那很好啊，希望下次跟姐姐見面就是在醫院外。」

「約定好了。」

兩個人像個天真的小孩勾小指、蓋印章，露出燦爛的笑靨。

今天是素描圖畫比賽公布名次，先前林語忻特別託付同學將畫作交給學校送去審核，如今已過了一個月，林語忻每天都引頸期盼著這天的到來。

一早起來就坐立難安，林語忻焦慮的在房間踱步，連李恩妤看了都忍不住要林語忻冷靜下來。

「姐姐，妳不是都跟我說要相信，要相信妳付出了那麼久的時間心力，一定會得到獎項的。」李恩妤鼓舞。

「況且那幅畫真的畫得很好呢！」

那幅畫，從中間劃分為兩半，而佇立在圖畫中間的大樹也一分為二，先是畫出一圈圈年輪，像是把心事全部封藏在樹幹的紋路，枝葉茂盛，鬱鬱蔥蔥，延伸而出的枝幹纖細而長，婷婷玉立，主根粗大而挺立，彷彿承載了所有負重，仍直奔蒼穹，就為了讓更多人望見不服輸的它。

一邊是日月星辰下，男孩仰望星空，繁星點點，儘管是最渺小的星體也要綻放最耀眼的光芒，在萬星璀璨的夜空下，畫龍點睛的將夜空點綴，把世間的旖旎及永恆盡收眼底。男孩曲起一隻腳，右手隨意倚著腿，滿眼都是希冀及盼望，望著圓月，即便表面再多凹凸不平，仍努力成就這番圓滿。

一邊是光天化日，男孩垂著頭，低下眉睫，專注的望著一花獨放，粉嫩的花瓣妝點著翠綠的草叢，盛放的莊重、盛放的典雅，蓬勃著一派生機盎然，欣欣向榮。男孩隻手輕觸著花蕊，眼底浪漫溫情，晨起的暖陽照耀，便使花朵開的更燦煥。

儘管是素描，全景是黑與白橫亙交錯，但看在林語忻眼底，卻是五彩斑斕，卻是絢麗多彩。

一邊是藍色的憂傷，一邊是黃色的暖光，林語忻心裡是有顏色的。

她只盼著吳易然，偶爾憂傷，偶爾走到藍色的房間裡縮在隅角，偶爾因呼吸困難重重的落在海藍的水底，但既然他活下來了，那便會是黃色的、暖暖的、開朗的男孩。

落下最後一筆，一滴淚就這麼正好的落在那個開朗男孩的眼角，微微暈開了畫紙，乍看之下便是男孩在哭泣。

可是他在笑啊。

那是經歷了無數悲痛後，流下的最後一點淚光，是釋懷的，是欣慰的眼淚。

早上十點，網路上宣布了得獎名單，林語忻顫抖的操縱著手機，剛看到第二名的欄位寫著她的名字，還一臉不可置信，揉了揉眼睛反覆確認後，終於露出放心的微笑。

此時在意的已不是有無得獎，有無拿到那份獎金，而是她那麼辛苦的結晶終於被人看見，最重要的是吳易然，那是屬於吳易然的禮物。

吳易然說，他其實看過了那張完整的圖畫，是李恩妤背地裡拿給他的。

他很感謝林語忻畫了這幅以他為像的圖畫，更知道她是磨練了多久才產出這幅鉅作。

「謝謝妳，畫出了那個黃色的暖暖的我，因為我活下來了，才能看見那個淚中帶笑的我。」

◆

自從吳宥然被向昊喊了那幾句惡毒的話語，即便是和解了，吳宥然也不敢再用一般面對同學的眼神看他，眼裡滿是畏懼。

而向昊似乎總算意識到事態嚴重，幾次想私下和吳宥然談話，吳宥然卻像看見令人懼怕的生物般避之而走。不管塞了多少張紙條，說了無數次的對不起，好像仍無法換回吳宥然的諒解。

其實不是不諒解，他早就釋懷了，只是創傷太重，而無法再信服向昊這樣的人，無法再相信一個前身是背負無數罪狀的人。

「你聽我說好不好。」向昊抓住吳宥然的手臂，卻被吳宥然甩開。

「不要碰我。」吳宥然漠然的回話。

「對不起，之前都是我的錯，是我太幼稚，太愛出風頭……」向昊說著說著幾乎要跪下。

吳宥然冷漠的看著他，視線冰冷的像是要把眼前的一切結凍。

即使內心厭惡到了極致，吳宥然還是逼迫自己靜下來傾聽向昊的言語，他是真的想知道，為什麼當初要做出那一言一行，先把人陷害再來為自己的錯誤不斷道歉。

「你怎麼知道我爸入獄的？」吳宥然冷靜的問，其實內心迫切的盼著答案。

「我經過監獄所看到的。」

其實班上一直有謠傳著關於吳宥然的家庭，住在離吳宥然家不遠的鄰居正好是班上同學，每隔幾個晚上，便會聽見吳宥然家裡傳來的咒罵聲及刺耳的摔碗盤聲，那晚救護車停在門口時，街坊鄰居湊熱鬧的八卦也沸沸揚揚的傳了幾條街。

那天向昊獨自一人走在監獄所前方的小路上，看見警車緩緩駛來，停在監獄所門口，下來的人是兩個警察攙扶著帶著手銬腳鐐的吳宥然爸爸，吳宥然和吳易然默默的跟在身後，向昊一時興起，為了向同伴證明這場景甚至拍了照片下來。

吳宥然看著向昊拿出手機點開相機，剛好拍到三人清晰的側臉，一股怒火又升起，向昊趕緊又道歉：「真的很對不起，我現在就把照片刪掉。」然後吳宥然親眼看著向昊按下刪除。

「其實我很羨慕你你知道嗎？」靜默一會兒後，向昊吐出了一句。

「為什麼？」

「成績不錯，個性好，又人緣佳，所有老師都喜歡這種乖小孩，哪會有人喜歡我這種到處惹事生非的壞小孩。」向昊感嘆。

「那也是你自己的選擇。」吳宥然淡淡回。

「我這麼做是為了給我爸媽看。」

「怎麼說？」

「我爸媽常常不在家，留我自己一人生活，沒有兄弟姐妹的陪伴，我只好到處找學長學弟玩，填補心中那塊缺少的安全感，爸媽對我的成績不在乎，就算偶然一次被讚揚了也一笑置之，根本沒把我放在心上。」

「這樣就可以隨便捉弄人家？」吳宥然很是生氣，但同時也疑惑。

「你知不知道這樣說話很傷人，如果換作是你你會怎麼想？」吳宥然一個激動，火氣漸漸上來，卻在看見向昊黯然的眼神後頓時怒氣全消。

「我只能靠這種方式，得到爸媽的關愛，即使會被罵也沒關係，那是他們唯一會在乎我的時候。」

他跟著學長四處撒野，像個街頭混混一樣，到處打架觸犯校規，而向昊爸媽因此三番兩次被找來學校談話，每次都能聽見校長室傳來嚴厲而高亢的罵人聲。

其實向昊媽媽是很注重品格的，可是她怎麼也沒想到自己不但沒給向昊安全感，甚至讓向昊學到了這種方式放縱自己。

對向昊來說，寂寞是播種於泥土裡，再也見不著光的害怕，然後慢慢的泥地裡爬滿了藤類，荊棘叢生，起初是帶刺的，寂寞慣了，先是抗拒，而後才是雨水澆灌軟化。

只是想有個人與他並肩走過這段不堪的日子，感受著自己並非踽踽獨行，僅此而已。

向昊的父母一生只在意要給向昊好的生活，卻連最基本的安全感也給不了，非得向昊用這種極端的方式得到爸媽一個的關心。

「你以為我就是完美的嗎？你不知道吧，我爸入獄了，我媽過世了，我哥還生病，我連自己怎麼走過這段時期的我都不知道，是跌跌撞撞，還是連滾帶爬？其實我們光鮮亮麗的背後，都是每個腐爛頹敗的軀體。」

「所以，不要再這樣陷害別人了，對你對別人都不好。」吳宥然沉重的說。

他看著環抱自己，將自己縮在角落的向昊，突然明白了他的不甘與疼痛。

或許同樣是失去父母的人吧，吳宥然此刻特別能懂他的心情。

他要的僅僅是被認同，還有那份安全感而已。

「原諒你了，下次別這樣了。」吳宥然轉過身，抬起手揉了揉發紅的眼眶，視線裡被蒙上一層虛無透明的幻影，像失了焦的鏡頭。

今晨，李恩妤悄悄的出院了。

走的彷彿曾存在的一點痕跡也沒有，床單被子汰舊換新，迎著第一縷光，穿過最後朦朧的霧靄。

像夢裡輕盈的雪花紛紛落下，在觸及地面的瞬間消失，像她悄然無聲的走進林語忻的生命，又無聲無息的離開。像一切都那麼自然的如同日升月落，像蝴蝶在身旁翩翩飛舞，然後再慢慢離開她的世界。

連最後一聲再見也沒說，醒來時床邊總是露出笑靨的女孩就這麼離開了。

林語忻悲從中來，眼淚撲簌簌落下，她哽咽的攔下護士，哭哭啼啼的問著李恩妤什麼時候離開的，護士溫柔的說，早上李恩妤特別囑咐她不要吵醒正熟睡的她，便拿著行李走了。

離開前回望這與林語忻共度無數日子，雖然醫院總是不可避免的總是有死亡的氣息，但是林語忻給她了前所未有的溫暖，陪她戰勝讓她痛苦不絕的腦癌。

林語忻不會知道李恩妤在離開的前一個晚上哭濕了幾遍枕頭，漫漶的淚水流滿了床邊，壓抑一聲聲唏噓，用被子捂住嘴裡脫口而出的啜泣。

李恩妤也不會知道林語忻在那個夢裡，承受了無數次的潰堤，承受了無數次離開的痛。她害怕失去，爸媽都走了，現在面對李恩妤的離開，她害怕，就算僅僅是出院，應該是歡喜的，她卻害怕這一生再也見不到。

哭著哭著，心臟又抽痛起來，海綿攢滿了水，一碰就源源不絕的湧出。

那一刻，像是聽見了心碎的聲音，玻璃尖尖的喊叫著，滿心房的玻璃碎片，誰輕輕一抓握，那些碎片便深深的扎入了心臟裡。

這樣情緒反覆湧動著，無不是對心臟造成負荷，可是誰來止住她的悲傷呢？

林語忻盈滿淚水的眼眸看向床旁的書桌，那裡有封信件，署名李恩妤，她細心的拆封，裡頭有李恩妤娟秀的字跡。

> 語忻姐姐，請原諒我的不告而別，雖然這麼離開妳可能會很痛很痛，但我不覺得說再見會比較好，因為我們的再見面不需要說再見，我相信一定會有相見的時候，到時候希望能聽姐姐唱歌，聽姐姐說故事，姐姐也要趕快好起來。

短短幾行字又勾起了林語忻的思緒。

「傻瓜，我也知道一定會再見啊……」

李恩妤不希望她們見面的是說了再見而再見，不告而別，只是為了下一次的見面，有更多對往昔的留戀。

「別哭了，李恩妤說她會定期來聽妳說故事的。」護士親切的摸了摸林語忻的頭。

別哭。

像吳易然那時對林語忻說。

本來以為歷經了那麼多事，內心終能強大一點，原來在他們面前自己還是那般脆弱。

「嗯，知道了，我一定會好起來的。」林語忻喃喃著，像在回應信中李恩妤的願望。

「來抽血吧。」護士輕喚。

林語忻苦笑著，要好起來，就努力做治療吧。

「我沒有家人了，我只剩你了。就算有天你不見了，我也能照著光線指引，找到你。」

16

經過了藥物，雖然仍有些副作用無法負荷，仍會嚴重暈眩、嘔吐到臉色發青，手背血管裡的針僵硬的存在感，真實而鈍重的挑在堅韌的皮膚上，但已經可以慢慢習慣，且應付狀況。

五月的天，是春末夏初，沒有剛入春的寒，也沒有炎炎盛夏的浮躁與慵懶，溫和而不疏淡，熱烈但不拘束，天空沉靜，草木欣然。

難得的自在與閒散，默默抒寫情懷。不經意間，五月的心思，竟如不緊不慢的細碎步子，款款走進了白皙的病房。

月底，是林語忻的生日，看著林語忻從慘白的臉龐漸漸紅潤，氣虛至朝氣蓬勃，主治醫生與她談話之時，也不再總緊蹙眉頭，眉間舒展開來，嘴角帶著笑意。

「最近狀況不錯喔！」醫生讚許，為林語忻自身的努力感到欣慰。

「我很努力啊。」林語忻看向悄悄站在門外的吳易然淡笑著。

「生日有沒有什麼願望啊？」醫生開始和林語忻閒聊。

「先說一個願望好了，希望自己好起來後不要再進來醫院了。」儘管醫院有那麼多對她好的人們，但畢竟是個離死亡那麼近的場所。

「對啊，不要再來醫院了，看到你們健康出院就是醫生最好的禮物。」醫生也說。

「嘿嘿嘿會的會的。」林語忻綻開笑容。

「那最近在做什麼啊？」

「最近在自己作詞作曲。」

「難怪常常聽見其他病房的病友說有聽見吉他聲。」醫生點頭。

「有沒有吵到他們啊？」林語忻突然問，害怕吵到正休息的病患。

「妳放心啦，病友們都說歌聲很好聽呢。」醫生輕笑安慰著。

「真的嗎？幸好。」林語忻長吁了一口氣。

「好啦我還要去別的病房查房，有空再聊喔！」主治醫生非常忙碌，卻還為了林語忻撥空與她談天。

「余醫生掰掰！」林語忻揮手再見。

余醫生走出病房，看到站在門口已久的吳易然，認出是林語忻的朋友，互相點了頭打個招呼後離去。

「嘿，今天帶妳愛吃的草莓喔！」吳易然從袋中拿出一盒草莓，粉嫩的果肉上頭妝點著鮮綠葉子，香甜可口。

「聽醫生說妳狀況變好了。」

「對啊。」

「那我們出去玩吧？剛好妳也生日。」吳易然眼睛發著光。

「欸？真的嗎？」林語忻滿是欣喜，自從她上次出遊，約莫是國中時期，還稚嫩的時候。

「可是我們能外出嗎？」想起上次醫生才說害怕林語忻外出身體不舒服，而拒絕了林語忻。

「問問看就知道了啊！」吳易然站起身。

「欸等等！」林語忻叫住吳易然，吳易然懵然回身。

「我去好了。」她考慮到畢竟是自己要外出，還是她去請求。

林語忻深深的注視著易然，吞嚥了一口口水。

「嗯，沒關係，妳去吧。」吳易然的聲音沉靜而鎮定，像散發暖暖的光，他柔柔的說。

林語忻推著點滴架，每一步都是期待卻又怕受傷害，她踩著醫院潔白的地板磁磚，低著頭默默數著，這是第幾塊又是第幾個，一口唾液一直在嘴裡翻騰，始終無法嚥下。

她回頭望了望一直看著她背影的吳易然，吳易然的眼裡滿是信任，在墨黑的瞳孔中是如炬的目光，更是給了林語忻堅定。

余醫生正好從不遠處病房走出，身旁跟著兩個護士，她抬頭正好與余醫生對上眼，醫生輕輕向她點點頭正打算轉彎離去，林語忻趕忙叫住。

「余醫生！」她有些慌忙的口氣，反而使醫生詫異又心驚。

「怎麼了嗎？」她立刻掉頭看向正捏著衣角，手心微微沁出汗液的林語忻。

「我能問妳個問題嗎？」比起上次那從容的問答，她不曉得這次為何會如此緊張，一顆心臟幾乎要從胸腔裡蹦出。

「妳說。」

「妳說……我狀況好多了，那我可以外出了嗎？」林語忻吞吞吐吐。

「妳想去哪裡？」醫生猜出林語忻的心思，慧黠的對林語忻笑著。

「我想出去玩……」林語忻用微弱的氣音，卻又剛好能使醫生聽清的聲音回答。

「可是外出只能四小時欸，妳要出去玩起碼要一天吧？」

「這樣喔……所以，可以嗎？」她先是嘆息的垂下頭，然後又驀然抬眉露出萬分期待的表情。

「這個嘛……」醫生轉動著眼球思索著，反而讓林語忻一顆心懸在半空中不上不下的煎熬。

心中泛起了陣陣漣漪，對未知的答案就像湖中那掀起波瀾前的平靜，她總無法控制挑動水花，必須有顆沉甸甸的大石沉入水中，才能平息內心的一波波湧動。

「其實妳的治療也做完了，狀況也好很多，再觀察個幾天，如果沒什麼症狀，我就讓妳出院。」余醫生評估後說。

「真的嗎真的嗎！」林語忻聽了心中一喜，捂著嘴愣在原地。

「如果妳覺得剛才聽到的話不是錯覺，那就是了。」連身旁的兩名護士都被林語忻興奮的氣氛感染。

「謝謝妳余醫生！」她歡愉的四處亂蹦，差點扯掉了插在手上的點滴管，一根針在皮膚挑動，但對此時的林語忻卻像沒有任何感覺。

「不用謝我，妳自己也很努力啊！」醫生莞爾微笑。

「易然，醫生答應了，她說我過幾天就可以出院了！」林語忻激動的搖晃吳易然的肩膀。

「我聽到了。」吳易然臉上也盈滿笑容。

「那我們要去哪裡玩？」她已經開始在為未來的旅途打算。

「想看海嗎？」吳易然問。

林語忻眼神閃耀，猛然點頭：「想。」

那就去吧！

今天黃昏時分，林語忻終於告別了伴她近一年的病房及醫生護士，終於能提著行李出院了。

「恭喜妳，抵抗過了病魔。」路上不乏有護士這樣祝福。

「雖然我會想念妳，但不要再進來醫院了。」醫生這樣說。

「哈哈沒問題。」林語忻露出燦笑。

「東西都拿好了嗎？真的要出院了喔！」吳易然提著林語忻的行李提醒。

「嗯，趕快帶我出院吧！我迫不及待去旅行了！」她的心思飛往幾天後的旅途。

「囚禁在醫院那麼久，我整個人都快發霉了啦！」林語忻打開窗戶，呼吸久違的新鮮空氣。

「用囚禁這個詞也太誇張，又不是犯人。」吳易然笑了出來。

「可是真的很久了啊……」

「辛苦妳了，撐過這段難熬的治療過程。」吳易然看著林語忻的頭頂，從荒蕪沙漠到長出稀疏幾根頭髮，也算是病情有了好轉。

「那還不快帶我出去玩。」林語忻調皮的口氣說。

「你都沒說要去哪裡，我完全猜不出來。」對於這次旅途吳易然打算將行程保密。

「我不是有說要看海？」

「就只有這個而已啊。」林語忻不甘心的繼續猜測。

「對了，我們找恩好一起去好不好。」她眼神發亮。

「可以啊，那我也找小雋一起。」

「小雋是誰啊？」聽到陌生的名字，林語忻問。

「忘了跟妳介紹，小雋是我在住院認識的小男孩，叫夏雋致，和恩好一樣大喔！」

「這樣兩個人還挺有伴的。」

「對啊。」

「那我們的交通工具是什麼啊?你有車嗎？」印象中吳易然有駕照。

「怎麼可能，我沒錢買車，只能搭火車環島啦！」吳易然掏出空空的口袋，苦著一張臉說。

「那沒關係啊，坐火車也挺好的。」林語忻不但沒有失望，反而還露出微笑，讓吳易然原本緊繃，害怕林語忻失望的心情放鬆了下來。

踏出醫院的那刻，林語忻回首望了望聳立的醫院，感慨的嘆了口氣，朝醫院招了招手後，隨著吳易然離去。

「對了，你弟弟會跟著一起去嗎？」

「他喔，五月是他人生第一次大考，這種時節可不能懈怠。」吳易然說的是考高中的教育會考。

「原來，他也很努力呢！」

「是啊，他沒有天賦，就用努力來彌補一切，我也很佩服他的堅持。」吳易然難得的稱讚。

「希望最後一分運氣也能用在大考上。」林語忻由衷的說，兩人相視一笑。

「一定可以的。」

起點是他們居住的城市——嘉義，地小卻繁華，人口密度高，階級僅位於直轄市之下。

一早七點，在火車站前，最先抵達的是小雋，他穿著牛仔外套，成熟的同時又符合潮流，再來是林語忻和吳易然一起出現，兩人順路還買了飯糰當早餐，間隔不到一分鐘，李恩妤也出現了。

「抱歉抱歉，讓你們久等了。」李恩妤還愧疚的道歉。

「沒事，我們也才剛到。」吳易然急忙解釋。

「都吃早餐了嗎？」林語忻貼心的問，小雋和李恩妤各自拿起手上的早餐。

「小雋這是恩妤，恩妤這是小雋。」儘管已經事先介紹過，見了面還是要認清身分。

「你好。」兩人握手問好。

小雋長得一副清秀乾淨，李恩妤則是甜美善良，兩人站在一起完全不像才剛認識的朋友。

「我們坐七點半的火車，該走了哦！」他們在火車站前拍照留作紀念後，進站上火車。

日暖生煙，暖煦的陽光在罅隙間微淌，包覆住顫動的車廂，他們震動的呼吸，隨軌道路徑起伏，雜草叢生碧綠茵茵，與陽光呼應成旖旎的金澄色，而車廂下的粒粒碎石仍不規則的整齊，安分落在原地。

吳易然總在想，會不會，每秒離彼此越近的路程，為的其實是永恆的仳離？延長無盡的軌道再望不盡終點，而沉重的步伐，踏不上有你的路。

人生難過於離別，卻又有令人興奮的會車，這軌道，總有幾條平行並排，當另一條上的列車迎面駛來，與上頭的人打個招呼，又是一段緣分。這會車，短的，一眨眼，連頭都未點便揚長而去的很多，但就是有幾輛列車與我們並排許久，難分難捨，久了便認識了；久了便有感情了。

與上次不同的是，我們懂了終會分離的道理，直到下一個換軌點前，我們或許早有心理準備，又放不下彼此，那是總有的，就像換軌道的地點早已設立好一樣，我們都明白，只是，我們並非那控制的管理員，我們僅僅的，只是這輛車的乘客。

火車啟程沒有多久，就聽見林語忻虛弱的聲音說：「吳易然，我有點暈車……」

吳易然馬上轉頭問：「有沒有帶暈車藥？」接著讓林語忻的頭微微傾斜靠在他的肩頭。

林語忻尷尬的笑了笑搖搖頭。

「知道自己會暈車還不帶藥……」吳易然語氣略帶責備，但更多的是不捨。

「我有帶藥！」後座的小雋遞出一片藥丸，讓林語忻配著水服下。

「閉著眼睛休息一下吧。」吳易然低沉的聲音至林語忻頭頂傳來。

雖閉起了眼，卻絲毫沒有睡意，林語忻抬頭問著正帶著藍芽耳機的吳易然：「你在聽什麼？」

吳易然拔起右耳的耳機塞進她的右耳，裡頭傳來男性的歌聲。

「後來的你能快樂，那就是後來的我最想的。」

「你喜歡五月天？」這首是五月天的〈後來的我們〉。

「滿喜歡的。」吳易然淡淡回覆，嘴裡跟著輕哼。

雖只是哼著，音準卻非常準確，音色低沉而有磁性，是溫暖的聲音。

林語忻閉起眼，陷入回憶的漩渦，兒時她吵鬧著不睡覺時，爸爸也會這樣哼著童謠哄她入睡。

吳易然轉頭看向後排的小雋和李恩妤，李恩妤頭歪著一邊沉沉睡去，小雋卻精神奕奕的玩著手遊。

他也閉起眼，將思緒放空，享受著聽著音樂。

「救我……兒子，救我……」氣弱游絲的聲音傳來。

吳易然睜眼，看見的是漫天的沙塵飄在空中，濃濃的死亡氣息，沒有一絲白絮的雲朵，日光是陰暗且冰冷的，四周有頹圮的廢墟，破碎的玻璃滿地，目光所即處都是髒汙，地上雜草叢生，像駭人的禽獸，隨時會伸出觸手將他吞噬。

一個女人被束縛在斷垣殘壁上，神似個頹靡的耶穌，手腕被鐵鍊磨出鮮血，滴落到地上成盛開的玫瑰，她垂著頭，渾渾噩噩，口水及淚水混雜著，支支吾吾的求救。

一開始吳易然沒發現是自己的母親，他先是緩緩的靠近，一看見母親憔悴的臉龐，立刻跑上前托住母親的身體，試圖讓她承載的重量減輕。

「易然……」

只是這樣不斷喚著。

吳易然眼中只看見模糊的影子，在眼前晃動，有些暈眩，天旋地轉。

母親淋滿血液的手掌，撫上吳易然的頭髮，儘管黏膩不堪，他沒有在意，左顧右盼尋找工具解開桎梏。

「媽，媽……」吳易然也有些慌，想起那天，想起那個鮮血四濺的場景，抵不過觸景生情，他也措手不及。

然後母親的頸子斷了一個裂口，暗紅的血液湧出，沾滿了吳易然的臉頰，他發瘋似的要抹去，卻變成滿是悚然的抓痕。

回憶排山倒海的襲來。

那天，就是這麼死的。

那天，就是這麼看著媽媽離開的。

那天，皓月當空下，她就這樣成為一顆星子。

那天。

一股龐大的壓力從身後襲來，他猛然轉身，黑斗篷籠罩住了全身，伸出的手卻瘦骨嶙峋，指節分明，邪媚如惡的笑聲猖狂著，他的右手一扭轉，母親的頸子也隨之轉動，硬是往右方轉動了九十度，像被操控的傀儡，連疼痛的聲音也沒有，沒有嘶吼沒有哀嚎。

可是真的好痛，痛到心坎的那種。

記得最後一句對話：「記得吃飯，別太累。」

紅暈一圈的眼眶又撲簌簌落下淚水，抽泣到潰堤的，他只是緊抓著母親慢慢變冰冷的手掌。

媽，妳醒來好不好？

「吳易然？」

朦朧間耳裡傳來林語忻擔憂的呼喚，但他不想睜眼，生怕一睜眼，他便再也見不到母親，哪怕是最後一眼。

最後龐大的壓力消失，穿著黑斗篷的死神離去了，母親也萎落的像隨時要消失的透明。

吳易然噙著淚，慢慢放開母親的手……

「易然……」睜眼，一片光明映入眼簾，林語忻頃著頭看向他。

看他緊蹙眉頭，看他額頭佈滿細小的汗珠，看他緊咬的嘴唇，和用力到滿是指痕的右手。

「你夢見媽媽了吧？」林語忻很是心疼，輕輕柔柔的問。

她剛才不停聽著吳易然的夢囈，聽見模糊的喊著母親。

吳易然沒有搖頭也沒有點頭，只是看著林語忻。

「我真的好想她，好想好想……」

林語忻嘆了一口氣，同為喪母之人，她也正想念著早逝的母親，更多的是責怪自己。

他也知道，夜長夢會多，但醒來就不該留戀了。

「所以我們要代替她們好好活下去啊。」死去的人將未完的寄託及心願存放至身旁最親的人身上，並不是要給他們壓力，而是讓他們更坦然的面對失去。

儘管那麼痛，那麼難。

吳易然抹了抹眼淚，看向窗外不斷向後移動的景。

「應該快到站了，收拾一下東西吧。」

他故作堅強，帶起黑帽，不讓小雋和李恩好看見他脆弱的樣子。

林語忻說，她已經許久不見那麼明媚的陽光。

被囚禁在白皙的房間裡太久，幾乎要忘了陽光的顏色及那不冷不熱的溫度，唯一能記起的熱度，是上回吳易然帶的熱紅茶，滑入口中溫熱的滋味。

吳易然原本是討厭陽光的，他只想逃，逃到影子底下，逃到黑暗裡，像個面容慘白的吸血鬼一樣害怕陽光。是林語忻帶他走出了黑暗。

抵達屏東，鹹濕的氣息隨著海風吹來，有些黏膩，有些潮濕，卻並沒有讓人燥熱的煩悶。

「沒事了，那都是夢，接下來好好享受旅程，好嗎？」林語忻安慰還沉浸在剛才夢境裡的吳易然。

「可是那是我唯一能見到她的機會，好想就這樣不要醒來……」吳易然委屈的說。

「你是把全部家當帶來喔！那麼大背包！」後頭傳來小雋大聲的呼喊，正對著搜索背包的李恩好說。

吳易然懵然轉身，因為總是小聲說話的小雋竟然以那麼大的音量引起他的注意。

李恩妤拿出帽子，又拿出墨鏡，還拿出防曬用品，簡直萬全準備。

「以備不時之需嘛！」李恩妤呵呵笑著。

的確五月的屏東正是熾熱炎炎，雖有海風的溫度調節，但仍是悶熱。李恩妤全身塗滿防曬乳液，還問著小雋：「你要嗎？」

小雋大力搖頭，自信拍著胸脯：「曬成小麥色的皮膚是我的夢想，看起來自信又健康！」

現在的小雋身高不高，皮膚白皙的像是漂白了一樣，臉上長滿雀斑及青春痘，正是男生發育的年齡，但他不喜歡現在這副弱不禁風的模樣。

於是他這樣發下豪語。

「曬曬太陽不錯啊，吸收維他命Ｄ。」

「易然哥，我們要去哪？」李恩妤問，從剛才在車上看著窗外的光景，無數遐想竄入他的腦海中。

「往最南端走，去鵝鑾鼻燈塔！」

「不過在這之前先去飯店放好行李。」

他們搭著計程車，到了一家不廉價，卻也沒有非常昂貴的飯店，房號是505，小雋說是他的幸運數字。

「五月五號是我的生日，算是我的幸運數字！」然後迫不期待的打開門，看見偌大的房間內放著兩張雙人床，還有柔軟舒適的沙發和大電視，讓小雋與李恩妤驚訝連連。

「恩妤妳跟我睡。」林語忻放好行李招呼著正四處參觀的李恩妤。

「好啊！」她撲上床，感受柔軟的床鋪，還蓋起溫暖的被褥，一臉享受的模樣。

「先休息一下，我們待會搭公車到恆春。」吳易然說。

公車搖搖晃晃，有些顛簸，有些趔趄，公車速度更緩，能更清明的看見窗扉外的景，歸雁乘風，翠微蓊鬱的樹林，天穹的一半是機翼劃過的線條，至雲層上方，有無限潔白的浮雲。

「到了。」公車停駛，乘客一個個下車，然後再調頭回去繼續下一輪的載客。

那一抹純粹的湛藍拍打著星子閃耀的沙岸，綻放出白絮般的潮汐浪花。

記憶中所有旖旎被包容於那無限袤廣無垠的海，優雅的醞釀著獨韻的甘美，如澄闊般的透明。

高聳入天的燈塔佇立著，那得需要多大的勇氣啊，在狂風暴雨的黑夜裡，依然倔強的矗立在你的崗位。

時日未到，還未感受燈塔的壯麗及美豔，只是潔白的牆上，有著斑駁的刮痕及破損，經歷了刻苦，他仍這樣屹立不搖。

夜微涼，燈微暗，曖昧散盡，笙歌婉轉。

「歡迎來到本島最南端，鵝鑾鼻燈塔！」吳易然淺淺一笑，像綻放了無數溫柔，他信守承諾，帶林語忻看見了海。

夕曛而下，金燦的陽，漸漸染紅了西方的天穹，把縹緲輕紗般薄霧的林蔭照得絳紅，暮色黯淡，最後一絲殘陽在地上與暗黃的沙和而為一。

小雋和李恩妤放下身段拋棄尊嚴的飛奔至沙灘，細軟的沙子在腳指縫間穿梭，然後某人驚聲大叫。

「寄居蟹！」

一隻食指大的寄居蟹，正負重著殼緩緩的爬行，在牠們的世界翻山越嶺，在牠們的世界跋山涉水，牠們正在尋找下一個皈依。

「好可愛！」李恩妤輕輕抓起，只見寄居蟹的腳在空中晃動，然後她讓他攀附到手背上，一股搔癢感爬上身。

林語忻到淺灘區，潮汐一波波襲來，沖向她的腳踝，溫熱的沙粒和冰冷的海水一同侵略，一同感受。

「我們來放瓶中信吧！」吳易然提議。

他拿出早已準備好的紙筆和玻璃瓶，似乎早已設想到這項活動。

瓶中信能將包含思念的文字寄向大海另一端，然而海水是潮濕的，時光是無情，大多數筆跡在被人閱覽之前，早已模糊一片。

儘管這樣，瓶中信的意義仍是那麼重大，因為承載了願望。

將過去煩悶的，眉頭深鎖的，不愉快的記憶，或往日的希冀及盼望寫下，或許長大後便能以開朗的胸襟微笑以待。

四人專注的倚著石椅書寫，輕柔筆觸在信紙上翩翩飛舞，像是靈感泉湧，像是一生的盼望都落在了紙上。

留下最後一筆，吳易然裝起玻璃瓶，蓋起軟木塞，走向廣袤的大海，溫柔的放下潮流，讓瓶子隨波逐流。

斜雨霏霏的時日，蒼茫廣袤的時日，海風肆虐的時日，一葉扁舟，在汪洋裡搖蕩，承載的是一個個脆弱但又篤定的生命。

林語忻慢慢走進海洋，直至身體完全浸泡在大海裡，終於成就她多年以來的夢想，她低下身，將臉部浸在海水裡，鼻腔灌進了一些鹹味，她在海裡艱難的睜眼，見到的是數百公尺以下的珊瑚。

吳易然踩著語忻的足跡跟隨在後，同樣在淺灘，他卻直直的仰躺在海岸邊，一陣波浪掀起，掩蓋過他的口鼻，吳易然一個不留意，嗆的滿臉通紅，不停咳嗽。

海水就在他的腳邊，輕輕絮語，海，也愛他們的深藏若虛，愛他的全部，愛他的所有。

有人說，人有多悲傷，看見的海就有多湛藍。

那她眼裡的海又是什麼樣的藍呢？

那他呢？

他喜歡天藍色，像海也像天空，像繫著天地。當天空哭泣的時候，海洋也波濤洶湧，當天放晴之時，海洋也是那般溫馴的柔弱。

海洋裡有個哀傷卻美麗的故事，是吳易然一直很喜歡的——鯨落。

一棵大樹倒下後，會被蜂擁而至的微生物分解，成為大地珍貴的養分。而一隻鯨魚悄然死亡，也會創造出一個複雜的、獨一無二的生態系統。

有人說「鯨落」是鯨魚留給大海最後的溫柔，牠的死亡，成就其他生物得以存活；牠的屍體，成了海底的綠洲。在那個無氧、無陽光，並被有毒化學物質環繞的環境，「鯨落」成了牠們最後的棲生之所，悲壯而淒美。

他是否也能像這份溫柔，在她與他還存活的時候。

天，紅黯淡到了天邊是豔麗的紫、神祕的紫，像三千世界的色彩琉璃，染上了一抹紅與藍，都說是紅藍的交界，卻在天穹佔滿了大半，那時，像把紅藍逼仄到狹小的邊緣。

回望燈如舊，淺握雙手。

船隻一艘艘靠岸，要歸依到溫暖的家。

靜謐的夜晚，關了所有燈，四周是澈底的黑，沒有日，沒有月，沒有光，沒有火，沒有燭，沒有螢的黑。剩下燈塔仍四處照耀。

心在浮沉的邊緣，猶如在浪中的船隻，起起落落，尋找著黝黑世界裡的一抹明亮。

「吳易然，看到燈塔的時候，我很自然的就想到你了。」林語忻玩累了坐在石椅上對著仰望天空的吳易然說。

「為什麼？」

「我沒有家人了，我只剩你了。就算有天你不見了，我也能照著光線指引，找到你。」

「你出院後，來我這裡住吧。」吳易然淡淡說，明明是那麼重要的事，吳易然說起來就像雲淡風輕。

「不好吧，會打擾到你弟弟的。」

「不會，他也很喜歡妳。」

「真的？」林語忻不可置信，她明明只和吳宥然見過一次面。

「嗯。沒事的。」

林語忻默默點了點頭，她說過，她沒有家人了，回到空蕩的家裡，反而只有更空虛的頹廢感。

天完全暗了下來，視線已經開使被蒙蔽，總有黑影擋在前方。

「恩妤，小雋，該回去了！」吳易然從遠處喚著他們，他們仍在興奮的互相潑水。

李恩妤馬上聽見了，轉身就要游回岸上，卻被小雋制止。

「欸等等！」

「怎麼啦？」

「我們來比賽看誰先回到岸邊！」才剛說完，小雋立刻耍詐先行游走。

「你作弊！」李恩妤也趕忙潛入海中。

游泳這部分，小雋是有優勢的，他曾自主訓練過仰式及自由式，但比起運動健將李恩妤，仍差了一大節，李恩妤手長腳長，速度又快，馬上就與先偷跑的小雋平行。

浪花濺起，白花花的泡沫浮在水中，兩人勢均力敵並駕齊驅，幾乎是相差不到一個手臂，最後李恩妤猛然加速，小雋雖然也努力了，但不敵李恩妤的爆發力，最終李恩妤的手先觸到了暗礁。

「哈哈偷跑還輸！」李恩妤志氣高揚的對小雋說。

小雋十分懊惱：「就差一點而已。」
「好啦下次加油，一定可以的！」林語忻鼓勵小雋。
天色已暗，兩人盡速換好衣物，坐了最後一班公車回到飯店，路途中，每個人都筋疲力盡的睡著了，車上不知道誰傳來輕微的酣聲，林語忻嘴角掛滿笑容也閉上了眼。

17

「你是光，像螢一樣，微弱且渺茫，但即便如此，仍是一點一點的把我照亮，現在在手掌上發光，終有一日，能見到我的臉龐。」

「易然，小雋，恩妤，你們要不要看日出？」林語忻從窗外陽台走進來，輕喚熟睡的三人。
一直淺眠的吳易然一下就睜眼了，揉了揉眼睛，順了順雜亂的頭髮後，跟著走到陽台外。
而李恩妤也在林語忻的叫喚下漸漸清醒，一聽到看日出，整個人就清醒了大半。
最後只剩小雋仍裹著棉被不肯離開溫暖的被窩，小雋模模糊糊的拒絕了邀約，繼續甜美的夢鄉。
天邊還是灰暗的，只是從一線透亮了一點，在黎明的曙色中看見了一點隱約的旭日，然後漸漸的金光四射，漸漸的絢爛如錦。

天穹變得蔚藍湛藍，霧靄飄在旭日的前方，襯托了一點曙光的朦朧，在稀薄的雲霄中，彷彿一顆偌大的燈泡，明亮了隅角。

像晴日爐暖生紫煙，像蒼茫雲海綿延間，像絲絲如絹，像天宮玉景。

三人看得目瞪口呆，從沒見識過的奇景終於在今晨，在眼前上演一番，那是連照片連言語連繪畫都無法形容的美。

林語忻昂首望了望遼闊的天，見月亮仍默默的在太過耀眼的太陽身旁，月球不會發亮，卻是人們最想抵達的地方，那裡有嫦娥奔月，有玉兔搗藥，有吳剛伐木，有許許多多美麗的傳說。

幾片隱隱的雲彩掛在聳立巍峨的山間，如舞台上薄薄的帷幕，雪山巔峰，雲霧繚繞，更是如沉浮在滔滔的乳白棉絮間。

清晨的氣溫驟降，儘管套著羽絨外套，林語忻依舊感覺寒冷陣陣，她搓手呵出白色的霧氣，吳易然撇頭看向她，從身旁拉住她的手，放進自己的口袋裡，淡淡的說：「這裡比較溫暖。」

林語忻見雲彩的壯麗，它是風嚮往的方向，是雨流淚的傾訴，是陽光遮蔽的衷腸。

眼角婆娑，淚光閃閃。

李恩妤拿起手機紀錄下美好的時刻，她聽林語忻說，美好的畫面是記憶在腦中的，只可惜腦癌讓她的記憶功能衰退了一些，沒法終生憶起這份旖旎，只能以畫面替代，多年後回想起來，他們曾經一起經歷過那麼美好的青春。

金光四射，已經開始成為天穹的芒耀，鮮明的白黃色緩緩的抽離了山谷間，成一顆獨立完整的圓。

「小雋該起床了啦！你已經錯過日出了，不覺得可惜嗎？」吳易然回到房間，坐在窩成一團的小雋身旁輕輕搖晃他。

「我……之前就，看過了……」小雋含糊不清的呢喃著，吳易然聽出他是說曾經也見識過這番美景。

他們都不知道的是，小雋自小就跟著熱愛旅行的爸媽四處奔波，時常到國外旅居，加拿大的楓葉，英國的倫敦鐵橋，日本北海道的雪景，非洲的活火山。

在他房間裡，有著各國蒐集的紀念品，有的是戳章，有的是明信片，或是吊飾。

「那也該起床吃早餐了吧。」

小雋爬起，搔了搔頭，眼睛迷濛的望向整裝的三人，頓時有些羞愧。

「原來大家都在等我……」他快速跳下床梳洗，換好衣服與其餘三人一同前往樓下吃早餐。

「你們要不要猜猜我們等等去哪裡玩？」吳易然走在後頭對著前面三人說。

三人不約而同的轉身，面露疑惑，腦裡蹦出無數個想法卻又無從出口。

「我提示喔，台中。」

「台中……台中有什麼好玩的……？」林語忻和李恩妤還在迷茫，腦中的資料庫仍尋不著答案，卻見身旁的小雋欣然一笑。

「我知道了！」他面容興奮，精神奕奕同時容光煥發的期待著。

「知道了先別講。」吳易然食指抵住嘴唇做出噤聲的動作，小雋也乖巧的不透漏任何訊息。

「每次都這樣，猜不到啦！」林語忻再次嘗試失敗，懊惱的跺腳。

「沒關係啦，保有神祕感嘛。」吳易然呵呵笑著。

很久沒看見吳易然露出這麼真實而歡愉的笑容了，即便在很多年以後回想起來，那個真實的笑容依舊能清晰的烙印在她的腦海中，如果要她形容，他的笑容就像冬日裡的那抹暖陽，很溫和很溫和。

這趟旅途中，他是認真的在享受旅行的意義，是認真的由心而生的感受美好，因而心底深處最真切的微笑。

「行李收一收，坐公車喔！」吳易然吆喝。

坐上公車，吳易然照樣帶起耳機，將另一邊耳機遞給林語忻，兩人聽著同樣的曲調。是一首英文歌，歌詞敘述著抱歉、以及別離開，希望對方聽到他的心聲……

「為什麼要聽那麼悲傷的歌？」

「你沒有錯，不需要道歉，也不會有人離開你，我會傾聽你最深處的靈魂。」

「妳會離開我嗎？」吳易然問。

「不會，只要你需要，我都會在，只要你一回頭，我都在你身後。」林語忻和吳易然十指緊扣，就像此生相遇了，就不會再分離。

「你和我的愛不會消逝的，我說過，我更愛你的靈魂。」林語忻深情款款。

「愛我，是要連同我的悲傷一起愛的。」吳易然輕哂，眉宇間卻有著擔憂和不捨。

「人都有悲傷，你只不過是比旁人多了一倍的哀愁，只不過害怕沒人來愛你而已，現在我在這裡，我正愛著你。」林語忻抬起手，撥開一撮有些蓋住吳易然眼眸的瀏海。

我愛你啊。

而前面所有的對話，都被後頭兩個乳臭味乾的國中生聽得一清二楚。

「語忻姐姐真的很愛易然哥欸，你聽他們的對話。」李恩妤對著小雋竊竊私語。

兩人躲躲藏藏的豎耳傾聽：「……我正愛著你。」

「唉呦，好肉麻喔！」小雋聽著聽著起了一身雞皮疙瘩。

「哈哈哈對啊！」李恩妤從座位縫隙間偷看，兩人坐的十分靠近，近到鼻息互相吐在彼此臉上。

「別說這個了……」林語忻後知後覺的開始覺得全身燥熱，開始有了羞赧的情緒。

「好。」吳易然彎著眼笑了。

「對話結束了欸。」李恩妤有些失望，坐在搖滾區的他把兩人所有對話都聽進了耳裡。

「暫時而已啦。」小雋悠然的帶起耳機開始玩手遊。

距離台中仍有一小時的車程，李恩妤無聊的在窗戶上呼氣，使車內玻璃上一團白霧，她躊躇了一會兒，寫上「加油！」兩個字。

她能走到這裡，真的耗費了好大好大的力氣。

剛得知確診腦癌時，腦中竟只有一個想法，就是「我會不會要死了」，腦袋劇痛時，記憶消失殆盡時，走路不平衡又摔得鼻青臉腫時，她真的很害怕，很害怕一輩子要這樣好不起來了，她才十四歲啊，風華正茂的年華才剛起步，多少個夜晚她是含著眼淚睡去，多少個明天的來臨在不確定的因素裡。

儘管那時候的她眼前一片迷茫，找不到想抵達的地方，所以一直徘徊，一直踟躕，一直踉蹌，一直莽撞，像一場旅行，最終都千辛萬苦的把冗長漫漫的旅途走完。

他對那時候的自己說，加油，也不乏對現在，對往後餘生的自己，也說一聲，餘生請繼續努力。

加油。會成功的。

李恩妤一直看著窗外，窗外的景從荒野鄉田，到都會繁榮，寫著台中的牌子剛好掠過李恩妤眼前，他們正式抵達台中，再一段路程，終於到達一直被吳易然隱密在心底的地點，新社。

遠遠就嗅到一股清新，是芬芳的馨香和著茶茗邈遠的香氣，簇擁著繁花似錦，姹紫豔紅著，映在塵土上的影子。

林語忻瞪大著雙眼看著良辰美景，先是觸了觸柔弱的花瓣，然後欣然一笑的蹲了地，為堆垛的泥沙，劃上一筆愛心。

花海的浪漫，神話的唯美，所謂美麗的邂逅，也許只是童話故事對世人遙遠的訴說，終是一場夢幻，湮滅在別愁傷絮。也許，只是彼此生命的過客。

林語忻與李恩妤仰躺廣袤的大地，柔順的髮絲旁栽著一抹緹麗的花，昂首眺著縹緲的晴空，像是敻遠的彼方，也有一湖畔的波瀾壯闊，也有散著韜煙的煙波浩渺，倒映著佇足的他們。

於是靜謐的在花叢中，翩翩起舞蹁躚裊娜，衣著颯纚兜轉入璀璨人生。

「易然，看這裡！」

「不要拍我啦！」吳易然明明不喜歡鏡頭，卻在一番笑鬧後，仍伸出手，綻開燦爛笑靨。

林語忻彎腰俯身，只為聽清百花盛開的歡愉，只為看清燁然光彩盛綻，只為嗅聞遙遠而來那暖煦照耀的陽光明媚，然後李恩妤輕柔攀著一朵，送進她繁華的記憶裡。

繡球花沒有茉莉花的芳香四溢，沒有牡丹的華麗高貴，也沒有蘭花的清幽雅致。它的每一小朵花兒的花瓣不過四片，毫不出眾，然而許多小花聚在一起，便集合成了一個美麗的彩色繡球，它們團結一致，摶扶成球，展示了一種整體的美。

此時正是繡球花的花季，正是含苞待放的時節，菡萏的繡球花隱隱的生長出一簇豔紅，一抹鮮明的白，一點豔麗的紫。

「知道繡球花的花語是什麼嗎？」吳易然問著。

林語忻顧著兜轉相看斑斕的花叢，只是含糊的說了一句：「我不知道。」

「是希望。」

林語忻昂首，正好對上吳易然明亮的眼眸。

是希望。是即將愉快的希望，是就要好起來的希望，是他們兩人愛情增溫的希望。

小雋拿著手機，頗專業的為兩位青春正好的美女拍照，有輕靠花叢的姿態，有俯身嗅聞清香的姿勢，也有髮梢上別著一株玫瑰的亮麗。

「欸，吳易然，過來一下。」林語忻拍照著正盡興，突然叫喚吳易然。

她撿起地上一株殷紅的玫瑰，綠色的花莖在吳易然轉身的剎那塞入他的口中，吳易然僵硬的無法動彈，維持著叼著一株玫瑰的姿勢。

「來，三、二、一！」林語忻按下快門，吳易然有些憨厚有些呆滯的表情被紀錄了下來。

「喂……」吳易然拿下玫瑰，無奈的垂下肩膀。

「這還地上撿的，很多灰塵欸。」他哀怨，卻引來李恩妤的捧腹大笑。

「終於拍到易然哥的醜照了！」小雋也興奮的搶著看成果。

「算了，不管你們。」吳易然逕自往前走，留下在原地拍照的三人。

「先別走嘛，我們四人合照一張！」林語忻挽留著，吳易然只好跟著出現在鏡頭內。

一拍完照，吳易然便往前方走去，才走沒幾步，便踩著歡愉的步伐往回跑來。

「那邊有兔子可以餵食欸！」吳易然似乎對這種小動物興致勃勃。

「真的嗎？我要去！」三人立刻跟在吳易然後頭，走到了兔子區。

看到了一團團毛茸茸蜷縮的兔子，正吃著圍欄旁的草根，嘴巴一鼓一動，小小的兔齒高速咬動著。

小雋和李恩妤分別買了一盒飼料，放在手掌上，兔子蜂擁而至，爭先恐後的搶食著。

「你們吃慢一點啊，還有後面的兔子沒得吃……」李恩妤溫柔又小心翼翼的撫摸頭部。

草根及飼料短短十分鐘內一掃而空，李恩妤看見兔子的絨毛上有許多塵土及落葉，她輕輕將牠撫去。

李恩妤試圖抱起兔子，兔子卻左躲右竄，鑽到牠的窩裡瑟縮在角落裡不肯出來，又或是蹦蹦跳跳的跑給李恩妤追。

「唉呦，抱不到。」李恩妤有些失落。

一抬頭，看見原本圍聚的三人已不見蹤影，放眼望去，他們竟跑到水池畔餵魚。

餵食完兔子，又抱不到兔子，李恩妤便告別了兔子們，關上柵欄後，走到水池畔。

「你們走了怎麼都沒跟我說一聲。」李恩妤插著腰，像是在審問在三人。

「看妳那麼專注的跟兔子玩，就不打擾妳了。」吳易然說。

小雋同樣拿著一盒飼料灑落水面，鯉魚們爭相探出水面，冒出許多水泡，激起不小的浪花。

「這裡的鯉魚好多喔！」數算一下，眼前就有近五十隻。

小雋玩性大開，蹲在池畔邊，把張口的鯉魚嘴當作籃框，飼料當成球投擲，百發必中，直至飼料見底。

林語忻和吳易然坐在不遠處的涼亭遮陽，炎炎夏日，兩人的頸子都流出不少黏膩的汗液。

「你喜歡哪個季節？」

在四季更迭中被悄悄註記的各種綺麗。

恍若初春的盛綻的暖陽，映照著蓊鬱草木上晶瑩剔透的晨露，氤氳霧氣一縷縷滲入心頭。

又恍若冷冽凜冬那燒的火紅的的炭，溫暖的被捧在手心那般珍視，縹緲的霧氣催到眼眸浮起了一層水氣。

還是晴空萬里，炙熱的陽把地面烤的火燙，捲起一股熱浪，火燎的讓人暈眩，讓人煩悶。

颯爽的秋風，飄然而至，感到了一絲絲的涼意。待到秋來九月，荒野染上了土黃的顏色，無垠的裸露著蒼黃的土地。

「季節無分好壞，我只喜歡，有妳的季節。」吳易然輕輕的答道。

林語忻聽了霎時臉又紅了起來。
過沒多久，李恩妤和小雋跑進涼亭，兩人早已被炙熱烘烤的大汗淋漓，汗如雨下。
「餵完魚飼料了嗎？」吳易然瞇著眼睛看向刺眼的太陽問。
「嗯，餵完了。」
「那我們去下個地方吧！」

吳易然帶頭又是坐了公車，林語忻卻察覺到公車正傾斜著十度角往山巔攀爬。
「要去山上嗎？」林語忻問。
「嗯。」吳易然淡淡回。
此時已是黃昏時分，路燈安安靜靜的佇立原地，等待著下一刻的明亮，公車的影子曳著好長好長。
路上，吳易然又問：「妳覺得生命的意義是什麼？」
林語忻納悶為何今日的吳易然總問些深奧又難以回答的問題，但還是仔細思索了一下。
呱呱墜地至成熟穩重，童騃純真至風華正茂，惴慄至無懼，踉蹌至平穩，這些莫不是他們在成長的經歷。餘生漫漫，難免撞見霪雨綿綿，揉雜堪亂的低潮，卻也不乏遇見天地沙鷗，波光粼粼，苦盡甘來。
生命，可以說是那麼荏弱，如同一閃而逝的花火，如同一觸及碎的紛紛雪花；也可以是那麼堅韌，似在冷冽風中茁壯的枝芽，似在逆境困躓中奮力的他們。其實人生就是一場艱鉅的遊戲，期間有一帆風順，也有崎嶇不平，而要如何在其中找到富有的意義，要如何在荏苒光陰尋找生命的價值且不枉此生。
吳易然說，他正在與生命負隅頑抗，時不時拉拔就要墜下的自己，與暗暗闃夜中不斷萌芽的念頭糾纏，與囹圄中將他捆綁的桎梏拉扯，明明熬過就是天堂，他卻敗在失望、憂慮、頹喪，敗在陰悒的日子裡，像薛西弗斯式的輪迴，巨石反覆將我重壓於身下，不論我在混沌之中如何求救，換來的是沉溺在汙濁的泥淖。也曾試過在這時序的罅隙中，不斷尋找活下去的理由，或是與摯友互訴衷腸，或許就能看見一線明朗，看見一絲對希望的光明，但始終是失敗，始終是覬覦成空。

但世間卻有人與他相反，有人熱愛生命，有人享受他們淡泊悠閒，又或者是轟轟烈烈的生活，即使他們自身帶著痛苦，帶著無法解脫的病痛。他們都說，生命不在於長短，而在於有生之年，發揮了多少影響世界的一點力量，做了多少改變一生的突破。他就像隔岸觀望著的旁觀者，看著自己的人生頹圮成荒蕪的廢墟，除了哀嘆，沒有其他作為；而他們就像在熊熊烈火中，與旁人背道而馳的英雄，他們努力抵抗逆境，使逆境轉為順境。

有一種人，他打從心底深處的佩服，他們是器官捐贈者。因為各種突發的意外，而自己天人永隔，但他們卻為了還在與生命掙扎的病患，奉獻了自己的一部分，像是延續了原本幾乎消失殆盡的生命，他們依靠自己微小的力量，使旁人的一生有了接續下去的力量。

生命的價值不在於長短，而在於是否豐富璀璨，在於這短短幾十載的人生，是否做了富有意義的事，在於是否發揮了一點影響力，在於是否突破了自己原本平淡的人生。在歷史的洪流中，生命也許短暫，也許一瞬即逝，但卻是如此珍貴，能讓有限的生命體現無限的價值。

兩人高深的談論這生命的意義，因為彼此都在生與死的交界點徘徊，曾經那麼靠近死亡過，也曾經那麼輕易的又艱難的活著過。

「你，還會想死嗎？」林語忻有些尖銳的提出問題，這種問題總是讓吳易然啞口無言。

他沉默了。

還是想死，這個意念從來就沒有停歇過。

林語忻以為她的存在能讓吳易然的病症好起來，卻只發揮到一點效用，他變開朗了，但還是執著著站在死亡邊緣。

「沒關係，我知道你很努力了，辛苦了。」而林語忻依舊溫柔的安慰。

其實內心是失落的，她付出了那麼多，她愛上了他的靈魂，那個殘破卻依舊綻放微微光芒，渴求重生的靈魂。

什麼都做不了的時候，只能和他一起哭，願能分擔一點他的痛。

雖然有時候痛不欲生，每天浸泡在死蔭幽谷，四周瀰漫糜爛的死亡氣息，閉上眼就是一瞬墜落，看著自己在泥淖中浮腫頹爛，無論眼前的多少浮木，要攀上卻是如此困難。

有時候像個未爆彈，計時器的終點是兩條線，紅色和黃色，電影裡都有的末日情節，是倒數計時的爆炸，還是停滯在最後幾秒的求生。

這樣反反覆覆，不說病人本身，就連陪伴者也筋疲力盡了。

即便是現在，他們依然沒有學會堅強。

「但妳沒有討厭我。」吳易然說。

「在分崩離析前，不是我們沒有放棄你，而是你值得被愛。」林語忻回。

看著吳易然沉沉睡去的模樣，眼睫微微顫動，張口呼吸，不知是否沉浸在夢中，林語忻就覺得心疼。

這麼好的一個人，怎麼能被這樣折磨摧殘。

公車駛入深山，銀白的月光至蒼穹灑落，夜的香氣謐靜在充滿霧靄的空中，織成了一個柔軟的網，把旖旎的景物都籠罩在裡頭，眼眸觸及是一草一木依山傍水，是蓊鬱森森涓涓細流。

然後停在空無一人的公車站牌下。

「這是最後一站喔！」公車司機喊著。

曾幾何時，沒人發現時間這樣被偷走，回過神來竟已是終點。

「吳易然，醒醒，到終點站了，我們到底要去哪？」四周灰暗的氛圍令林語忻繃緊神經，彷彿下一秒黝黑的森林裡會竄出巨獸。

吳易然模模糊糊的清醒。「喔！到了。」

「到底要去哪？不會要去夜遊吧？」小雋略帶興奮的口吻問。

「不是啦，我們先下車，我帶你們去。」

又是這樣，保密的不肯讓其餘的人知道。

走到森林，遠眺河邊柳梢下，微風中搖曳的樹梢怎麼都像誰的身影在晃動，恍惚聽見誰隱約的呼喚，迴盪在天際之間。

「欸……我覺得好恐怖喔……回去好不好。」林語忻緊張的抓著吳易然的衣角，敏銳的感官使她承受巨大的恐懼。

反觀是兩個小孩，絲毫不害怕黑暗，拿著手電筒晃來晃去，就盼著能找到什麼珍奇異獸。

「別怕，我保護妳。」吳易然低沉的聲音說，然後緊緊牽住林語忻顫抖冰冷的手。

「你們兩個，沿著步道走就好，不要跑太遠！」吳易然稍微放大音量對有些距離的小雋及李恩妤喊著。

兩人不約而同的轉過身揮了揮手：「知道了！」

「別怕。」

林語忻眼前清明了一些，儘管還是會被驀然群飛的鳥兒嚇得腿軟，但吳易然說過，會保護她。

「快到了。」兩人踩上最後一階階梯，腳下是一片綠茵的草地平原。

綠光在夜空中流動，或許該說飄移，一頓一頓的墜落又升起，像在尋找白日遺失的夢。

夏夜，月光如流水般，靜靜的瀉在這片柳葉和花蕊，輕薄的霧靄飄在水面上。

綠光曳著長長的光影，連影子也趕不上牠的飛揚。他醉心於賞螢，醉心於追尋，於是螢的微光，那麼渺小，卻在她的眼前無限放寬。

不是什麼火樹銀花，不是什麼萬家燈火，僅僅微弱而迷離，在那一行行詩句間，牠駐足在字的前頭，駐足在字的圓滑，譜出螢的交響樂。

那是一片漆黑裡的光，是螢。

林語忻如癡如醉的伸出柔荑的手，盼著某些光點停滯在她的指尖，流螢在她身旁兜轉，圍繞綠色彩光，最後一隻流螢停在她的掌心。

就像囊袋裡莽撞的螢，她於心不忍，又放飛牠們自由。

在這片綠草如茵的原野，何止有著流螢的美，就連月色也是那般溫柔。

韜煙縹緲，林語忻帶著淡淡酡顏，耳根是炙熱的，紅的像那天絳色的夕曛，剛開始訕然，羞赧的不敢一步靠近，後來消弭了這份害躁，輕輕的細細的在他的眼下落了誓約，是林語忻治癒了他的閔憂，是吳易然治癒了她的緊繃。

「妳是光，像螢一樣，微弱且渺茫，但即便如此，仍是一點一點的把我照亮，現在在手掌上發光，終有一日，能見到我的臉龐。」

18

「我想活下去」

你說，這樣的美景，一生會不會就這樣見一次？

只要還活著，我也能帶妳走遍全世界。

流螢伴他們到了眼皮沉重，林語忻即使再想留戀美景，也抵不過幾乎要閉起的雙眼，實在太疲憊。隱約之中，她的身體被移動，被挪移到了寬大厚實的背脊上，肩上披起了羽絨外套，保暖了冷冽的身子。

「好好睡吧，晚安。」

這是她在睡著前聽到的最後一句話，溫柔細膩低沉的聲線，對著她那麼說。

晚安。

連兩天的行程，他們看大海，看星空，看日出，看花海，看流螢，第三天的旅程，他們一路睡到了退房時間才匆匆驚醒。

「本來就想說今天晚點起來沒關係。」吳易然從容的收拾行李。

「那今天的行程是什麼呢？」連續三天都是同樣的問題。

「今天是什麼日子？」吳易然瞇起眼微笑。

「我生日？」林語忻猶豫了一下，還帶著不確定的眼神說。

「實不相瞞，就是幫林語忻慶生！」這次吳易然終於肯大方的說出。

「十八歲，成年了，生日快樂。」吳易然率先說，語氣還是那樣溫柔。

林語忻驀然一顫，彷彿聽到了昨晚的聲音，在那個漆黑的關燈房間裡，整點一到，手錶響了一聲，耳邊突然傳來一句「生日快樂」。她回想起那個低沉厚實又帶著一些沙啞磁性，是吳易然的聲音。

「想起來了嗎？」吳易然哂笑。

林語忻懵然點頭，爾後房間角落爆出小雋和李恩妤的祝福。

「語忻姐姐生日快樂！」

然後門鈴突然響了起來，三人疑惑看向門前，唯獨吳易然帶著含蓄的笑容，小雋跳下床從貓眼觀看外頭。

「是服務員！」他打開門。

門前噴射出彩帶，眼前五顏六色翩翩落下，兩名服務員拿著拉炮，一名服務員推著餐車走到了房間正中央。

餐車上是一個慶生蛋糕，上頭有林語忻最愛吃的蘋果和草莓點綴，奶油純白的看似鮮甜可口，造型是林語忻和吳易然同樣最愛的動物小貓，上頭還插著「18」數字的蠟燭，蠟燭正隨風搖晃著。

「生日快樂！」服務員大聲祝福。

林語忻淚眼婆娑，眼眸蒙上了一層水氣，癟著嘴唇，感動的就要哭出來。

「那麼大陣仗……」林語忻輕輕敲了一下吳易然的肩膀，他知道她是欣喜的。

「因為是妳啊！」

「祝妳生日快樂，祝妳生日快樂……」李恩妤把房間燈關掉，服務員率先唱起生日快樂歌，然後一個一個都加了進來，氣氛和樂愉快。

尾音落下，所有人祝福的拍手。

「許願吹蠟燭！」小雋喊著。

於是林語忻閉起了眼，腦海中閃過這兩三天的種種美好記憶與畫面，第一次痛楚，第一次想念，第一次遇見，第一次治療，第一次曖昧，第一次淪陷，第一次被愛，好多的第一次佔據她的腦海中。

最後，是那抹笑容，那抹溫暖到融化隆冬大雪的微笑，和眼眸從黯淡到綻放星辰的亮麗。

「第一個願望，獻給大家，大家都要好好的，好好活著，好好生活。」

這一刻，有她最深的思念。讓雲捎去滿心的祝福，點綴她甜蜜的夢，願自己度過一個溫馨浪漫的生日。

「第二個願望，獻給恩妤和小雋，希望今年能看到妳的田徑比賽，小雋能找到喜歡的事物。」

「第三個願望，獻給吳易然。」林語忻瞄了一眼正溫柔注視他的吳易然。

「放在心底。」吳易然提醒，林語忻閉起眼，雙手緊握，誠心祈禱。

希望我們能愛的長久，希望你的未來，也有我。

真愛就是這樣的吧，無論對方再怎麼慘烈不堪，你依舊想對他溫柔如初，即便他說過「可不可以，不要再對我那麼好，不值得的。」你也覺得，他就是值得。

因為相遇了，因為愛上了。

這樣一個對白，如此頻繁的出現在他的生命中，都不曾預料到這樣普通的一句話，竟在生命裡深深的烙印了好久。

她曾聽過一句話：「永遠不要妄自菲薄，你值得所有人愛。」

因為你值得。

慶生過後，四人嘴上的笑意也沒停過，就連吳易然的嘴角也那麼略為的上揚，他的眼睛在笑，那是真心的祝福。

「今天壽星最大啊，想去哪裡？」李恩妤牽著林語忻的手，兩人就像天生在一起的姐妹。

這樣的快樂為什麼不能持續長久呢？

林語忻只擔心恐怕今天過後，吳易然又恢復那淡淡的蹙著眉頭的悲傷，好像生活裡到處都是悲傷的隱喻。

像繭一樣，隱隱破土而出的，那是希冀。

如果可以，她多希望時空只滯留在這一刻，凝結在這一瞬，他如暖煦的光溫和的笑容，由心散發的安逸與信任，好像與生俱來就是該擁有這樣的笑靨，不再總是愁苦。

她多希望，也是繡球花的希望。

「回家，我們慢慢回家吧。」

才離開城市三天，她已經開始想念那不冷不熱的溫度，和屏東的炙熱與台北的綿綿細雨，嘉義是最舒適宜人的氣候。

月台上。人群蜂擁而至，一下車廂塞滿了人群，吳易然蜷縮到門旁，倚靠著冰冷的扶手，氣定神閒的樣子，小雋跟在身後，有些擁擠的站在吳易然旁，而李恩妤看見這副景象，又是措手不及，又是忐忑不安，臀部懸空著又始終佔據位置，像是在抉擇什麼。

林語忻一抬頭才發現李恩妤為何這番行動。

一個巨肚孕婦吃力的提著大包小包，還騰出一隻手艱難的扶著火車座椅。

李恩妤小聲的和林語忻說：「姐姐，我想讓位給這個阿姨。」

「可以啊沒問題。」林語忻對於李恩妤意識到的道德觀念很欣慰。

李恩妤先是原地站起身，又怕一站起被其他年輕人搶走位置，點了點孕婦的肩膀，小聲的附耳：「阿姨，這個位置給妳坐。」

孕婦微笑點頭道謝，辛苦的挪移到了座位上坐定，而李恩妤與林語忻也不再擔心孕婦的安危。

小雋墊起腳尖看向火車上的跑馬燈，輕聲提醒：「下一站嘉義車站下車喔！」

林語忻牽著李恩妤的手，像身負保護李恩妤的重任，其實是怕瘦小又容易迷航的她，容易在人群中沖散。

李恩妤莞爾，她又感受到了姐姐般的寵溺，右手握的更緊了一些。

遽然間，林語忻胸口感到一陣刺痛，腦袋立刻浮出不祥，像千萬根刺扎在她的體內，然後慢慢的埋沒在心臟深處。

摩肩接踵的人群中，林語忻告訴自己再忍耐一下，左手指甲已經為了壓抑疼痛深深嵌入皮膚中，印出指痕，頸間竟驀然開始微微出汗。

耳朵開始轟然作響，所有聲音被壓縮成尖銳的高頻音，眼前已經開始天旋地轉，心臟正一陣一陣的傳來劇烈的悶痛。

看到的世界全是炙熱又張狂的，那種鈍重又窒息的疼痛，眼睛幾乎要從眼眶裡凸出來，鼻翼一張一翕，急促的喘息著，想呼救嗓音卻早已沙啞。

到站了，她痛的鬆開牽著李恩妤的手，李恩妤馬上回首，卻見林語忻眼神恍惚，眉頭卻緊蹙，深深的緊鎖。

「姐姐？」她被後頭的人潮推擠著向前，直至李恩妤的視線淹沒到看不見停留在原地的林語忻。

人潮散去，火車急促的響起提示音，車門即將關上，李恩妤拼命的撥開人群才發現，林語忻倒在車廂出口。

列車駛去，小雋和吳易然看到了匆匆趕來，李恩妤還來不及拉起倒地的林語忻，她痛苦的扭動身軀，然後一個翻身竟掉落火車軌道上。

李恩妤大驚失色，吳易然也霎時心跳漏了一拍，他趕緊望向掉在軌道上已經失去意識的林語忻。

小雋眼明手快的衝出，尋找車掌來幫忙，兩三個壯碩的車掌跳下軌道，要把昏迷的林語忻搬運上來。時間分秒必爭，下一班火車馬上就要行駛到站，若是這時還停留在原地，必死無疑。

火車與軌道有些落差，火車車掌吃力的將林語忻抬起，由上頭的吳易然接手。

只是吳易然滿是疑惑，為何身旁的人竟沒有一人發覺，而讓她掉到軌道上。

吳易然拿出手機打一一九，隱約聽見旁人已經聯繫，便放下手機，持續關注著狀況。而李恩妤更是緊張的當場哭了出來。

「她鬆開手的時候，我沒想那麼多，只是看到臉色有點蒼白，人太多我拉不到她的手……我救不到她……」李恩妤抽抽嗒嗒的講著，流淌漫漶的淚水。

小雋伸出手想拍拍她的肩安慰，卻不知該說些什麼，只能沉默，然後也默默的掉了一滴淚。

「不是還好好的嗎？說好一起回家的……」吳易然懊悔又自責的說。

今天可是她的生日啊。

救護車尖銳的鳴笛，吳易然彷彿又聽到了那晚，那死亡的預告聲。

「一個人陪同上救護車，誰要上來？」救護人員問著。

眼前是恍惚的，當時他毫不猶豫的就上車了，只是最後呢，看著生命一點一滴的失去，只是後來，換來的卻是絕情的亡命。

李恩妤與小雋面面相覷，還是覺得在場最有資格的是已經成年，且理性的吳易然。

「易然哥？」吳易然沉浸在出不來的空間裡，他眼神發直，嘴唇微顫，然後一步又一步的緩緩後退。

那是恐懼。小雋看出來了。

「你可以嗎？」腦中滿是救護車刺耳的鳴笛，時間不斷消失，再遲一點，就又離死亡更近一些。

我想活著。

「對不起……對不起……我做不到……。」吳易然幾乎崩潰，他蹲下身劇烈顫抖，他始終克服不了那種由心而生的那種懼怕。

「那我去吧。」李恩妤輕輕落下這一句，陪著林語忻上了救護車。

然後救護車在吳易然迷濛，滿是水氣的眼前離去。

他很怕。

很怕再也見不到了。

小雋停留在原地，沒有說什麼，心臟像被狠狠揪住，他們都以為會好好的，他們最不想看到的事卻還是發生了。

「會沒事的……」小雋發出細語，懦弱的。

其實他也不敢確定，剛才發生的事太過驚悚又快速，幾乎是等他回過神，就已經是吳易然原地的潰堤。

什麼都做不了的時候，只能跟他一起痛哭，可是這次，好像連疼痛也無法分擔。

太過巨大。

「還是要面對的……」吳易然倔強的紅著眼眶，其實手部顫抖的劇烈，連要伸出手拉過小雋都是困難。

「我們……搭計程車去。」走出了火車站，攔截了一輛計程車，請司機以最快的速度到嘉義醫院。

「麻煩快一點謝謝。」吳易然擤了擤鼻涕。

他們在醫院裡兜兜轉轉才找到了急診室的林語忻和李恩妤。

「現在狀況怎麼樣？」

「醫生只說心臟病復發，已經到心臟衰竭了。」

吳易然聽了大吃一驚：「那她這幾天是怎麼忍耐過來的，就為了不影響我們的行程……」

李恩妤握著林語忻的手：「姐姐真的太善良了，都病成這樣了。」

急診醫生來了。

「醫生她……還能活多久……？」

「心臟衰竭通常是指左心室的肌肉因為某種原因而衰弱，造成無法有效的輸出血液，發生的原因可能是原發性心肌症，冠狀動脈阻塞造成的缺血性心肌症，或其他原因。當病人接受適當的藥物治療，傳統手術治療及介入性治療後，仍無法改善嚴重的心臟衰竭，或產生一些併發症，如惡性心率不整，需要強心劑維持或機械輔助循環就有可能要考慮心臟移植。」

急診醫生說完這串話，交代身旁的護士幾句後便離去。

「心臟移植……誰能給她心臟？」吳易然聽完恍恍惚惚。

「你先別急，肯定能找到配對的人的。」小雋趕忙安慰，他感覺自己在這趟旅程能做的角色就是負責安慰，當個他們的樹洞。

又在急診室躺了一小時，醫生說要轉院到規模更大的醫院，於是轉院的救護車來了，把昏迷的林語忻抬上了救護車，又用同樣的眼神環視三人，正要開口詢問。

「我去吧。」

吳易然癟了癟嘴，眼裡滿是心疼，明明那麼恐懼，明明心底滿是陰影，明明自顧不暇。他戰勝了自己的懦弱，決心要為了愛的人奉獻，哪怕是最弱小的傷兵，哪怕是最畏葸的殘將。

「你們兩個自己坐計程車或公車回家可以嗎？」吳易然不忘回首詢問兩人。

「沒問題。」小雋拍拍胸脯，遊遍台灣的他，早已對各項運輸工具瞭若指掌。

李恩妤則伸長頸子望向救護車上的林語忻，怯懦的問：「我能跟著去嗎？」

吳易然看向醫護人員，醫護人員沒有露出不耐煩情緒，也或許是口罩遮蓋了臉上的表情，但他看到醫護人員輕輕的點了點頭。

「趕快上車吧，救人要緊。」吳易然說，然後向小雋揮手道別。

小雋看著救護車的影子漸行漸遠，跟著追了上去，跑了一段路後，直到再也沒有力氣，他撐著膝蓋喘息，然後在這個步調緊湊的都市。

其實他什麼都不知道。

不知道怎麼回家，不知道怎麼樣，林語忻才會好起來。

一個人蜷縮在公車站牌的綠色椅子上，椅子油漆斑駁，坐上去都是碎屑，他焦慮摳著碎屑，綠色翩翩落下，看著公車一班一班的駛過，看人一個個上車了，又下車，然後他依然停留在這裡。

嘉義的夜晚又下起了雨，濃重又潮濕的氣味在城市蔓延開來，沉浸在滂沱驟雨中，淋濕了髮稍，貼在濕潤冰冷的臉頰上，他無力撥開，只是環抱自己蹲下身發顫。

他可以綻開笑靨的對吳易然說，沒問題，一切都沒事的，但他沒能對自己說，夠了，別再硬撐了。

其實他也很害怕。在這繁華的城市。

「小朋友，你怎麼自己一個人在這裡？」昂首，是一個穿著警察制服，俯身詢問著他。

恍惚之間，他的魂魄像被從身體抽離了，又像是某種東西蠢蠢欲動的要替代他，從他體內竄出，將原本完好的夏雋致貶落到身體靈魂最低處。

再也開不出花來。

小雋莫名哭了起來，懦弱的聲音回答：「我叫夏伊驊，八歲。」

「你怎麼了呢？家人在哪？迷路了嗎？」面對警察一連串的問題，他有些手足無措。

「我只是，只是……不知道，我為什麼在這裡……」夏伊驊眼淚沒有停歇，和著大雨一同滑落到下巴。

「你家裡人有電話嗎？」

「不知道。」

「我帶你回警局好嗎？」警察語氣溫柔，像是怕嚇到畏縮的夏伊驊。

夏伊驊搖了搖頭，欲哭欲笑，欲喜欲悲，他緩緩站起身，警察正以為他終於肯跟他走時，夏伊驊卻拔腿狂奔，在滂沱的大雨裡，斗大的雨滴落在夏伊驊的雙頰上，落在他那早已失重而坍塌的肩頸上，落在他心上那一個巨大而深厚的窟窿上。

警察要追上，卻發現大雨導致視線不清，他連夏伊驊的背影也望塵莫及，夏伊驊左鑽右躲，跑進陰暗的巷子裡，又跑到繁華的大街上，像誰在追捕他一樣，他不停的回望，不停的奔跑。

喘息之間，引來不少人的側目，他惶恐不安的眼神，影響了路人，路人覺得怪異，全都避之而走。

他搖搖晃晃，莽莽撞撞，雙頰帶著酡顏，像是喝酒醉，眼前的景是搖晃的，最後一幕是他倒在一間花店前，花店香氣撲鼻，讓他忍不住想起了花海，想起了繡球花的盛綻，可是希望呢？

就這樣安安靜靜的，腦袋沉沉的，這是漫長的梅雨季節。

消毒水的味道一直刺激著鼻腔的黏膜。

這樣幽長的走廊，頭頂是一盞一盞蒼白的燈管，把整條走廊籠罩在一種哀傷的氛圍裡。

回到了熟悉的醫院，眼前的余醫生眉頭緊鎖，咬著下嘴唇，看向手上的資料。

「怎麼會這樣突然就衰竭了呢……？」余醫生自責的喃喃。

「她忍了一整天，不，或許從出遊的那時就已經開始……只為好好的走完這趟旅途。」吳易然低聲，有些哽咽。

他只記得，看流螢那時，在那長至百階的階梯，林語忻一步一步，拖著沉重又艱難的步伐，途中幾度停下來劇烈喘息，吳易然沒想那麼多，只是以為她的體力不好，還細心的攙扶著她漫步。

在漆黑一片的夜裡，林語忻的臉慢慢的轉為慘白。

誰都沒發現。

最後的沉睡，她忍著心臟的悶痛才睡去。

除了擔心，還有自責。

醫生的診間虛掩著，吳易然走到門口，便聽到兩個醫生的談話，他挨著牆邊，往內探去，氣氛有些凝重，像是飄在空中，像在一縷光線裡的塵埃都忍不住停滯在空氣浮動。

內容斷斷續續，聲音時而高亢，時而低沉，還伴隨著喉間吐出的長音，冗長而悠揚。

「心臟衰竭……換心……捐贈……」

和在先前醫院的醫生說的內容相同，心臟衰竭，勢必要更換一顆心的健康心臟。

吳易然抿著下唇，心裡滿是繁雜的思慮。

「可是現在……沒有捐贈者……」

第一個願望，好好生活，好好活著。

「你說過，希望成為我活下去的理由，那現在，我也希望你為了我好好活下去，好嗎？」

我想活下去。

吳易然沒有勇氣繼續聽著結果，只是絕望的沿著牆面滑坐，他掩面，輕輕的啜泣，溫熱的胸口，巨大而寂靜的在悲傷裡流轉，那是一條悲傷的河流，裡頭承載了吳易然的靈魂，漂泊著，永不垂歿。

為什麼？上蒼不讓那麼渴望活著的她好好活著？

19

「你知道，比翼鳥要兩隻一雌一雄並行才能飛行，我在等你好起來，我們一起飛行，一起去看這世界的美麗。」

吳易然蹲坐在門口，醫生開了門走出來，詫異的看著他。

「你都聽到了？」

吳易然輕輕的點了點頭，眼神哀淒。

「醫生……我拜託妳救救她……」吳易然涕泗縱橫，趴跪著拉著醫生白袍的衣角。

「你也聽到了……目前沒有捐贈者……」醫生為難的說。

「那……她還能撐多久……？」吳易然盼著，盼著能聽到一絲希望。

「她的衰竭太過急性，再晚一點可能造成多重器官衰竭，到時候就……」醫生含蓄的回答。

吳易然低下頭，他知道了，這是他最無能為力的時候。

「好，謝謝妳醫生……」醫生點了一下頭轉身離去，純潔的白袍上承載多少性命垂危的生命，她的背影要多強大多勇敢，才能坦然的面對每個生命的離去。

李恩妤看著林語忻送進加護病房，眼淚早已流乾了，只剩心臟的那種疼，那種拿著匕首深深淺淺的捅著的痛還存在著。

玻璃窗裡，林語忻躺在潔白的病床上，臉上罩著幾乎要蓋住她臉部的氧氣罩，一吸一吐的呼吸著，氧氣罩起了白色的霧氣。頭頂是一袋葡萄糖與各種不知名的藥劑，連接著細小透明的膠管，汨汨的輸入了林語忻的手臂裡，又再一次回到了滿是瘀青和針孔的手。

一旁的電子儀器規律的跳動，安穩而沒有危險的紅色電子波浪。

李恩妤蹲在地上，臉部埋沒在手心裡，整個人散發淡淡的憂愁，卻又偽裝的甚好，像個不小心睡著的人。

吳易然把剛才聽見的話轉述給李恩妤，李恩妤面容凝重，也沒多說什麼，只是持續看著林語忻。

因為她害怕，害怕下一瞬就見不到了。

突然，林語忻眼睫動了動，微微的睜眼，太過光亮的世界讓她又閉起了眼，然後緩緩的抬起手，看見熟悉的針孔，看見熟悉的病床和電子儀器。

她醒了。

兩人急忙湊到玻璃窗前，她的臉上是兩行清晰的眼淚，沿著臉龐的稜線，流入白色的枕頭及被單。看到她嘴巴微微抽動著，只說了三個字，看似是一直重複著，對著李恩妤和吳易然說，吳易然一下就看懂了。

對不起。

吳易然拿出手機，想打通電話詢問小雋是否到家了，卻始終沒有撥通。他開始擔心。

「小雋去哪了，怎麼不回我？」

李恩妤也拿出手機，試圖撥通電話並留言，但也同樣沒有得到回覆。

林語忻安穩的沉沉睡去，狀況穩定了些，小雋一直沒有接電話，吳易然有點擔心，便對李恩妤說：「妳先回家休息吧，妳爸媽一定也很擔心，我去找小雋。」

李恩妤懂事的說：「沒關係，我很獨立的，我爸媽很放心讓我自己一個人。」

「那至少打個電話報平安。」吳易然吩咐著。

「這是一定要的。」說著就把手機拿起打電話。

「那我去找小雋，有事再打電話給我。」吳易然匆匆落下這句，走出了醫院。

「小雋你到底在哪……？」

他不知道小雋到底有沒有坐上公車，更沒問他家地址，手機訊息都沒有回覆，在茫茫人海中，就像顆默默的沉石，就算長出了青苔也無人發現。

吳易然開始後悔放下小雋自己一人，他無從找起。

那些因迷茫而凝結起來的心情，彷彿一首低宛的曲子，不停地吟唱落寂的憂傷。

不知道為何，他總有一種預感，小雋根本沒有回到家。

煙雨濛濛，在一條條白色的界線上，潮濕的風曳曳，冰涼至頭頂傾瀉而下，清寒而凜冽，一雙沾滿泥濘的腳踏破紅塵，奔波細雨綿綿，跑遍浩渺的世界，一次次用力踩在水窪上，再一次次的濺起。

呵氣在公車冰霜的玻璃上，一團白霧縹緲，指腹劃開笑顏，卻又被窗外的雨滴劃成哀傷。

這是預兆嗎？

他先聯繫了和小雋分開時最近的警局，請他們留意是否有類似小雋那樣年紀的小孩在迷茫的路上。

走了好久，夜色如墨，像打翻了一瓶黑墨，再灑上幾點白斑成星點，殘星在蒼茫的天穹，張開了雙眼。

這場驟雨，和吳易然汩汩落下的淚水，在雨中濕冷的發抖，打著寒顫咬著皸裂的雙唇。

雨水追進了窗，留下劃破的傷痕，流淌入海洋，那是波光粼粼的寒霜，是一片片落入水中的碎花，是一道道緘默的時光。

晦暗陰冷的巷子裡，雜物箱子隨意堆放，紙箱旁流出一小股水流般的血液，地上有遺落的匕首，和流淌積蓄起來半凝固的血液。

空氣裡是從沒聞過那麼劇烈的血腥味道，甜膩的讓人要把胃酸吐出。

男人一腳踩在黏膩的血液裡，足足有一毫米的鮮血，淌在一小窪坑間。

畏縮在角落裡的夏伊驊，頭傾斜的靠在斑駁的牆面，牆面也沾上了已經乾涸成咖啡深色的血液，眼眸半睜著，目光渙散失意，看不出任何聚焦，他的頭髮被剪的如鳥巢般混亂，臉上是紅腫瘀青的印記，一條血絲緩緩的從嘴角流出。

他一隻腿已經瘸了，右大腿被狠狠的砍了幾刀，夏伊驊想嘶吼，卻發現喉嚨裡只能發出短促的氣音，他扶著牆壁，搖搖晃晃的站起，忍著右大腿撕裂般的疼痛，緩步向光明的巷子外走去，然後一個無力，又摔落，傷口刺痛著，鮮血沒有停歇的湧出。

男人踢了踢幾乎快失去意識的夏伊驊，戲弄的說：「喂，起來啊，我還沒玩夠呢。」

他粗暴的撕開夏伊驊骯髒的上衣，匕首在身體的肌膚上輕輕遊走，從腹部到胸膛，兩側的肋骨，然後再到頸子，急速的在頸部劃了一道傷痕，淺淺的，是刻意的，卻又光明正大的威脅。

夏伊驊口中吐出唾液，裡頭混合著血液，他此刻是帶著無法擺脫的無望感。

如果可以，他寧可現在要求他置於他死地，雖不願帶著這些疼痛死去，但他更不願被一點一點凌遲被虐待而死去。

看夏伊驊已無力反抗，男子更是興起玩性，褪下身下的衣物，像被蹂躪的玩偶，一下一下的抽送，像被操控的機器，一次一次的帶著一點痛苦的喊叫。男子是喪心病狂的，他把求救的哀嚎當成曖昧的呻吟，自我想像著身下的人的享受。

那種痛是羞辱且記憶一輩子無法抹滅的。

夏伊驊已經開始看見自己的生命之花，漸漸萎落，知道花期就要殞落，再也開不出燦爛，他的貞潔已被奪去，他的初心已被唾棄，連枝椏也因吸收不到養分而要殆盡。

夜半兩點，男子結束了歡愉，滿足的將夏伊驊隨手丟棄，像破舊的玩具到最後都會因此而汰舊換新，他終於成為舊物了，終於不必被凌虐了。

夏伊驊昏厥在無人的街巷裡，眼眶微微泛青，但那身體依然溫熱，淺淺的呼吸著。

好似在做最後的掙扎。

然後花期停留在枝椏垂危的枯萎，再也聞不著芳香和清新，清澈和純淨的靈魂冉冉升起，要抽離花瓣的豔麗。

就這樣沉睡。

喧囂的塵埃，在瞬間化做虛無，一片黑暗之後，心中曙光盛放開來。

迷離的眼神，離開了那些未知的幻影，緩緩地張開，視線回落到了溫柔的晨光之中。

那些景象，一下子飛散開去，與夢境一起消失了。清澈的冷氣涼風掠過容顏，昭示著又回到真實的彼岸。雙眸中都是異彩的流動，甦醒在流逝的虛幻之後。

清醒的時候，是在嘉義醫院的急診室，吳易然就在身邊，很快發現了夏伊驊的動靜。

「你是夏雋致，還是夏伊驊？」吳易然一開口便是犀利直接的詢問。

夏伊驊對吳易然這番詢問沉默了一下，膽小的用一種哭腔說：「夏伊驊。」

「小雋呢？夏雋致去哪了？他什麼時候回來？」

「我不知道。」夏伊驊捂著耳朵，又落下了兩行淚。

此時，吳易然是心疼的，他剛接到警方的訊息時，夏伊驊正渾身浴血的倒在血泊中，甚至有被強暴的痕跡。

不管是誰，夏雋致也好，夏伊驊也好，那是夏雋致的身體，他被凌遲成這樣，身上大大小小的刀痕，聽說現場還遺落了一把裝了子彈的手槍，要是再晚點，可能就是性命垂危，或是已經死去。

「你幾歲？」

「八歲。」

夏雋致的解離人格會是八歲的夏伊驊，其實他從國小二年級開始，就陸陸續續的遭到霸凌對待，當時年輕不懂事態嚴重，老師隨意處理就讓這件事這樣過去，一直到國中，夏雋致又再度被霸凌，便解離出了這個愛哭又膽小的人格八歲的夏伊驊。

你說，他為何不解離出保護他的人格？或許有，只是從一開始都是他一人默默承受，一人哭泣，一人忍受，或許夏伊驊只是一個讓他抒發的人格，一個代替他憶起那些疼痛回憶的人格。

包括這次的強暴，原來他以前就曾經歷過。

「對不起，我不應該把你留在那裡，你還那麼小……我卻……」吳易然很是懊悔，深深的自責。

「我不是不喜歡你，只是如果可以，我還是希望夏雋致能回來。」吳易然又說，他要看到完好的夏雋致才算放心，才算抵消了內心的愧疚。

出來吧。易然哥在呼喚你了。

那些難耐痛苦的記憶，我替你記憶著，回去時，就當不小心受傷了就好。

我會替你承受那些痛，但你也要堅強，希望下次，出來的不是我，而是真的能保護你的人。

迷茫的聲音在耳邊環繞，四周是陌生的環境，他再一次的清醒，而這次，是以夏雋致的身分活了過來。

「小雋，是你嗎？」吳易然引頸期盼。

小雋低下頭，看著自己的軀體，實質的觸摸自己的身體，隨後抬起頭，用初次見面的那種燦爛的笑靨回答。

「哥哥，是我。」

吳易然眼淚驀地就掉下來了。

「對不起……讓你承受那種痛……」吳易然壓抑的哭著，嘴裡斷斷續續的道歉。

小雋用另一隻沒有插滿針頭的手，摸了摸俯在身旁的吳易然，「沒事的哥哥，都過去了。」

吳易然皺著眉，紅著眼眶再也忍不住的噴出眼淚，「我真的……很害怕……你們都走了……」

「我還在這裡啊。」小雋淺淺笑著，鼻頭有些酸，眼前也浮著一層水氣，但他沒哭，持續淡笑著。

吳易然這幾天疲於奔波，情緒大幅波動，終於忍不住在小雋面前潰堤了。

「沒事，抒發是好事。」

「語忻姐姐還好嗎？」小雋問。

卻反而換來吳易然的寧靜及沉默，看他這樣，小雋便略知一二了。

「狀況不好吧……」

「嗯……」

「哥哥你先回去照顧語忻姐姐吧。」小雋說。

「不行，我不能再拋棄你了，語忻那邊有恩好顧著。」

「我們等醫生評估看看明天能不能出院，再帶你回家。」吳易然堅決的說，他不能再丟下小雋自己一人了。

小雋身上滿是繃帶及紗布，頭部也因劇烈撞擊造成輕微腦震盪，短時間內出院恐怕有點困難。

「好的，謝謝醫生。」吳易然鞠躬道謝。

看向小雋傷痕累累，吳易然又是一陣心疼。

今晚，我陪你，好好睡吧。

隔天一早，兩人坐在病房的病床上，聊起了前一晚，為何這樣悽慘落魄的倒在巷子內。

「雖然夏伊驊要我把這一切當作只是受傷，但我還是問了他細節。」

吳易然聽起來，夏雋致和夏伊驊兩人的記憶是不相通的，卻可以透過對話知道彼此生活。

「因為跑進巷子裡，意外目擊到了犯案現場，當場第一反應不是逃跑，而是愣在原地，歹徒見我沒有動靜，又怕我去報警，便想把我凌虐致死。」

巷口沒有監視器，也沒有任何一人目擊，要是再晚一點被發現，夏伊驊失血過多，就是命在旦夕了。

「頭還是有點暈呢……」除了匕首製造出的大腿割傷，還有磚塊襲擊頭部的重擊，才會造成腦震盪。

「在醫院就好好休養，你這樣突然的解離也是很危險的。」吳易然囑咐。

「好啦我知道了。」小雋回答。

「語忻姐姐一直沒醒，醫生說她惡化的太快，再不換心，恐怕……」李恩好臉色凝重。

吳易然輕巧走進加護病房，握起林語忻柔軟的手掌，輕柔的訴說：「林語忻，妳知道，比翼鳥要兩隻一雌一雄並行才能飛行，我在等妳好起來，我們一起飛行，一起去看這世界的美麗。」

他深情款款的望著林語忻緊閉的眼眸，可是林語忻始終沒有睜開眼睛。

吳易然始終相信林語忻聽得見他所說的話。

「妳最喜歡紅茶我幫妳放床邊，等妳醒來可以喝。」

病房維持好一陣子的靜默，李恩好先行回家，小雋則繼續住院，而吳易然持續守在醫院，只為盼著一瞬奇蹟。

突然，門外一陣騷動，有人驚聲尖叫，也有重物撞擊的聲音，吳易然並沒有太在意。

兇神惡煞的老大拿著看起來價值不菲的金屬球棒大搖大擺的走進醫院。

「林語忻的病房在哪裡？」口吻霸氣兇悍。

櫃檯正好只剩兩名護士，護士嚇得愣在原地。

「護士小姐不要怕，我只是來問事。」

護士一聽更是猛搖頭，害怕的眼淚就要掉下來。

老大重重的嘆了一口氣，口中散發出惡臭的檳榔及菸味，眼神銳利的瞪了瞪護士。

一個比較勇敢的護士顫抖的拿起手機正要報警，卻緊張的手一滑掉落地面，老大嫌惡的看了一眼，嘖嘖兩聲，隨後抬起球棒，向下重砸。

「啊！」護士嚇得花容失色，四周的病人也退避三舍，手機碎成網狀，畫面定格在電話頁面，還未撥通的一一九。

病人們四處逃竄散開，媽媽趕緊摀住小孩的眼，將他們帶離現場。

場面僵持不下，直到兩名保全和醫生匆匆抵達，保全大聲喝斥，卻沒有逼退老大。

「我姓陳，我找林語忻。」陳老大憤怒的敲打櫃檯，桌上的文件被掃到地上。

「那個陳老大……陳先生……你先冷靜，請問你找林語忻什麼事？」一名醫生怯懦的問，消瘦的他比起眼前高大壯碩的壯漢簡直弱不禁風。

「關你屁事。」陳老大鄙視的看向那名醫生，將他推到身旁。

「算了，分開找！」一聲令下，十名黑衣男子分別走往不同方向。

另一個護士撥通了一一九，全程靜音，但又讓警方聽清，她的手心微微沁出汗液。

醫生和保全無法分身乏術，只能緊守著林語忻所在的加護病房。

不一會兒，加護病房果然被找到，保全正全力抵抗陳老大的進入，又是抓手又是勒脖子，雙方都傷痕累累。

「閃開啦！」陳老大用力一推，保全一個踉蹌跌坐地上。

「林語忻！」

床上躺著瘦小的林語忻，她緊閉著雙眼，秀髮散落潔白的床單，氣若游絲的喘息，身旁正坐著男孩，擔憂的握著她的手。

吳易然轉頭驚見大陣仗人馬，滿臉不解，似乎察覺到事態嚴重，蹙著眉站起。

「怎麼了嗎？」手依然緊抓著林語忻。

「你是誰？跟林語忻什麼關係？」

「我是她男友。」吳易然盛氣凌人的回答。

「林語忻她媽欠我們好多錢，幾百萬的錢沒有還來。」

「所以……你現在是來討債嗎？」

「對！」

「可是大叔，那不是語忻的錯……」吳易然講到後來聲音越來越小，因為他知道林語忻媽媽借這些錢，是為了給林語忻治病。

那不是她的錯。

輔導老師也曾這樣跟他說，不是你的錯。

可是真的不是嗎？有多少人因他而心力交瘁，又有多少人因他而淚流滿面，越來越多的罪惡感席捲而來，幾乎將他壓垮。

他們都被所謂的情誼綁住了，吳宥然被班上同學霸凌，只不過是因為爸爸做錯了事，而他是爸爸的孩子；林語忻此刻正昏迷著，卻連討債老大也要向她索取巨額，只不過她是媽媽的女兒。

親情是人們最開始接觸的情誼，卻也成為最深的羈絆，最艱難的割捨。

「我不管！星期五前至少交出十萬元！不然以命償還！」陳老大狠狠的下了最後通牒。

吳易然聽了一急：「怎麼短時間要我們怎麼籌出這筆錢？」

「誰叫她要生病，她不生病她媽就不會來借錢，現在人死了，只有她女兒能償還這幾百萬！」陳老大口無遮攔的說。

「就這樣，星期五匯款到我的帳戶。」陳老大落下這句話，揚長而去，留下失意喪志的吳易然。

儀器平穩的跳著，和吳易然的心跳相同規律，吳易然的右手始終緊握語忻的左手，一滴淚由林語忻眼角滑出，其實分不清她是否仍有意識，只是吳易然仍輕輕的在耳畔落下：「沒事的，我會想辦法。」

警察終於來了，而老大們早已消失無蹤，他們只調查事情原委和被破壞的事物就離去。

林語忻經過這番騷動仍然安穩的沉睡著，像個在夢境裡的睡美人，只有胸膛的起伏證明著她還頑強的活著。

吳易然卻開始害怕陳老大會接二連三的擾亂，但現在要緊的是，如何在短短幾天內籌到十萬元，這可不是個小數目。

「哥，你真的要這麼做嗎？」吳宥然看著眼前兩個裝滿銅板及藍色鈔票的大豬公。

「她救過我好幾次，我不可能這樣眼睜睜看著她喪命。」吳宥然看見吳易然眼裡透著一絲不甘和憐憫。

「嗯，不能讓語忻姐就這麼走了。」吳宥然也附和。

然後兩人一起拿錘子，敲碎玻璃豬公，銅板和鈔票全灑落在桌上。

兩人分工數算著零錢，卻發現仍不足餘額。

「還是差了五萬……」吳易然垂頭喪氣。

「那拿我銀行的錢吧！」吳宥然猛然說。

「可是，那是你大學的學費……」吳易然知道大學學費非常昂貴，去打工除了支撐家中經濟也是為了儲存學費。

「那都以後再說啦！等我十六歲我也能向你一樣打工！」

「你真的要這樣做？」反倒吳易然擔心起吳宥然。

「真的，我也想救語忻姐，畢竟還是人命重要啊！」吳宥然肯定道。

「那好吧。」

只是誰也沒想到，不過一天光景，陳老大又來醫院胡鬧。

「我們老大受傷了，還不趕快幫他治療！」小弟對著忙碌的急診醫生叫囂。

他的右手臂有一道長二十公分的刀疤，傷口頗深，鮮血不斷湧出，這恐怕是打架鬧事造成的傷痕。

「你們這破醫院到底在幹嘛啊！」老大怒氣沖沖的吼道。

「他還能罵人，狀況應該不算太差，先處理這個雙腿被貨車碾壓的病患。」醫生對護士耳語。

看著所有人視而不見，他一氣之下，拿出口袋的瑞士刀，亮晃晃的在病患及醫生護士前揮舞。

「快點幫我治療啊！」

「先生，這裡有比你更嚴重的病患，而且他比你先到急診，請你稍後等待。」

「好，你們要這樣逼我就是了！」老大拿著瑞士刀，隨手抓了一個頭部撕裂傷的女孩，用刀尖抵住她的脖子。

醫生看了嚇了一大跳，為了擔保病患的安全，小心翼翼地說：「先生，你先把病患放下，我們立刻幫你治療。」

保全上前，趁著老大不注意，奪走手上的危險物品，並拉走被挾持的女孩。

老大悶哼一聲，坐在病床上，醫生急忙替他打麻醉，開始縫針。

掀開衣服全是大小新舊的疤痕，老大自豪的說，這是在黑社會混過的痕跡，醫生聽了則一臉無奈。

傷口處理完後，急診室又來了一批連環車禍的重傷患者，醫生也無暇再管老大。

老大憑著前幾天的記憶，走到林語忻的病房，林語忻此時還在加護病房昏迷著，獨自一人，無人照料。

老大看著安詳稚嫩的臉龐，動起了一股殺念，先是雙手勒住林語忻的脖子，心電圖產生變化而急促的響起。

「煩死了。」他隨手切掉電源，心電圖儀器頓時恢復安靜。

林語忻的脖子已經被勒出紅腫，她正吃力的呼吸，卻吸不到新鮮的氧氣。

一名護士經過看到這副景象一驚，隨後驚聲尖叫，惹來醫生的關注，數名醫生湧入拉扯老大，老大卻殺紅了眼不肯放手。

兩名警察到來，一個拿著警棍，一個毫不猶豫的拿起警用手槍。

「住手！雙手背到後面！」警察氣勢磅礴的喝斥。

「是、是、是。」老大一臉吊兒郎當的模樣舉起雙手投降，警方立刻將他上銬。

「呿！」他朝地上吐了一口唾液，然後在警方的扣押下坐上了警車。

醫生趕緊查看林語忻，只見她重重的吐納，各項檢查也沒有問題，總算鬆了一口氣。

吳易然來探望林語忻聽聞這事時，緊張的眼淚都快掉出來了，怎麼會有如此可恨之人要奪去林語忻的生命。

「沒事就好，沒事就好。」吳易然拍拍胸脯，也握了握林語忻的手打氣。

在星期五，吳易然匯款了十萬元到老大的帳戶，而老大卻也因破壞公物及過失傷害罪被起訴。

「這種人就是要繩之以法。」李恩妤憤恨的說。

「對啊，讓他進監獄好好反省。」小雋恢復了大半，精神奕奕的參與著話題。

吳易然談話的同時，眼神依舊落在林語忻身上離不開。

「語忻……我會盡量幫妳找到捐贈者的。」

夜幕低垂，願今日的大家都能好眠。

願，林語忻盡快清醒。

20

「這不是自私啊，離去的人很勇敢，很有勇氣離開這個不適合自己的世界。跟努力活下去的人一樣勇敢。」

他喜歡大海。

喜歡它安靜的樣子，咆哮的樣子，望眼過去那開闊無邊的大海，雄渾而蒼茫，把城市的裂縫，擁擠，嘈雜全都拋到九霄雲外。

也喜歡天空。

喜歡天那麼藍，連一絲潔白的浮絮都沒有，像被過濾了一切雜色，瑰麗地熠熠發光。

天空和大海相愛了，但他們的手無法相牽，愛也無法繼續，天空哭了，海的雙眼也濕了，天海相連成一線。

明明是那麼相近的兩人，你說他們為何不能相愛？明明那麼柔弱的人，你說為什麼要讓她被病魔侵蝕著？明明是那麼堅強的人，你說為什麼死亡在別人眼中就是自私？

他的身體裡有片海洋，與靈魂共存，那片海，由眼淚構成，當靈魂在夜裡潰堤時，就用瓶子裝起大大小小的人悲傷。

都是海洋。

也想像一些人，無聲無息的倒下，像影子輕輕的從眼前砸下，或是在半空中搖搖欲墜，還是沉落到深藍的世界。然而沒有鮮花，就連蔓生的雜草枝葉也不復見，沒有墓碑，沒有他們的記得。

看著眼前的病危通知時，他竟沒有太大的情緒起伏，看著黑紙白字，他心裡沒有一絲波瀾，沒有一點石沉大海的沉重。

好像早已預料到結果，而他始終只能這樣。

幾天前經過花店的時候，被馨香吸引，一眼就看見在這個春末夏初開的最盛的繡球花，陽光灑在四種顏色的繡球花瓣上，燦爛而光彩奪目，回憶開始蔓延，最先想到的是她的笑靨。

你知道繡球花的花語是什麼嗎？

不知道。

是希望。

花店店員說：「五月是繡球花開的最美麗的時候。」店員深邃的眼眸望著吳易然，吳易然從她的眼中看見了自己，那個放下所有身段，溫柔心思細膩的自己。

在潮濕的日子裡，將淚水藏在下雨的季節裡，無論晴雨，繡球花是唯一的希冀。可是今天，花店停止營業了，鐵門上貼著斗大的字跡：永久休業。

那個五彩斑斕的店面成了清冷的灰色，一簇簇，一叢叢，一朵朵爭芳鬥豔，那個總是引來無數人駐足關賞的花店，那個總是如沐春風的花束，成了一片灰暗的鐵牆。

結業了。

那天，沒有繡球花。

那天，她心臟纖維顫動被急救了。

繡球花一夕間枯萎了，看到抖動的曲線，和醫護人員蜂擁而上，拿起電擊器，胸腔大力的震動，像棉花被掏空的玩偶，手垂在病床旁，呼吸就這樣斷了一瞬。

替她簽病危通知書時，雙手是顫抖的，像所有文字都在跳躍，零零落落的散了一整地，而他在地上摸索著，摸索那些，曾經對他而言是那麼輕而易舉的東西。連簽名時藍筆也斷水，像是在跟他做對，要林語忻頑強的活下來。

「吳易然。」

「嗯？」

「如果哪天我死了，不要救我，不要電擊，不要CPR，讓我安安靜靜的走。」

「不要說這種話，妳會好好活著的。」

「我說如果，如果有如果，好嗎？」

「好……」

他答應過的，答應不要救她的，可是出於自私，他想要她活著，就像憂鬱症的他，那麼嚮往死亡，卻被社會大眾譴責自私，因為他們渴求的活著，竟是他隨意放棄的東西。

出於自私，他還是讓她急救了。

儘管現在看起來風平浪靜，但誰知道，那會不會是暴風雨前的寧靜呢？

吳易然坐在加護病房外的綠色塑膠椅上沉思。

我想妳了，想擁抱的餘溫，想沉淪妳的漩渦，想吻過的夜色，想堅強的背影，想幸福的餘生。

我想妳了，想妳了。

有個女孩曾告訴他，別否定自己的意義，要愛就要一份長長久久的愛。

她的眼裡是清澈的湖水，映著湖水圈圈漣漪，映著他在湖面，微微莞爾的笑容。

習慣了有她的璀璨笑容，習慣了有她的淺淡溫暖，習慣了有她和他。

我愛的是你的靈魂。
只要還活著，我能帶你走遍全世界。
沒有誰的日子是真正晴朗的。
我沒有家人了，我只剩你了。
就算有天你不見了，我也能照著光線指引，找到你。
我們都不要再討厭自己了好不好。
易然，別哭。

他回到空虛的家，看著那些娟秀的字跡寫的溫柔，一一裝進鐵盒，細膩的收到抽屜裡，隨時間沉默，一點一滴褪色，蹉跎日月，終被打開的那天，或許他已經成為擁抱不到的星星。

衝動也許本就不是一時興起，而是潛意識謀劃已久的練習。所有衝動都是累積已久的起心動念。

他踏著那天的足跡，回憶著那天的點滴，那天瓶中信裡寫道：

就算我死了，希望她還能好好活著。

闃寂的夜晚，乾燥而陰冷的空氣，被揮灑過的墨跡就那樣潦草地在生命里留下了痕跡，曾經細心準備的一切還未來得及書寫就已經被風乾成了記憶，刻進了誰的眼裡，海水流過，腥鹹了一片水域。

他拿起紙筆，像囊螢映雪，靠著微弱的燈光，一筆一筆的寫下餘生，寫下浪漫，寫下自由，這一次他終於能好好展翅翱翔，終能見到雲層上那未被尋獲的旖旎。

他寫給爸爸：

很抱歉做出這樣的決定，若是你無法理解我能懂，但我無論如何都會選擇這條路，我還是你兒子，還是很愛你。

寫給好友張庭愷：

高中三年謝謝你照顧。

寫給林語忻：

好好活著，儘管我不在了，也要活下去。

然後把遺書一封封的寄出，最後自己打了通電話，電話裡他的口氣平淡無波，像早已做好這決定，而永不悔改。

總是潮濕的梅雨季節，此刻竟然沒降下綿綿細雨，也沒有一絲微風的吹拂，是那種溫和到舒服的天氣。

他又重回了那裡，看著潮汐漲退，看著日月星辰，然後走一遍她曾走過的路，就會發現疼痛其實一直藏在細節裡，像抽絲剝繭那樣細細的長長的哀愁。

每一次的蹙眉，每一次的暈眩，每一次的緊握，都是衰落的警訊，只是偽裝的太過細微，他從沒感覺到過。

他這麼苛責自己，這是他最後一次討厭自己，惋惜自己的大意，憎恨自己的存在，厭惡到最後只能做出這種決定的自己。

她說：這不是自私啊，離去的人很勇敢，很有勇氣離開這個不適合自己的世界。跟努力活下去的人一樣勇敢。

那這一次，我能被妳原諒嗎？

最終他還是選擇到了那裡，像搭著長途飛機在寧靜而深夜的天空，耳裡塞著孤獨的音樂，像他們到最後，還是只能尊重他的選擇，那個到達另一個世界的願望。

他們相遇的太倉促，相愛的太短暫，還沒回過神來，林語忻已經緩緩淡淡的明亮了他的世界，像遍地繁花的旖旎，像月光那麼輕柔的懸掛在他心裡。

第一次的愛是笨拙，莽撞之外還帶點顢頇，彼此都是呆傻卻又真心誠意的摯愛，他們想把畫面定格在永遠，即使知道無法永遠駐足，於是把沉在腦裡的記憶裱框，就讓他們停留在最好的年華，最好的花季。

輕鬆，自在，安逸，灑脫，忘記凡塵瑣事，靜靜地流淌在活著的每一天裡，這樣便是幸福，或許生命就應該需要痛過，疼過，最後才能滲入塵埃，與天地共融。

沉溺在海水裡的魚，怎樣的撞擊，都明白碎裂的永遠都不會是海水，而是荏弱的軀體，命運已經如此，懸浮在空氣裡的夢境，希望就在那裡，只是他沒有鳥的羽翼，無法脫離難纏的海藻。

灰塵浸染的話語，青苔掩埋的字跡，越是珍貴的東西，越是蒼老的厲害，比如生命。

海水倒流進天空的眼裡，沒有哭泣，只是濕潤了一地。每一個動作都已融進了血液里，那些努力做過的改變都已刻進了肌膚裡，歲月踩痛了他的腳尖，淺笑過的痕跡被海水衝進了岩石裡，看不到的憂傷。

這次並不是帶著痛苦，並不是像以往在欄杆前徘徊，並不是拿著繩子反反覆覆掛上又拉扯下來，並不是拿著利器尋尋覓覓血管的凸起。

他是帶著微笑的走入海中的，是釋懷著。像呼吸一樣簡單的事情，像背負沉重的軀殼，吃了三年的糖衣包裹著的毒藥，侵蝕他意志的

憂鬱終於能好好放下。

有鯨落的溫柔，他也像鯨落一樣，即使沉溺不到拯救所有食物鏈。

但至少，能救她。

微弱的陽光斜灑，成一圈圈光暈。

從來不知道，死神也有心軟的時候。

「其實我不想收你的魂魄的。」死神說。

總是披著破舊、沾染死亡氣息的黑袍，骨瘦嶙峋的白骨，不知勾了多少靈氣魂魄，永遠不見祂的面容。

而沒人逃的過死神的吻。

死神一勾指，人們的倩影便羸弱的倒地，生靈掙扎著，卻是無可避免的朝祂飛去，靈魂冉冉上升，他們試圖阻止失控的身體，拼命找尋縫隙躲藏，在木板上抓出一條條顯而易見的指痕，靈魂仍不停的攀升，攀升至壯闊的來生。

死神之吻邪魅又恐懼，祂會撫上你的臉，一雙手骨覆蓋你清澈的眼眸，而當你察覺世界變得混濁、變得混沌，再如蛇類般纏上你脆弱的頸子，把你抱個滿懷，然後細細品味一番。

「你的青春不應該到此結束。」死神柔弱的說，從沒看過的眼神透出憐憫。

失意卻感動著。

原來死亡也不過如此：世界黑漆漆的一片，沒有任何光源，神說要有光，而他的世界裡只剩漆黑。

「可是我想救她。」

像幽幽的影子，砸在了黑暗的海中，先是一聲短促的哀嚎，在海中四分五裂，揚起沙塵，然後恢復靜謐，像是方才沒有一絲波瀾，沒有泛起漣漪。

吳易然沉浸在湛藍的海域，沒有掙扎沒有逃離，像靜靜的沉睡在海床上，鼻腔漸漸灌入死鹹的海水，陽光爬滿聲帶，呼喊不出聲響，海水一滴一滴地擠進肺泡，死亡直觀地讓人難以想像。

日落的世界並不算寧靜，他早已想像過如何沉溺，想像過如何抱緊僅剩不多的時間，想像獨自一人，該如何卸下鑿刻在身上那些如水細長的悲傷。

其實真正的離開，只是在一個一如往常的清晨，有人把餘生留在昨天，停止了腳步。

人永遠都不會知道，哪次，不經意的再見，就真的不會再見了。

昨天，他還和李恩妤見過面前，和夏雋致打過電話，到咖啡店上班，照樣寵愛了店裡的幾隻小貓，和吳宥然一起吃飯，和昏迷的林語忻說了：再見。

昨天，他的時間就停滯在那裡，再也沒有往前。

昨天，今天，再也沒有明天。

就這樣再也回不去。

「溺水腦死，吳易然，十八歲。」

他們都說，死後最後消失的是聽力，果然，他還聽見了醫生的宣布。

「死者有簽器官捐贈。」

「特別囑咐心臟捐贈給林語忻病患。」

「剛好，院內只有她一人需要心臟器官移植。」

聽到結果了，他就放心了。

「要走了嗎？」死神拿著鐮刀問。

吳易然回首望向自己的遺體，面容祥和，像睡著一樣。當一切歸於平靜，浩瀚只凝固成一粒塵埃，安眠於誰枯敗腐朽的心澗。

這一切像夢境一樣。

若此生運氣只夠與妳相遇，餘生僅有福氣用來祝福妳。

「走吧。」

和手術室反方向，吳易然踏入通往陰間的地府。

淒涼的月光，淹沒了他的靈魂，手上拿著彼岸花，和自己的生死名條，一步一步的走入黃泉。

依舊不捨，他最後再看一眼，不過這樣就夠了，他的十八年人生已經值得。

「逼——」

光亮直射在緊閉的雙眼，感到刺激亮眼，她半瞇著眼，看到潔白的天花板和燈管，耳裡傳來許多人的竊竊私語，她緩緩抬起手，有些微顫，手上依舊滿是針孔，她依序動了動手指，身上覆蓋著醫院的黃色棉被，她能感覺血液的流動。

她稍稍掀開衣物，看到胸膛長長一條疤痕，在左邊心臟的位置。

她活過來了，在昏迷三十天後。

她忘記按呼叫鈴，忘記呼喚醫生，只是呆愣的躺在病床上。

為什麼？明明移植手術成功了，她卻覺得悲傷呢？

是為了器官捐贈者的捐獻感到悲傷，雖然是勇敢的，他們逝去了一條生命，然後換得了更多人的存活，可是她仍覺得難過。

有一種人，他打從心底深處的佩服，他們是器官捐贈者。因為各種突發的意外，而自己天人永隔，但他們卻為了還在與生命掙扎的病患，奉獻了自己的一部分，像是延續了原本幾乎消失殆盡的生命，他們依靠自己微小的力量，使旁人的一生有了接續下去的力量。

生命的價值不在於長短，而在於是否豐富璀璨，在於這短短幾十載的人生，是否做了富有意義的事，在於是否發揮了一點影響力，在於是否突破了自己原本平淡的人生。

眼淚潸潸落下，明明心臟不再劇痛了，明明今天開始她便重生了，但那也是一條人命啊。

護士經過病房，往內探了探，看見醒過來的林語忻，滿是欣喜，急忙呼叫醫生。

「心臟沒有特別的排斥反應，持續吃抗排斥藥物就好，狀況不錯。」醫生滿意的笑了笑。

「醫生……我的心臟……是誰捐贈的？」林語忻聲音有些沙啞。

醫生沉默了。她沒敢看林語忻的眼睛，怕看了她也跟著潰堤。

吳宥然低著頭從病房門口走進來，詫異的看著醒來的林語忻。

「語忻姐妳醒了！」他手上拿著手工紙做的繡球花，自從常去的花店休業後，吳易然便以紙張束起繡球花。吳宥然今天帶了過來。

即便是繡球花，希望仍不滅。

直至今日，希望來臨。

「我的心臟……是誰捐贈的……」林語忻又問了一次。

「我想謝謝他，謝謝家屬願意將心臟捐贈給我。」林語忻笑著說，嘴角卻嚐到一絲鹹濕，她有些詫異，摸了摸臉頰，是漫漶的淚水。

「我，為什麼……？」

吳宥然低著頭，眼眶已經紅暈了一圈。

「到底是誰……拜託告訴我……」林語忻祈求，從剛才的氣氛，她已經略知一二，可是仍假裝不敢置信。

「宥然……是誰？」她轉頭問放下繡球花，站在原地的吳宥然。

吳宥然一個沒忍住，眼淚撲簌簌的落下，一抽一泣的肩膀抽動，有些咽嗚，又拼命壓抑唏噓。

「吳易然呢？」林語忻嘶吼道。

妳不會死的，我會讓妳好好活著。

「拜託你們告訴我……」

要好好活著。

說好要成為我活下去的理由。

想你的心臟無法那麼逞強，卻還要裝作不痛不癢。

閉上眼，以為她能忘記，但流下的眼淚，卻沒有騙到自己。

然後她開始嘶吼。

「為什麼要犧牲，明明說好一起活著，你怎麼可以食言！」林語忻激動的扭動身體，吊著點滴的右手被拉扯而掉落，她卻絲毫沒有感受到疼痛。

「為什麼……」

病房內包括醫生護士們全部都在啜泣，林語忻激動的要下床，醫生沒有阻攔。

她光著腳，還穿著病人服，拉著吳宥然：「告訴我他還活著，他在打工對不對，還是他在學校？」

然後盲目的衝出病房，醫生才終於拉過林語忻的手：「他走了。」

整個世界遽然變晦暗，視線模糊失焦，心臟也變得異常沉。腦子裡一片迷濛，身體開始失重，似乎要飄起來。一種陷入黑洞般的感覺變化成淚水從眼中奪眶而出。

她才知道，他真的不在了。

這次，要再相見，恐怕要永遠活在夢中了……

憂鬱是河底的淤泥，堆積起來成為恆久的乾涸，名為「生」的魚，痛苦的在荒蕪泥淖的河底掙扎，身軀敲擊堅硬的石，而碎裂的是自己，是靈魂深處的她。

那條悲傷寂靜的大河，吳易然背棄他們自己一人逆流而上了。

說好一起活下去的。你還是食言了。

剩我一個，我該怎麼活下去。

「語忻姐，吃點東西吧，喝點紅茶也好。」吳易然走了以後，吳宥然像代替了吳易然的職位，天天照看林語忻的生活。

那杯紅茶，再也不是帶著吳易然的心而做，即便是溫熱滑順，即便是絲絲入口，她仍覺得紅茶冰冷，不是從前的垂涎欲滴，只因少了那份吳易然的心意。

你不在了，我怎麼快樂。

林語忻不再快樂了，吳宥然擔心，林語忻步上吳易然的後塵，總是小心翼翼的盯著，看著窗外的她，眉頭緊蹙，抿著嘴，眼角隨時都能冒出一滴淚。

其實那天，吳宥然一直跟在吳易然身後，看著他一人騎著腳踏車穿過山水，穿過小巷街衢，穿過繁華宇宙，到了彼岸。

他真正沉溺時，吳宥然才慌張的呼救，可是尚未失去意識的吳易然緊抓著吳宥然的手，嘴型吐出：不要救我。

吳宥然頓時愣住了，他知道他這麼做的目的是什麼，他知道他要的是什麼。

他真的放手了，眼角泛起淚光，趁著吳易然還未失去意識，眼神還祈求的看向吳宥然時，他輕說：「哥，這世謝謝你，下輩子，我們還要做兄弟，下輩子換我照顧你。」

然後吳易然嘴角勾起笑意，那種放下內心所有雜念和事物的微笑，靜靜的失去了吐息。

一片紅色花瓣翩翩落在掌心，花瓣微微發光，安穩的躺在掌心的脈絡上……

「哥要妳好好活著，他把心給妳，是要妳和他的心一起努力活著。」

「他要我們不要再想他了。」

在破碎不堪的日子裡，想念從前的他，總能揚起微笑，是無論怎麼頹圮廢墟，也能望見滿天芒耀繁星點點。卻也能在心尖反覆踩踏，撕裂又癒合，那個光是想起影子就會絞痛的悶哼的想念。

思念如深海鯨豚的悲鳴，他們也曾是高亢激昂，卻在十月陰涼的風，擱淺在沉默的淺灘上，生命最後停泊於回不去的歲月。擱淺是痛苦的，因迷途因攫擄，誤了大好青春，於是漸漸的停止喘息，在眼前一片迷濛時，仍氣游若絲的拍打著浪花，縹緲的成為透明，生命就此荼靡。
想念也是，那麼的痛苦。
憶到後來，禁不起左心房的劇痛。
吳宥然輕輕的說，然而林語忻仍面露憂鬱的看著窗外，但總算回答了。「如果不是他要把心給我，是不是他就不會死了。」
吳宥然驀然抬起頭，他搖了搖頭：「無論如何，結局都是一樣的，他終究會走向結束，不是因為不愛，而是因為太愛，他不忍再拖累妳了。」
「你還是太過勇敢。」
她說過，會尊重他的決定的，於是他還是走了。
逆流而上，辛苦嗎？
選擇離開這個世界，不是他的錯。
這不是自私啊，離去的人很勇敢，很有勇氣離開這個不適合自己的世界。跟努力活下去的人一樣勇敢。
他回到清澈涓涓的溪水，並不是隨波逐流，而是獨自一人逆流而上，我知道你和我們背道而馳，去另一個世界了，另一個世界的你，也請你，繼續勇敢，繼續活著。
深厚的夜色像是一朵綻放的黑色鬱金香，繁星閃爍，光芒像是凝固千年的淚水，閃爍著琉璃的光澤。
夜色語晦暗的雲連綿著，直達天際。
林語忻佇立在黑暗的邊緣，寂靜的看著漸漸變得透明的身影，那一刻的她緩緩伸出那雙等待的雙手去觸摸，卻被透明的薄膜隔絕，任由她再呼喚，也只能沉入黑暗漸漸被吞沒，直到被完全泯滅。

眼角的淚劃過天際，清脆的落地碎聲同心一起響起，那麼的脆弱，那麼的不堪一擊。

她翻動著吳易然的抽屜，看到那被埋藏深處的回憶，滑動著手機，在離去的最後一分鐘，他傳來的影片。

影片裡，吳易然抱著吉他，嘴上掛著淺淺的笑，好似所有心念全都放下的那種釋懷，點開影片，傳來吳易然低沉悠悠的歌聲。盈滿眼眶，林語忻癟著嘴啜泣，聽著她從來沒聽過，吳易然那麼溫柔的歌聲。

「就算你變成回憶，你也是我最無法忘記的記憶。」

後記

敲下鍵盤的第一個字那時，是二〇一九年國二升國三的暑假，正是憂鬱症發病初期。寫小說的念頭至國小就開始，延續到現在，不曾停過，在還沒擁有手機的時期，我曾以手寫的方式一字字寫出了六萬字未完結的故事，現在封存在資料夾裡，即將成為繼續書寫的小說。

每天在想死與想活之間矛盾，便塑造出了以我為雛形的吳易然這個角色，書中的靈感來源一半以上取自我的憂鬱生活，包括回診紀錄，吳易然和張庭愷的吵架內容，李恩妤的田徑人生，住院時的種種紀錄等等……書中的每個角色都靠著事物或人物活著，結局雖然是吳易然犧牲自己換來林語忻的性命，但吳易然依然是存在的，他存在每個人的內心裡，和林語忻跳動的心臟中。

回到最開始，我們能不能為自己而活？

我也曾一度陷入迷惘，甚至差點活不下去，而促成今日的我，要感謝的人太多。謝謝出版社如同一場及時雨，在茫茫文字海中回應了我的作品，可以說是救贖了我的生命，生命的齒輪轉動終於開始有了意義。謝謝替我寫序的主治章醫師，每當我的小說一完結，傳給他後，在幾天之內看完，並給我評語。謝謝家人、朋友、萱，雯，一路以來的支持。謝謝繪者Alanna，徹夜趕稿，替我畫出那麼有意境的封面。

謝謝讀到這裡的讀者，不知道這樣的虐向結局，會不會讓大家心疼落淚，以及我稚嫩的文筆，會不會讓大家沒有讀下去的心情。

最後想呼籲大家，憂鬱症並不是說「別想太多」「加油！」就能好起來的疾病，書中提到解離人格，也是我的病症之一。陪伴、傾聽、適當的劃出界線，是陪伴者照顧患者的方式，而患者也別給自己貼上標籤，勇敢求助，只要還有一絲活著的念頭，就值得活下去。

因為你值得。

歡迎大家到IG搜尋我的筆名及追蹤：惟雨（rainwrite527），裡面有許多新詩創作及每天的日記。

寫於二〇二二年　11月2日　20點15分

夜晚天氣微涼的書桌前

繪者小記

Alanna 譚家尹

我與作者是鄰居，童年時光曾一起度過，後來一段時間沒有聯絡了，結果因為這本小說的出版，因緣際會重新聯絡，或許這就是某種為了未來而相遇的緣分吧，像這本書一樣為了「活下去」而努力控制著生命的船舵而讓我們的船相遇而一起合作共同創作吧，這期間我們倆都各自遇到很多事情，人生都在這時候有不一樣的轉折，剛好這作品讓我們抒發了這段時間所累積的心情。第一次受到作家的邀約合作，對自己的繪畫很期待和非常有成就感，感謝作者，也謝謝支持我的人。

在生命盡頭
找到你

要青春103　PG2884

要有光 FIAT LUX　在生命盡頭找到你

作　　者	蕭旻宜
責任編輯	孟人玉
圖文排版	黃莉珊
封面繪圖	Alanna 譚家尹
封面設計	吳咏潔
內頁圖示	Flaticon.com

出版策劃	要有光
發 行 人	宋政坤
法律顧問	毛國樑　律師
印製發行	秀威資訊科技股份有限公司 114台北市內湖區瑞光路76巷65號1樓 電話：+886-2-2796-3638　傳真：+886-2-2796-1377 http://www.showwe.com.tw
劃撥帳號	19563868　戶名：秀威資訊科技股份有限公司 讀者服務信箱：service@showwe.com.tw
展售門市	國家書店（松江門市） 104台北市中山區松江路209號1樓 電話：+886-2-2518-0207　傳真：+886-2-2518-0778
網路訂購	秀威網路書店：https://store.showwe.tw 國家網路書店：https://www.govbooks.com.tw
總 經 銷	聯合發行股份有限公司 231新北市新店區寶橋路235巷6弄6號4F 電話：+886-2-2917-8022　傳真：+886-2-2915-6275

出版日期	2023年3月　BOD一版
定　　價	380元

讀者回函卡

Printed in Taiwan

國家圖書館出版品預行編目

在生命盡頭找到你 = I will always find you/
蕭旻宜著. -- 一版. -- 臺北市：要有光,
2023.03
面；　公分. -- (要青春；103)
BOD版
ISBN 978-626-7058-77-0(平裝)

863.57　　112001576